멜랑콜리의 묘약

멜랑콜리의 묘약

레이 브래드버리 소설집

A MEDICINE FOR MELANCHOLY

And Other Stories

아작

레이 브래드버리 지음 이주혜 옮김

최근까지도 그 사랑으로 아들을 놀라게 하는 아버지에게,
그리고 새로운 세계를 선사해준
버너드 헬렌슨과 닉키 마리아노에게 바칩니다.

내 평생 옆 블록 한가운데 작은 집에 살았던 찰스 보몬트에게,
그리고 이런저런 이유로 루시 국의 친구 빌 놀란과 빌 이델슨에게
또 폴 콘딜리스에게 바칩니다.

일러두기

1. 이 책은《A Medicine for Melancholy and Other Stories》를 두 권으로 나누어 옮긴
   것입니다.
2. 모든 주석은 옮긴이의 것입니다.

차례

어느 잔잔한 날에

In a Season of Calm Weather

어느 여름 한낮에 조지 스미스와 앨리스 스미스, 두 사람은
비아리츠에서 기차를 내렸다. 부부는 한 시간 후 해변으로 통
하는 호텔을 빠져나와 바다에 뛰어들었다가 다시 모래밭으로
나와 일광욕을 즐겼다.

거기 엎드려 살갗을 태우는 조지 스미스를 보면 마치 냉장
상추처럼 이제 막 비행기를 타고 유럽으로 운반되었다가 곧
배를 타고 고국으로 돌아갈 한낱 관광객에 불과하다고 생각
할 것이다. 그러나 이 남자는 삶 자체보다 예술을 더 사랑하
는 사람이었다.

"후유." 조지 스미스는 한숨을 내쉬었다. 땀방울이 또 한
차례 가슴을 타고 또르르 흘러내렸다. 오하이오에서 마셨던
수돗물을 모두 증발시키고 보르도산 최고급 포도주를 마시겠

어, 그는 생각했다. 핏속에 진한 프랑스 술을 흘려보내면 토박이의 눈으로 세상을 볼 수 있을 거야!

왜일까? 왜 프랑스 것이라면 뭐든 먹고 숨 쉬고 마시려고 할까? 그러면 언젠가는 한 남자의 천재성을 진정으로 이해하게 될지도 모르니까.

그는 입술을 움직여 어떤 이름 하나를 발음하려고 했다.

"조지?" 아내가 그를 내려다보며 말했다. "당신, 무슨 생각하는지 알아. 입술 모양만 봐도 알겠어."

그는 꼼짝도 하지 않고 누워 아내의 말을 기다렸다.

"뭔데?"

"피카소겠지." 아내가 말했다.

그는 움찔했다. 언젠가는 아내도 그 이름을 제대로 발음할 수 있으리라.

"제발." 그녀가 말했다. "좀 편안하게 쉬지그래. 당신도 오늘 아침 그 소문을 들었겠지만, 당신 눈부터 좀 봐. 다시 경련이 시작되었잖아. 그래, 피카소가 여기 와 있다지? 여기서 겨우 몇 킬로미터 떨어진 작은 어촌에 친구들을 만나러 왔다며? 하지만 그런 소문 따위 잊지 않으면 모처럼의 우리 휴가는 엉망이 되고 말 거야."

"그딴 소문, 처음부터 아예 듣지 않는 편이 좋았어." 그는 솔직히 말했다.

"차라리 피카소 말고 다른 화가를 좋아했더라면 더 나았겠지." 아내가 말했다.

다른 화가라고? 그래, 다른 화가들도 있었지. 가을철 배나 한밤중의 자두를 그린 카라바지오의 정물화를 보며 아침 식사를 하는 것도 꽤 취미에 맞는다. 점심이라면, 불을 뿜는 것도 같고 굵직한 벌레가 기어가는 것도 같은 반 고흐의 해바라기, 맹인조차 이글거리는 캔버스를 손가락을 태워가며 더듬어 읽을 수 있는 그 화사한 꽃을 보면서 먹으면 좋겠지. 그러나 성대한 연회라면 어떨까? 어떤 그림이 그의 미각을 충족해줄까? 보리수 잎과 설화석고와 산호를 머리에 쓰고 뿔 같은 손톱이 돋아난 손으로 삼지창 같은 붓을 움켜쥐고 거대한 꼬리를 휘둘러 지브롤터 전역에 한여름의 소나기를 퍼부으며 수평선 위로 우뚝 솟아오른 바다의 신 포세이돈과도 같은, 〈거울 앞의 소녀〉와 〈게르니카〉의 창조자 말고 누가 또 있단 말인가?

"앨리스." 그는 참을성 있게 말했다. "어떻게 설명하면 좋을까? 기차를 타고 오면서 내내 생각했어. 오, 맙소사, 이 나라는 온통 피카소로군!"

그러나 그게 사실일까? 그는 궁금했다. 하늘과 땅과 사람들, 이곳의 불그스름한 벽돌, 저곳의 소용돌이무늬 철제 발코니, 몇 사람의 손을 거치면서 수천 개의 지문이 묻어버린 과일처럼 농익은 만돌린, 밤바람에 이리저리 날리는 색종이 조각처럼 누더기가 되어버린 광고판, 이 가운데 어디까지가 '피카소답고' 어디까지가 조지 스미스가 피카소의 시선으로 바라본 세계일까? 그는 대답을 포기했다. 그 늙은 남자는 테레빈유와 아마인유를 흠뻑 적셔 조지 스미스라는 존재를 그려냈고 황혼의 '청색 시대'와 새벽녘의 '장밋빛 시대'를 모두 이룩했다.

"생각해 봤는데 말이야." 그가 큰 소리로 말했다. "우리 돈이 모이면….

"우리가 어떻게 5천 달러나 모아?"

"알아." 그가 조용히 말했다. "그래도 언젠가는 그 힘든 일을 해낼 거라는 생각만으로도 멋지지 않아? 그날이 오면 그에게 다가가 이렇게 말하는 거지. '피카소, 여기 5천 달러가 있소이다! 바다든 모래밭이든 저 하늘이든, 뭐든 좋으니 당신이 원하는 걸 그려준다면 우린 참으로 행복하겠소.'"

잠시 후 아내가 그의 팔에 손을 얹으며 말했다.

"당신, 물에 들어가는 게 좋겠어."

"그래. 그게 좋겠군." 그는 말했다.

그가 물을 가르며 헤엄쳐 나가자 하얀 포말이 불꽃처럼 튀어 올랐다.

오후 내내 조지 스미스는 물 밖으로 나왔다가 다시 바다로 뛰어들기를 반복했다. 바다에는 몸이 따뜻한 사람들, 차가워진 사람들이 잔뜩 모여 물을 튀겨가며 움직였고 마침내 해가 기울자 잘 구운 바닷가재 색이나 바싹 구운 비둘기와 뿔닭 색으로 몸을 그을린 사람들이 웨딩케이크처럼 생긴 호텔로 터벅터벅 걸어갔다.

끝 간 데 없이 펼쳐진 해변에는 단 두 사람을 제외하고 아무도 보이지 않았다. 한 사람은 어깨에 수건을 걸친 조지 스미스로, 마지막으로 경건한 기도를 하려고 나와 있었다.

홀쩍 떨어진 저쪽에 조지 스미스보다 키가 작고 머리를 각지게 자른 한 남자가 홀로 고요한 대기 속을 걷고 있었다. 검게 그을린 남자의 바싹 깎은 머리는 햇빛을 받아 거의 마호가니 색으로 물들었고 눈은 눈앞의 바닷물처럼 맑게 빛났다.

이렇게 해안선의 무대가 마련되었고, 몇 분 후 두 남자는 마주칠 운명이었다. 운명의 여신은 이렇게 또 한 번 충격과 놀라움, 만남과 이별의 자리를 만들었다. 그러나 그 순간에도 이 고독한 두 산책자는 어느 도시 어느 군중 속에서나 볼 수 있는, 서로 팔꿈치를 스치고 지나가는 흐름에 몸을 맡기는 우연 따위는 전혀 생각하지 못했다. 감히 그 흐름에 뛰어들면 각자의 손으로 기적을 움켜쥘 수도 있다는 사실 역시 생각하지 못했다. 대다수 다른 사람들처럼 그들 역시 그런 어리석은 일을 외면하고 운명의 여신에게 붙들리지 않도록 둑 위에 단단히 서 있을 뿐이었다.

낯선 남자는 홀로 서 있었다. 그는 주위를 흘끔거리며 자신이 혼자 있음을 확인하고는 아름다운 만의 바닷물과 지는 해가 흩뿌리는 노을빛을 바라보며 서 있었다. 잠깐 몸을 돌렸을 때 모래 위에 작은 나뭇가지가 눈에 들어왔다. 오래전 녹아버린 라임 맛 아이스크림의 가느다란 막대였다. 남자는 빙그레 웃으며 막대를 주워들었다. 남자는 다시금 주위를 둘러보며 혼자 있음을 확인하더니 몸을 숙이고 막대 쥔 손을 부드럽게 움직였다. 그리고 손을 가볍게 움직여 이 세상에서 그가 가장 잘 아는 일을 하기 시작했다.

그는 모래 위에 굉장한 형체를 그리기 시작했다.

형체 하나를 그리자 잠시 몸을 펴고 자신이 그린 것을 바라보았다. 이내 자신의 작업에 완전히 심취해서 두 번째, 세 번째 형체를 그렸고 이윽고 네 번째, 다섯 번째, 여섯 번째 형체를 그려나갔다.

해안선을 따라 발자국을 찍으며 걷던 조지 스미스는 여기저기 둘러보다가 앞쪽의 남자를 보았다. 점점 더 가까이 다가가자 까맣게 그을린 남자가 몸을 숙인 모습이 보였다. 조금 더 가까이 가자 남자가 무엇을 하고 있는지 분명하게 알 수 있었다. 조지 스미스는 자기도 모르게 웃음을 터뜨렸다. 그도 그럴 것이… 바닷가에 홀로 나와 있는 이 남자는 몇 살이나 되었을까? 예순다섯? 일흔? 남자는 자꾸 뭔가를 끼적이며 낙서하고 있었다. 게다가 모래는 또 얼마나 날리는지! 어쩌자고 모래밭에 저토록 거친 그림을 마구 펼치고 있을까? 어떻게….

한 발자국 더 다가간 조지 스미스는 그대로 걸음을 멈추었다.

낯선 남자는 계속 그림을 그리느라 자신과, 자신이 모래밭에 그려놓은 세계 바로 뒤에 누가 서 있다는 사실을 전혀 감지하지 못한 것 같았다. 고독한 창작에 너무도 깊이 매혹되어 바닷가에 폭뢰가 떨어진다고 해도 나는 듯한 손길을 멈추거나 주위를 둘러보지 않을 것 같았다.

조지 스미스는 모래를 내려다보았다. 꽤 오랫동안 그림을 들여다보던 그가 몸을 떨기 시작했다.

편편한 모래밭에 그리스의 사자와 지중해의 염소, 금가루 같은 모래로 살집이 이루어진 처녀, 손으로 깎은 뿔피리를 부는 사티로스, 어린 양 떼와 함께 뛰놀며 바닷가를 따라 꽃을 뿌리고 춤을 추는 아이들, 하프와 리라를 연주하며 깡충깡충 뛰는 악사들, 저 멀리 초원과 숲과 버려진 사원과 화산을 향해 내달리는 젊은이들과 유니콘이 그려져 있었다. 남자의 손과 나무 막대는 단 한 군데도 끊기지 않는 선으로 해변을 따라 열정적으로 몸을 굽히고 땀을 비처럼 쏟으며 휘갈기다가, 매듭을 짓다가, 원을 그리다가, 위로 아래로 옆으로 안팎으로 움직이다가, 한땀 한땀 새기다가, 속삭이다가, 잠시 멈추었다가, 마치 태양이 바닷속으로 완전히 잠기기 전에 이 떠들썩한 여정을 화려하게 마무리해야 한다는 듯 이내 서둘러 다시 움직였다. 님프와 나무의 요정들이 이삼십 미터가 넘는 길이로 펼쳐지고 여름철 분수는 해독할 길 없는 상형문자를 그리며 솟구쳤다. 사위어가는 빛을 받은 모래는 이제 녹아내린 구리색이 되어 어느 시대, 어느 인간이 읽어도 오래오래 음미할 수 있을 어떤 메시지를 새기고 있었다. 모든 것이 각자의 바람과 중력 속에서 회오리치다 균형을 잡았다. 춤추는 포도주 상인 딸들의 포돗빛으로 물든 발 아래서 포도주가 짓눌려 흘러나오는가 하면, 꽃으로 꾸민 연들이 나부끼는 구름 위로 꽃향기를 흩뿌렸다. 그런가 하면 무럭무럭 김이 솟아오르는 바다에서 황금 칼집에 싸인 괴물이 태어났다. 그리고… 또… 이제….

화가가 동작을 멈추었다.

조지 스미스는 뒤로 물러나 가만히 서 있었다.

눈길을 든 화가는 그토록 가까운 곳에 사람이 있는 걸 발견하고 화들짝 놀랐다. 그는 벌떡 일어나 조지 스미스와 아무렇게나 찍힌 발자국처럼 펼쳐진 자신의 창조물을 번갈아 쳐다보았다. 이윽고 남자는 미소를 지으며 어깨를 으쓱했다. 마치 '내가 한 짓을 보시오. 어린애 장난 같지 않소? 누구나 한 번은 바보가 되는 법이라오. 당신도 그럴 수 있지 않겠소? 그러니 이 바보 같은 늙은이를 용서해주시오. 아무렴. 아무렴.' 하고 말하는 것 같았다.

그러나 조지 스미스는 햇볕에 그을린 까만 피부와 맑고도 날카로운 눈빛을 한 이 작은 남자를 그저 바라보면서 남자의 이름을 딱 한 번, 속삭이듯 불러볼 뿐이었다.

두 사람은 한 5초 정도 그렇게 서 있었다. 조지 스미스는 모래 조각 작품을 물끄러미 바라보았고, 화가는 장난기 어린 호기심으로 조지 스미스를 바라보았다. 조지 스미스는 무슨 말을 할 듯 입을 열었다가 다물었고 손을 내밀었다가 곧 뒤로 물렸다. 그림을 향해 다가갔다가 다시 뒷걸음질을 쳤다. 그는 어느 고대의 폐허에서 바닷가까지 떠밀려온 귀한 대리석 조각상을 보는 사람처럼 줄지어 그려진 그림을 따라 움직였다. 눈한 번 깜빡이지 않았다. 손을 뻗어 만져보고 싶었지만, 감히 그러지 못했다. 달리고 싶었지만 달릴 수도 없었다.

순간 그는 호텔을 쳐다보았다. 그래, 달리는 거야! 달리자! 무엇 때문에? 삽을 가져와 금세 무너질지도 모르는 모래더미를 파내려고? 기술자를 데려와 파리의 석고로 언제라도 부서질 이 그림을 본으로 뜨게 하려고? 아니, 아니다. 전부 어리석은 짓이다. 그렇다면, 어쩌지? 그의 시선이 호텔 창문에 꽂혔다. 카메라! 얼른 뛰어가서 카메라를 가져오자. 서둘러 바닷가로 돌아와 사진을 찍고 필름을 갈고 다시 찰칵찰칵 셔터를 누르는 거야!

조지 스미스는 태양을 향해 몸을 돌렸다. 해가 그의 얼굴을 희미하게 비추었다. 두 눈동자에 두 개의 작은 불꽃이 떠올랐다. 해는 반쯤 물에 잠겼고 그가 지켜보는 단 몇 초 사이 나머지 반도 가라앉았다.

화가가 엄청난 친밀감을 담고 가까이 다가와 조지 스미스의 얼굴을 들여다보았다. 마치 그의 생각까지도 모두 알아맞힐 수 있다는 표정이었다. 이제 화가는 고개를 가볍게 숙여 인사를 건넸다. 그의 손에서 아이스크림 막대가 자연스럽게 떨어졌다. 그는 안녕이라고 작별의 인사를 건넸다. 그리고 바닷가를 따라 남쪽으로 걸어가 버렸다.

조지 스미스는 가만히 서서 남자의 뒷모습을 바라보았다. 꼬박 1분이 지나고 나서야 그는 할 수 있는 단 한 가지 일을 했다. 그는 환상적인 사티로스와 포노스, 포도주에 잠긴 처녀들과 질주하는 유니콘과 뿔피리를 부는 젊은이들이 그려진 그림 첫머리부터 바닷가를 따라 천천히 걸었다. 그는 유려하게 흐르는 그림의 향연을 내려다보며 오래도록 걸었다. 마침내 짐승과 사람들의 그림 끝자락에 이르자 방향을 틀어 왔던 길을 다시 걸었다. 마치 뭔가를 잃어버렸는데 어디서 찾아야 할지 도무지 알 수 없는 사람처럼 계속 아래를 보았다. 하늘에도 모래밭에도 의지할 빛이 완전히 사라질 때까지 계속 그 일을 되풀이했다.

✳

조지 스미스는 저녁 식사 테이블에 앉았다.

"당신, 늦었네." 아내가 말했다. "나 혼자 내려가서 먹었어. 배가 무진장 고팠거든."

"괜찮아." 그가 말했다.

"산책길에 뭐 재미있는 일이라도 있었던 거야?" 아내가 물었다.

"아니." 그가 말했다.

"근데 당신 표정이 왜 그래? 먼바다까지 헤엄쳐 갔다가 물에 빠져 죽을 뻔한 사람 얼굴인걸? 당신 얼굴만 봐도 알겠어. 너무 멀리 헤엄쳐 갔던 거 맞지?"

"응."

"흠." 아내는 남편의 얼굴을 찬찬히 들여다보았다. "두 번 다시 그러지 마. 이제, 뭘 먹겠어?"

그는 메뉴를 집어 들고 읽다가 갑자기 멈추었다.

"왜 그래?" 아내가 물었다.

그는 고개를 돌리며 잠시 눈을 질끈 감았다.

"들어봐."

아내는 귀를 기울였다.

"아무 소리도 들리지 않아." 그녀가 말했다.

"안 들려?"

"응. 무슨 소린데?"

"그냥 파도 소리." 그는 잠시 눈을 꼭 감고 가만히 앉아 있었다. "밀물이 들어오고 있어."

멜랑콜리의 묘약

(또는, 특효약을 찾았다!)

A Medicine for Melancholy
(or: The Sovereign Remedy Revealed!)

"거머리를 좀 잡아오세요. 피를 빨려야겠습니다." 의사 김프가 말했다.

"딸아이에겐 피가 남아 있지 않아요!" 윌크스 부인이 소리쳤다. "오, 선생님. 우리 카밀리아는 대체 어디가 어떻게 아픈 거죠?"

"상태가 좋지는 않습니다."

"예? 그래서요?"

"몸이 좋지 않습니다." 선량한 의사가 얼굴을 찌푸렸다.

"계속 말씀해 보세요!"

"따님은 바람 앞의 촛불과도 같아요. 몹시 허약해져 있습니다."

"아니, 김프 선생님. 아까 저희 집에 들어오셨을 때 했던 말을 돌아갈 때도 똑같이 하려는 겁니까?" 옆에서 윌크스 씨가 항의했다.

"그렇지 않습니다! 새벽하고 정오, 그리고 해질녘에 이 약을 먹이세요. 특효약입니다!"

"이런 제길! 우리 애는 벌써 특효약으로 배가 가득 찼소이다!"

"쯧쯧! 어쨌든 저는 이만 가볼 테니 1실링을 주시오."

"이 악마 같은 자식, 썩 꺼져!" 윌크스 씨는 착한 의사의 손에 동전 한 닢을 던져 주었다.

의사는 숨을 헐떡이며 코담배를 한 번 쿵쿵대더니 재채기를 한 번 하고 쿵쿵거리며 계단을 내려갔다. 그는 1762년 봄날 아침 부슬비가 내리는 혼잡한 런던의 거리로 사라졌다.

윌크스 부부는 사랑하는 딸이 누워 있는 침대로 갔다. 카밀리아는 파리한 낯빛에 야위었지만, 커다랗고 촉촉한 라일락색 눈동자며 베개 위로 물결치는 금발머리는 여전히 아름다웠다.

"아아." 카밀리아는 금세 울음을 터뜨릴 것만 같았다. "저는 어떻게 되나요? 이른봄부터 시작해 벌써 3주째예요. 거울을 보면 꼭 유령 같아요. 제가 봐도 무서워요. 스무 살 생일도 맞이하지 못하고 죽을지도 모른다고 생각하면…."

"아가." 윌크스 부인이 말했다. "대체 어디가 아픈 거냐?"

"팔이요. 다리도요. 가슴도, 머리도 아파요. 그동안 의사가 몇 명이나 왔었죠? 여섯 명이었던가요? 그 사람들은 진찰한답시고 저를 꼬치에 꿴 소고기처럼 이리저리 돌려댔어요. 더는 싫어요. 제발, 누구의 손도 닿지 않고 조용히 죽게 해주세요."

"정말 소름 끼치게 이상한 병이에요." 윌크스 부인이 남편에게 말했다. "어떻게 좀 해봐요, 여보!"

"나더러 뭘 더 어쩌란 말이오? 이제 의사도 약사도 목사도 부르지 않을 거요! 될 대로 되라지! 그자들은 나를 아주 비틀어 짰소! 그럼 나더러 저 거리로 달려나가 길거리 청소부라도 데려오라는 말이오?"

"그러세요." 어떤 목소리가 말했다.

"뭐라고?" 세 사람은 모두 그 목소리를 향해 몸을 돌렸다.

거기 카밀리아의 남동생 제이미가 있다는 사실을 다들 까맣게 잊고 있었다. 제이미는 방에서 가장 먼 쪽 창가에 서서 이를 쑤시며 부슬비가 내리는 번잡한 런던의 거리를 조용히 내려다보고 있었다.

"4백 년 전에도 누가 그렇게 해보았는데, 효험이 있었대요." 제이미는 차분하게 말했다. "정말로 길거리 청소부를 데려오라는 말이 아니에요. 카밀리아 누나를 침대째 번쩍 들어 아래층 문밖에 내놓자는 말이에요."

"아니, 왜 그래야 한단 말이냐?"

제이미는 눈을 움직여 지나가는 사람 수를 헤아리며 말했다. "한 시간이면 천 명도 넘는 사람들이 우리 집 문앞을 지나가요. 하루면 2만 명이 지나가죠. 뛰는 사람, 절뚝거리는 사람, 마차를 타고 지나가는 사람… 다들 쇠약해진 누나를 보고 누나의 이를 세어보거나 귓불을 잡아당겨 보겠죠. 그러다 그중 누가 특효약을 알려줄지도 모르잖아요! 설마 그중 한 가지는 정확하지 않겠어요?"

"아아, 그럴 수도 있겠구나." 윌크스 씨는 어리둥절했다.

제이미가 숨을 몰아쉬며 말을 이었다. "아버지! 개인적으로 《약물학 전서》쯤은 가볍게 쓸 수 있다고 생각하지 않는 사람이 단 한 명이라도 있을까요? 목이 아프면 초록색 고약을 써라, 말라리아나 복부팽창에는 황소 연고가 좋다, 이런 사람이요. 지금 이 순간도 만 명이 넘는 자칭 약장수가 저 아래를 지나가고 있을 거예요. 우린 그들의 지혜를 놓치고 있는 셈이에요!"

"그래, 제이미. 정말 좋은 생각이구나!"

"그만둬요!" 윌크스 부인이 말했다. "이 거리든 저 거리든 내 딸을 거리에 내놓을 수는 없어요."

"아니, 부인!" 윌크스 씨가 나섰다. "카밀리아가 눈처럼 녹아내리고 있는데도, 이 더운 방에서 밖으로 옮기기를 주저하겠단 말이오? 제이미, 당장 침대를 들어 올리자!"

"카밀리아, 네 생각은 어떠니?" 윌크스 부인이 딸을 향해 물었다.

"차라리 밖에서 죽는 게 낫겠어요. 거긴 시원한 바람이 머리카락이라도 날려주겠죠." 카밀리아가 말했다.

"그런 소리 마라!" 윌크스 씨가 말했다. "넌 죽지 않아. 제이미, 침대를 들어라! 그래! 그렇지! 부인은 비켜요! 아들아, 조금 더 높이!"

"아아." 카밀리아가 희미한 목소리로 외쳤다. "제가 날고 있어요, 날아가요!"

＊

갑작스레 런던에 푸른 하늘이 드러났다. 사람들은 날씨의 변화에 놀라 거리로 뛰어나와 구경도 하고 볼일을 보기도 하고 살 것을 사기도 했다. 맹인들이 노래를 부르고 개들은 깡충 깡충 뛰어다니고 어릿광대는 몸을 들썩이며 재주를 넘었으며 아이들은 분필로 그림을 그리고 공을 던졌다. 한바탕 사육제가 벌어진 것만 같았다.

제이미와 윌크스 씨는 이마에 불끈 푸른 힘줄을 돋우고 카밀리아를 거리로 옮겼다. 카밀리아는 마치 가마를 탄 여자 교황처럼 눈을 질끈 감고 기도를 중얼거렸다.

"조심해요!" 윌크스 부인이 소리쳤다. "그러다 우리 애가 죽겠어요! 아니, 아니, 거기요. 거기에 내려놓아요. 천천히….."

마침내 카밀리아는 진열대에 전시된 크고 창백한 바르톨로뮤 인형처럼, 침대를 집 전면에 살짝 기울인 상태로 햇볕 아래 누워 밀려오는 박애의 물결을 기다렸다.

"제이미, 가서 펜과 잉크와 종이를 가져와라." 윌크스 씨가 말했다. "사람들이 전해주는 증상과 치료법을 적어둬야겠어. 그래야 이따 밤에 같이 살펴볼 수 있지 않겠니. 자, 이제….."

그러나 벌써 지나가는 군중 속에서 한 남자가 날카로운 눈초리로 카밀리아를 뚫어지게 보고 있었다.

"이 여자는 병에 걸렸군!" 남자가 말했다.

"그렇소이다." 윌크스 씨는 반색하며 말했다. "자, 시작이다.

아들아, 펜을 다오. 그래, 그래. 계속 말씀하십시오, 선생님!"

"몸이 좋지 않군요." 남자는 얼굴을 찌푸렸다. "몹시 허약해져 있습니다."

"몹시 허약해졌다⋯." 윌크스 씨는 받아적다가 갑자기 멈추고 의심스러운 표정으로 남자를 쳐다보았다. "당신은 의사요?"

"그렇소."

"어쩐지 어디서 많이 들어본 말 같더라니! 제이미, 내 지팡이를 가져다가 이 작자를 썩 쫓아버려라! 어서 가시오, 선생! 썩 물러나시오!"

남자는 분노로 씩씩거리며 욕을 퍼붓더니 서둘러 가버렸다.

"몸이 좋지 않군요. 몹시 허약해져 있습니다, 라니. 망할!" 윌크스 씨는 남자의 말을 흉내 냈다가 이내 멈추었다. 어느새 방금 무덤 밖으로 걸어 나온 유령처럼 크고 퀭한 눈빛을 한 여자가 카밀리아를 향해 손가락질하고 있었다.

"멜랑콜리⋯, 우울증이군." 여자가 중얼거렸다.

"우울증이라." 윌크스 씨는 만족스러운 듯 받아적었다.

"폐에 출혈이 있어." 여자가 노래하듯 말했다.

"폐에 출혈이!" 윌크스 씨는 활짝 웃으며 받아적었다. "이제야 좀 그럴싸한 말이 나오는군!"

"멜랑콜리의 묘약이 필요해." 여자가 힘없이 말했다. "혹시 집에 미라 가루가 있나요? 최상급 미라 가루라면 이집트산, 아라비아산, 힐라스파토스산, 리비아산이 있어요. 모두 자성의 질병에 아주 잘 듣는답니다. 필요하면 날 찾아와요. 나는 플로든 거리에 사는 집시랍니다. 파드득나물도 팔고 수꽃 유향도 팔고….”

"플로든 거리… 파드득나물… 조금만 천천히 말씀해주시겠습니까?"

"또 백지향 수지며 흑해에서 나는 쥐오줌풀이며….”

"잠깐만요, 부인! 백지향 수지라고 하셨지요? 어이쿠, 제이미! 저 여인을 붙들어라!"

그러나 여자는 약 이름만 줄줄 늘어놓고 사라져버렸다.

이번에는 열일곱 살도 안 되어 보이는 소녀가 다가와 카밀리아를 살펴보았다.

"이 사람은….”

"잠깐만!" 윌크스 씨는 부지런히 적었다. "자성의 질병에는… 흑해에서 나는 쥐오줌풀… 됐어! 오오, 소녀여. 내 딸의 얼굴에서 무엇이 보이나요? 당신은 숨도 쉬지 않고 내 딸을 뚫어지게 살피고 있군요. 어서 말해보세요."

"이 사람은….” 이상한 소녀는 카밀리아의 눈을 깊이 들여다보고는 얼굴을 붉히고 말을 더듬었다. "이 사람이 앓는 병은… 그러니까….”

"어서 말해봐요!"

"이 사람은… 이 사람은… 아아!"

그러더니 소녀는 마지막으로 한 번 더 카밀리아를 지독하게 딱하다는 눈빛으로 바라보고는 군중 속으로 사라져버렸다.

"어리석은 계집애 같으니!"

"아니에요, 아버지." 카밀리이는 눈을 크게 뜨고 중얼거렸다. "저 소녀는 어리석지 않아요. 소녀는 보았어요. 알고 있어요. 제이미, 어서 가서 그 소녀를 붙들어오렴. 소녀에게 꼭 듣고 싶은 말이 있어!"

"아니다! 여자애는 아무 말도 하지 않았어! 아까 그 집시 여인은 약 이름이라도 줄줄 늘어놓지 않았더냐!"

"저도 알아요, 아버지." 카밀리아는 한층 더 창백해진 얼굴로 두 눈을 질끈 감았다.

누군가 헛기침을 했다.

정육점 주인이 전쟁터라도 되는 양 선명한 핏빛으로 물든 앞치마를 두르고 숱 많은 콧수염을 빳빳하게 세우고 서 있었다.

"이런 안색을 한 암소를 본 적이 있지." 그가 말했다. "브랜디와 갓 낳은 달걀 세 알을 먹여 구했지요. 지난겨울에는 나도 같은 특효약으로 목숨을 건졌답니다."

"내 딸은 암소가 아니요!" 윌크스 씨는 펜을 던져버렸다. "내 딸은 당신 같은 푸주한도 아니고, 지금은 1월도 아니지 않소! 썩 물러나시오! 다른 사람들이 기다리고 있소이다!"

정말로 엄청난 인파가 줄지어 몰려왔다. 누구는 자기가 가장 좋아하는 술을 추천했고, 누구는 영국 전역이나 프랑스 남부보다 비가 덜 내리고 날씨가 맑다는 어느 시골 지역을 권했으며, 여자든 남자든 나이가 많은 사람들, 특히 고령의 의사들은 지팡이와 목발, 단장을 부딪쳐가며 몰려왔다.

"그만 물러나요!" 월크스 부인이 놀라 외쳤다. "이러다간 우리 딸이 봄철 딸기처럼 으깨지겠어요!"

"물러들 가요!" 제이미가 지팡이와 목발을 빼앗아 저 멀리 던져버리자, 사람들은 잃어버린 지팡이를 되찾으러 우르르 몰려갔다.

"아버지, 저는 틀렸어요! 이미 틀렸다고요." 카밀리아가 숨을 몰아쉬었다.

"아버지!" 제이미가 외쳤다. "이 소란을 잠재울 방법은 한 가지뿐이에요. 사람들에게 병의 치료법을 들어주는 대신 돈을 받는 거예요!"

"제이미, 역시 내 아들이로구나! 그럼 어서 간판을 써야지! 여러분, 내 말을 들어보시오! 2펜스씩 받겠소! 줄을 서시오! 한 줄로 서시오! 치료법을 말하고 싶으면 2펜스를 내시오! 돈을 내란 말이오, 그렇소! 선생님, 그렇습니다. 예, 좋습니다, 부인. 그럼, 여기 선생님부터. 자, 펜을 다오! 어서 시작하십시오!"

군중이 검은 바다처럼 들끓었다.

카밀리아는 한쪽 눈을 떴다가 다시 정신을 잃었다.

✳

해가 지자 거리는 텅 비고 두어 사람만 어슬렁거렸다. 익숙한 짤랑거리는 소리에 카밀리아의 눈꺼풀이 나방처럼 파닥였다.

"3백99⋯, 4백 페니!" 윌크스 씨는 아들이 싱글벙글한 얼굴로 꼭 쥐고 서 있는 돈 자루에 마지막 동전을 집어넣었다. "자, 됐다!"

"그 돈이면 제게 멋진 검은색 장례 마차를 마련해줄 수 있겠네요." 카밀리아가 창백한 얼굴을 하고 말했다.

"쉿! 그런 소리 마라. 이렇게나 많은 사람이, 2백 명이나 되는 사람들이 돈을 내면서까지 우리에게 자기 의견을 말해주다니, 상상도 못 했던 일이다."

"정말 그렇네요." 윌크스 부인이 말했다. "아내도 남편도 아이들도 서로 말을 들어주지 않았기 때문이겠죠. 그러니 누가 자기 말을 들어주기만 해도 기꺼이 돈을 낸 거예요. 참 딱한 일이죠. 오늘은 다들 오직 자신만이 편도선염이며 수종이며 마비저(馬鼻疽)에 대해 알고 있고, 습진과 두드러기를 구별할 수 있다고 했어요. 덕분에 우린 오늘 저녁 큰돈을 벌었고 2백 명이 넘는 사람들이 우리 집 앞에 의학의 지혜 보따리를 풀어놓고 행복해했지요."

"아까워라! 그것도 모르고 처음엔 소란을 가라앉히겠다고 강아지떼처럼 사람들을 물어뜯으며 쫓아냈지 뭐요!"

"치료법 목록을 읽어주세요, 아버지." 제이미가 말했다. "2백 가지 치료법을 들려주세요. 그중 어떤 방법이 효과가 있을까요?"

"아무래도 상관없어요." 카밀리아가 한숨을 내쉬며 중얼거렸다. "날이 어두워졌네요. 너무 많은 치료법을 들었더니 속이 울렁거려요. 절 2층으로 데려다주세요."

"그러자. 제이미, 침대를 들어 올려라!"

"실례합니다." 그때 어떤 목소리가 들려왔다.

윌크스 씨와 제이미는 몸을 절반쯤 숙인 채로 고개를 들어 목소리의 주인공을 쳐다보았다.

거기 키도 생김새도 특별할 게 없는 거리의 청소부가 서 있었다. 검댕이 묻은 얼굴에 연푸른색 눈이 반짝였고 웃으면 상아색 이가 빛났다. 남자가 움직일 때나 고개를 끄덕이며 조용히 말하는 동안에도 소매와 바지에서 검댕이 우수수 떨어져 내렸다.

"아까는 사람이 너무 많아서 도저히 올 수가 없었습니다." 남자가 손에 먼지투성이 모자를 들고 말했다. "지금은 집에 가는 길이라 잠시 들렀습니다. 돈을 낼까요?"

"아뇨. 안 내도 돼요." 카밀리아가 가만히 말했다.

"잠깐만…." 윌크스 씨가 끼어들었다.

그러나 카밀리아가 부드러운 눈길로 쳐다보자 윌크스 씨도 이내 입을 다물었다.

"고맙습니다, 아가씨." 어슴푸레한 땅거미 속에서도 청소부의 미소는 햇살처럼 따사롭게 빛났다. "제가 딱 한 말씀만 드리겠습니다."

남자는 카밀리아를 응시했다. 카밀리아도 남자를 쳐다보았다.

"오늘은 보스코 성인의 날 전야입니다. 또 보름달이 뜨는 밤이기도 하지요." 청소부는 병에 시달리는 사랑스러운 소녀에게서 눈을 떼지 못하고 겸손한 말투로 말했다. "따님을 떠오르는 달빛 아래 놔두어야 합니다."

"달빛 아래라고요?" 윌크스 부인이 물었다.

"그랬다가 미치기라도 하면 어쩌죠?" 제이미가 물었다.

"송구스럽습니다만." 청소부가 꾸벅 절을 하고 말했다. "보름달은 사람이든 저 들판의 짐승이든 가리지 않고 모든 앓는 자들을 달래준답니다. 보름달이 뿜어내는 고요한 빛깔과 평온한 빛살을 받으면 몸도 마음도 달콤하게 가라앉지요."

"비라도 오면 어쩌려고…." 윌크스 부인이 불안한 기색으로 말했다.

"맹세합니다." 청소부가 재빨리 말했다. "제 누이도 똑같이 쇠약하고 창백해지는 이 병을 앓았습니다. 우리도 봄밤 백합 화분처럼 달빛 아래 누이를 내놓았습니다. 지금 누이는 서식스 주에 사는데 새로 태어난 사람처럼 건강하게 살고 있습니다!"

"새로 태어난 사람처럼! 달빛 아래! 그럼 오늘 모은 4백 펜스는 단 한 푼도 쓰지 않아도 되겠군. 자, 부인, 제이미, 카밀리아!"

"안 돼요!" 윌크스 부인이 말했다. "그렇게는 못 해요!"

"어머니." 카밀리아가 말했다.

그녀는 청소부를 뚫어지게 쳐다보았다.

청소부도 검댕이 묻은 얼굴로 그녀를 마주 보았다. 그의 미소가 어둠 속에서 작은 언월도(偃月刀)처럼 반짝였다.

"어머니." 카밀리아가 말했다. "저는 느낄 수 있어요. 달님이 반드시 저를 치료해줄 거예요. 틀림없어요."

월크스 부인은 한숨을 내쉬었다. "오늘은 낮에도 밤에도 내 뜻대로 되는 일이 하나도 없구나. 그럼 마지막으로 키스나 하게 해다오. 자, 그럼."

그리고 월크스 부인은 2층으로 올라갔다.

이제 청소부도 뒤로 한 발짝 물러나 모두에게 정중하게 인사했다.

"꼭 밤새 밖에 나와 있어야 합니다. 달빛 아래에. 새벽까지는 조금도 방해해서는 안 됩니다. 그럼, 안녕히 주무세요, 아가씨. 멋진 꿈도 꾸세요. 잘 자요."

검댕이 묻은 얼굴이 어둠 속으로 사라졌다. 남자가 가버렸다.

월크스 씨와 제이미도 카밀리아의 이마에 입을 맞추었다.

"아버지, 제이미, 걱정하지 마세요." 카밀리아가 말했다.

그리고 카밀리아는 홀로 남아 저 멀리 어딘가를 응시했다. 어둠 속에서 어떤 미소가 떠올라 보일 듯 말 듯 깜박거리다가 모퉁이를 돌아 사라지는 것을 본 것도 같았다.

그녀는 달이 떠오르길 기다렸다.

＊

런던의 밤, 술집에서 들려오는 목소리들은 더욱 졸음에 빠져들었고 문 닫는 소리, 취객들의 작별인사, 시계 종소리가 간간이 들려왔다. 카밀리아는 고양이가 여자처럼 털을 뒤집어쓰고 지나가는 것을 보았고, 여자가 고양이처럼 지나가는 것도 보았다. 둘 다 똑똑했고, 둘 다 집시였으며, 둘 다 톡 쏘는 냄새를 풍겼다. 15분에 한 번씩 2층에서 소리가 들려왔다.

"얘야, 괜찮으냐?"

"예, 아버지."

"카밀리아, 괜찮니?"

"어머니, 제이미, 저는 괜찮아요."

그리고 마침내 들려온 소리. "잘 자라."

"안녕히 주무세요."

마지막 불이 꺼졌다. 런던은 잠들었다.

달이 떴다.

달이 더 높이 떠오르자 골목길이며 뒷길이며 거리를 바라보는 카밀리아의 눈도 더 커졌다. 한밤중이 되자 달은 그녀의 머리 위로 떠올라 고대의 무덤 꼭대기에 서 있는 대리석 조각상처럼 그녀를 비추었다.

어둠 속에서 뭔가가 움직였다.

카밀리아는 귀를 쫑긋 세웠다.

희미한 가락이 공중을 떠돌았다.

골목 그늘 속에 한 남자가 서 있었다.

카밀리아는 숨을 죽였다.

남자가 류트를 부드럽게 연주하며 달빛 아래로 걸어 나왔다. 옷을 잘 차려입고 얼굴도 잘생긴, 어쨌든 지금은 근엄해 보이기도 하는 남자였다.

"당신은 음유시인이군요." 카밀리아가 큰 소리로 말했다.

남자는 입술에 손가락을 대고 천천히 앞으로 걸어 나오더니 그녀의 침대 옆에 와 섰다.

"이렇게 늦은 시간에 뭘 하고 계시나요?" 카밀리아는 어쩐 일인지 조금도 무섭지 않았다.

"친구의 부탁을 받고 당신의 병을 낫게 해주러 왔습니다." 남자가 류트의 현을 건드리자 은은한 소리가 흘러나왔다. 은 색 달빛을 받은 남자의 얼굴은 참으로 아름다웠다.

"그럴 리가 없어요." 카밀리아가 말했다. "어떤 분이 제 병은 달님이 고쳐줄 거라고 한 걸요."

"그 말이 맞습니다, 아가씨."

"당신은 어떤 노래를 부르나요?"

"봄밤의 노래, 이름 없는 아픔과 병을 고치는 노래죠. 당신이 앓는 열병이 무엇인지 알려 드릴까요, 아가씨?"

"아신다면요."

"먼저 증상부터 말하죠. 갑자기 열이 오르고 금세 추워졌다가, 심장이 빨리 뛰다 느려지고, 신경이 폭풍처럼 날뛰다가 다시 잠잠해지고, 우물물만 마셔도 취하고, 누군가 손을 대기만 해도 어지럽지요. 이렇게 말입니다….."

남자가 그녀의 손목에 손을 대더니 그녀가 달콤한 망각 속으로 녹아내리는 것을 보고 뒤로 물러났다.

"우울했다가도 다시 불끈 힘이 나고," 남자는 계속했다. "꿈을 꾸다가도…."

"그만 해요!" 그녀는 마음을 빼앗긴 채로 외쳤다. "당신은 뼛속까지 속속들이 나를 아는군요. 그러니 어서 제 병의 이름을 말해줘요!"

"그러죠." 남자가 그녀의 손바닥에 입술을 대고 누르자 그녀는 갑자기 몸을 떨었다. "당신의 병명은 카밀리아 월크스입니다."

"정말 이상하군요." 그녀는 라일락 빛깔 불꽃처럼 눈빛을 반짝이며 몸을 떨었다. "그건 제 이름이잖아요. 제가 바로 제 병이라고요? 제가 저를 아프게 한단 말인가요? 아아, 제 가슴에 손을 대보세요."

"그러죠."

"제 손발도요. 한여름 태양처럼 이글거려요!"

"예. 제 손가락까지 타는 것 같군요."

"하지만, 저는 지금 밤바람 속에서 떨고 있어요! 아아, 추워요! 저는 죽을 거예요. 틀림없이 죽고 말아요!"

"제가 그렇게 놔두지는 않을 겁니다." 남자가 조용히 말했다.

"당신은 의사인가요?"

"아닙니다. 저는 오늘 당신의 아픔에 대해 이런저런 추측을 했던 수많은 사람 중 하나일 뿐이죠. 병명을 알면서도 사람들 속으로 달아나버린 그 소녀처럼요."

"맞아요. 저도 그 소녀의 눈을 보고 저를 사로잡아버린 병이 무엇인지 알고 있다는 걸 알았어요. 하지만, 아아, 추워서 이가 막 부딪치네요. 담요가 하나밖에 없어요!"

"제게 자리를 내주세요. 그래요. 저 좀 들어갈게요. 두 팔, 두 다리, 머리와 몸. 자, 이제 됐어요!"

"지금 뭐 하는 거예요!"

"당연히 오늘 밤 당신을 따뜻하게 해주려는 거죠."

"아아, 난로 같아요! 당신은 혹시 제가 아는 분인가요? 당신의 이름은요?"

그의 머리가 재빨리 그녀의 머리를 덮었다. 맑은 물 같은 그의 눈이 반짝이고 미소를 지으면 상아같이 하얀 이가 드러났다.

"제 이름은 보스코입니다." 남자가 말했다.

"같은 이름의 성인이 있지 않나요?"

"한 시간만 있으면 저를 그렇게 부르게 될 겁니다."

그의 머리가 더 가까이 다가왔다. 그녀는 아까 어둠 속으로 사라져버린 청소부의 얼굴을 알아보고 기쁨의 탄성을 질렀다.

"세상이 빙글빙글 돌아요! 죽을 것 같아요! 상냥한 의사 선생님, 어서 치료법을 알려주세요. 아니면 모든 게 사라질 거예요!"

"치료법이라." 남자가 말했다. "이게 바로 치료법이랍니다⋯."

어디선가 고양이가 울었다. 창문에서 구두 한 짝이 날아와 고양이를 울타리 너머로 쫓아버렸다. 그러자 사위가 고요해지고 달이….

＊

"쉿…."

동이 텄다. 윌크스 부부는 까치발로 아래층까지 내려와 뜰을 내다보았다.

"어젯밤 맹추위로 돌처럼 얼어 죽었을 거예요. 틀림없어요!"

"아니요, 부인! 저길 봐요! 살아 있어요! 뺨에 장밋빛이 돌아요! 아니, 아니, 복숭앗빛이야! 홍시 색깔이야! 우리 아이가 장밋빛이 도는 우유처럼 반짝이고 있어요! 사랑스러운 우리 카밀리아가 살았어요! 다시 살아났어요!"

두 사람은 잠든 딸 옆에서 몸을 숙였다.

"아이가 웃고 있어요. 꿈을 꾸나 봐요. 뭐라고 말하는 거지?"

"정말로 특별한…," 딸은 한숨을 내쉬었다. "묘약이에요."

"뭐, 뭐라고?"

딸은 다시 하얀 이를 드러내며 웃더니 잠에 빠졌다.

"멜랑콜리의…," 그녀는 중얼거렸다. "묘약이요."

그녀는 눈을 떴다.

"아, 어머니, 아버지!"

"딸아! 아가! 2층으로 올라가자!"

"아니에요." 그녀는 부모의 손을 다정하게 잡았다. "어머니?

아버지?"

"왜 그러느냐?"

"아무도 못 봤을 거예요. 그저 태양이 떠오를 뿐이죠. 자, 저와 함께 춤을 춰요."

그들은 춤을 추고 싶지 않았다.

그러나 무엇을 축하해야 하는지 알지도 못한 채, 그들은 춤을 추었다.

멋진 바닐라
아이스크림색 양복

The Wonderful Ice Cream Suit

도시의 여름 해질녘, 따닥따닥 소리가 나직이 들리는 당구장 앞에 세 명의 젊은 멕시코계 미국인이 후텁지근한 공기를 마시며 주위를 둘러보고 있었다. 이들은 가끔 말을 주고받기도 하고, 뜨거운 아스팔트 위를 검은 표범처럼 미끄러져 가는 자동차를 아무 말 없이 바라보거나, 뇌우처럼 다가와 번개를 뿌리고 우르르 쾅쾅 요란한 소리를 내며 침묵 속으로 사라져 가는 전차를 바라보기도 했다.

"후유." 이윽고 마르티네즈가 한숨을 내쉬었다. 마르티네즈는 셋 중 가장 나이가 어리고, 가장 달콤하게 우울한 얼굴을 하고 있었다. "정말 굉장한 저녁이야, 그렇지 않아? 굉장해."

그가 세상을 관찰하는 동안에도 세상은 바짝 다가왔다가 다시 멀어졌다가 또 가까워졌다. 어깨를 스치고 지나가는 사람들이 어느새 길 건너에 가 있었다. 10킬로미터 가까이 떨어진 건물의 그림자가 갑자기 그의 몸 위를 덮쳤다. 그러나 사람도 자동차도 건물도, 대개 모든 것은 세상 끝에 그대로 머물러 있어서 그로선 손끝 하나 델 수가 없었다. 이렇게 고요하고 무더운 여름 저녁에도 마르티네즈의 얼굴은 차가웠다.

"이런 저녁이면 자꾸 뭔가를 바라게 돼. 이런저런 많은 것을."

"뭔가를 바라게 된다는 건 말이야." 두 번째 남자, 빌러나즐이 말했다. 그는 방 안에서는 큰 소리로 책을 읽지만, 거리에서는 속삭이는 목소리로 말하는 사람이었다. "바라고 원하는 거야말로 백수들의 쓸데없는 소일거리지."

"백수라고?" 면도를 하지 않은 바메노스가 외쳤다. "저 친구 말 들었지? 우린 일도 없고 돈도 없는 백수야!"

"그래서 친구도 없지." 마르티네즈가 말했다.

"맞아." 빌러나즐은 눈을 들어 종려나무가 부드러운 저녁 바람에 흔들리는 푸르른 광장을 바라보았다. "내가 바라는 게 뭔지 알아? 저 광장에 가서 밤마다 모여 허풍을 떨어대는 사업가들 사이에 끼어 대화를 나누는 거야. 하지만 나처럼 이런 옷차림을 한 가난뱅이 말을 누가 들어주겠어? 마르티네즈, 우리에겐 서로가 있잖아. 가난한 자들의 우정이야말로 진정한 우정이지. 우린 말이야…."

그때 가느다란 콧수염을 멋지게 기른 잘생긴 멕시코 청년이 지나갔다. 청년의 태평한 양쪽 팔에는 여자가 하나씩 매달려 까르르 웃음을 터뜨렸다.

"이런!" 마르티네즈가 자기 이마를 찰싹 때렸다. "저 친구는 어떻게 여자를 둘이나 데리고 다니는 거지?"

"멋진 흰색 여름 양복을 새로 해 입었으니까." 바메노스가 새까만 엄지손톱을 물어뜯으며 말했다. "산뜻해 보이잖아."

마르티네즈는 몸을 앞으로 내밀며 멀어지는 세 사람을 바라보았다. 이때 길 건너 건물 4층 창문에서 아름다운 여자가 바람에 검은 머리를 잔잔하게 휘날리며 바깥쪽으로 몸을 내밀었다. 여자는 줄곧, 다시 말해 6주 동안 거기 있었다. 그동안 마르티네즈는 그녀에게 고개를 끄덕여 인사를 건네기도 했고, 손을 들어 올린 적도, 미소를 보낸 적도, 재빨리 윙크를 한 적도, 심지어 허리를 숙여 인사를 한 적도 있었다. 거리에서도, 친구를 만나러 가다가도, 홀에서도, 공원에서도, 번화가에서도 그랬다. 지금도 그는 허리춤에 올라가 있던 손을 들어 손가락을 움직였다. 그러나 사랑스러운 여자는 그저 여름 바람에 검은 머리카락을 날릴 뿐이었다. 마르티네즈는 존재하지 않는 것과 같았다. 그는 아무것도 아니었다.

"아아!" 마르티네즈는 눈을 돌려 청년이 두 여자를 데리고 모퉁이를 돌아간 거리를 내려다보았다. "나에게도 양복 한 벌이 있다면 얼마나 좋을까! 그럴싸해 보이는 옷만 한 벌 있다면 돈 같은 건 필요 없어."

"이런 말 하긴 좀 그렇지만." 빌러나즐이 말했다. "고메즈 알지? 녀석이 한 달이 넘도록 미친 사람처럼 계속 옷 이야기만 하더라고. 그래서 내가 녀석 좀 쫓아버렸으면 좋겠다고 했잖아. 바로 그 고메즈 말이야."

"어이, 친구." 나직한 목소리가 들려왔다.

"앗, 고메즈!" 다들 몸을 돌려 보았다.

고메즈는 이상야릇한 미소를 지으며 끝도 없이 길고 가느다란 노란 띠를 꺼내더니 여름 공기 속에서 그 띠를 펄럭펄럭 빙글빙글 흔들었다.

"고메즈, 그 줄자로 뭘 하려고 그래?" 마르티네즈가 물었다.

"사람들 치수를 재려고 그러지." 고메즈가 활짝 웃으며 대꾸했다.

"치수라고?"

"잠깐만." 고메즈가 마르티네즈를 곁눈질했다. "이봐, 그동안 대체 어디에 있었던 거야? 너부터 치수를 재야겠어."

마르티네즈는 고메즈에게 팔을 붙들린 채 줄자가 팔에, 다리에, 가슴둘레에 감기며 치수를 재는 것을 보고 있었다.

"움직이지 마!" 고메즈가 소리쳤다. "팔, 완벽하군. 다리, 가슴, 완벽해! 이제, 키! 좋아! 168센티미터! 합격이야, 이 친구야! 악수나 하자고!" 고메즈는 마르티네즈의 손을 잡고 위아래로 흔들었다가 갑자기 멈추었다. "잠깐. 너 혹시… 10달러 가진 거 있어?"

"나한테 있어!" 바메노스가 때 묻은 지폐 몇 장을 흔들어 보였다. "고메즈, 나도 치수를 재 줘."

"주머니를 탈탈 털어도 9달러 92센트뿐이야." 마르티네즈가 주머니를 뒤지며 말했다. "새 양복을 맞추려면 10달러가 있어야 하는 거야? 왜?"

"왜냐고? 넌 완벽한 체격을 가지고 있기 때문이지! 그게 바로 이유야!"

"고메즈, 하지만 난 아직 널 잘 몰라."

"날 몰라? 앞으로 넌 나랑 함께 살게 될 거야. 자, 가자고!"

고메즈는 당구장 안으로 들어가 버렸다. 마르티네즈도 빌러나즐의 정중한 안내를 받고 열띤 바메노스에게 등을 떠밀려 안으로 들어갔다.

"도밍게즈!" 고메즈가 말했다.

도밍게즈는 벽에 붙은 전화기 앞에 서 있다가 일행을 향해 눈을 찡긋했다. 수화기에서 어떤 여자의 목소리가 새어 나왔다.

"마눌로!" 고메즈가 또 다른 사람을 불렀다.

마눌로는 포도주를 병째 입에 대고 꿀꺽꿀꺽 마시다가 고개를 돌렸다. 고메즈는 마르티네즈를 가리키며 말했다.

"마침내 다섯 번째 참가자를 찾아냈어!"

도밍게즈는 "나는 데이트 중이니 방해하지 마…." 하고 말하다가 이내 입을 다물었다. 그의 손아귀에서 수화기가 떨어졌다. 깨알 같은 글씨로 이름과 전화번호가 가득 적힌 작고 검은 수첩도 얼른 그의 주머니 속으로 들어갔다. "고메즈, 너 혹시…?"

"그래, 그래! 네 돈 말이야! 얼른!"

대롱대롱 매달린 수화기에서 여자 목소리가 흘러나왔다.

도밍게즈는 불안한 얼굴로 수화기를 흘낏 보았다.

마눌로는 손에 든 빈 병과 길 건너 술집 간판을 번갈아 보았다.

이윽고 두 사람은 머뭇거리며 초록색 벨벳 당구대 위에 10달러씩을 꺼내 놓았다.

빌러나즐은 깜짝 놀라는 기색이었지만 그들이 하는 대로 했고, 고메즈도 똑같이 돈을 꺼내 놓고는 마르티네즈의 옆구리를 쿡 찔렀다. 마르티네즈도 꼬깃꼬깃해진 지폐와 동전을 세어서 내놓았다. 고메즈는 로열 플러시 게임을 할 때처럼 돈을 쭉 펴서 늘어놓았다.

"전부 50달러야! 양복은 60달러지! 이제 10달러만 더 있으면 되겠다."

"잠깐!" 마르티네즈가 끼어들었다. "고메즈, 그러니까 지금 양복 한 벌을 말하는 거야? 딱 한 벌?"

"그래, 한 벌이지!" 고메즈가 손가락 하나를 세워 들었다. "단 한 벌의 멋들어진 새하얀 아이스크림색 여름 양복. 8월의 달처럼 눈부시게 하얀색이지!"

"하지만, 그 양복은 누가 가져?"

"나!" 마눌로가 말했다.

"나야!" 도밍게즈가 말했다.

"나지!" 빌러나즐이 말했다.

"나라고!" 고메즈가 외쳤다. "그리고 마르티네즈, 너도. 자, 친구들. 이 친구에게 보여주자고. 나란히 줄을 서!"

빌러나즐, 마눌로, 도밍게즈, 고메즈가 우르르 몰려가 당구장 벽에 등을 대고 섰다.

"마르티네즈, 너도 저쪽 끝에 가서 줄을 서! 자, 바메노스, 그 당구대를 우리 머리 위에 놓아!"

"그래, 고메즈, 알았어!"

줄에 가서 선 마르티네즈는 머리 위로 당구대가 올라오는 것을 느끼며 무슨 일인지 보려고 몸을 앞쪽으로 기울였다. "앗!" 그는 깜짝 놀랐다.

바메노스가 씩 웃으며 모두의 머리 위에 얹은 당구대를 손에서 놓았지만, 당구대는 위로도 아래로도 기울어지지 않았다.

"우린 모두 키가 똑같군!" 마르티네즈가 말했다.

"똑같아!" 다들 웃음을 터뜨렸다.

고메즈는 노란 줄자를 들고 줄지어 선 남자들의 치수를 쟀고, 다들 한층 더 떠들썩하게 웃음을 터뜨렸다.

"됐어. 꼬박 한 달, 4주가 걸렸어. 나랑 키가 똑같고 몸집도 똑같은 남자를 네 명이나 찾는데 말이야. 여기저기 돌아다니며 치수를 잰지 꼭 한 달이 지났어. 키가 168센티미터인 남자를 찾았는데 살이 너무 쪘거나 아니면 너무 마른 적도 있었지. 때론 다리가 너무 길거나 팔이 너무 짧기도 했어. 내가 말했잖아! 골격도 똑같아야 한다고! 그런데 여기 모인 우리 다섯 사람은 어깨도 가슴둘레도 허리둘레도 팔도 전부 똑같아. 몸무게는 어떨까? 자, 친구들!"

마눌로, 도밍게즈, 빌러나즐, 고메즈, 그리고 마지막으로 마르티네즈가 저울 위로 올라갔다. 바메노스가 활짝 웃으며 동전을 집어넣자 잉크 스탬프가 찍힌 카드가 튀어나왔다. 마르티네즈는 두근거리는 가슴으로 카드를 읽었다.

"61.2 킬로그램…, 61.6…, 60.3…, 60.7…, 62.1…. 이건 기적이야!"

"아니야." 빌러나즐이 딱 잘라 말했다. "고메즈가 해낸 일이야."

모두 두 팔로 그들을 감싸 안은 천재를 향해 미소를 지었다.

"다들 괜찮겠어?" 고메즈는 다시 한 번 물었다. "똑같은 크기와 똑같은 꿈, 그리고 똑같은 양복이야. 다들 일주일에 적어도 하룻밤은 멋진 모습을 하고 나갈 수 있게 된단 말이지. 알겠어?"

"난 몇 년 동안 멋지게 차려입고 나간 적이 한 번도 없어." 마르티네즈가 말했다. "그러니 여자들도 날 보고 달아나는 거지."

"앞으론 달아나지 않을 거야. 오히려 깜짝 놀라 얼어붙을 걸." 고메즈가 말했다. "멋들어진 새하얀 아이스크림색 여름 양복을 입은 우리를 보면 말이지."

"고메즈, 뭐 하나만 물어봐도 돼?"

"물론이지, 친구."

"멋들어진 새하얀 아이스크림색 여름 양복을 구하고 나서, 어느 날 밤 혼자 그레이하운드 버스를 타고 엘파소에 가서 한 1년 정도 살 생각은 아니지?"

"이런, 빌러나즐! 왜 그런 소리를 하는 거야?"

"난 눈도 밝고 바른말도 잘하니까." 빌러나즐이 말했다. "'누구나 딴다' 펀치보드 복권을 생각해봐. 돈을 따는 사람이 하나도 없는데 넌 계속 복권을 샀잖아? 또 칠리 콘 카르네*와 까치콩 회사는 어떻고? 지금까지 네가 한 일이라곤 코딱지만 한 사무실 월세에 가진 돈을 전부 쏟아부은 것뿐이잖아."

"어렸을 적 뭣도 모르고 저지른 일이야." 고메즈가 말했다. "그런 이야기는 이제 그만하자고. 이렇게 더운 날 누가 우릴 위해 지은 특제 양복을 덜컥 사 가기라도 하면 어쩌려고 그래? '셤웨이 양복점' 진열창에서 우릴 기다리는 그 양복 말이야! 우리에겐 50달러가 있어. 이제 똑같은 체격을 가진 사람을 딱 한 명만 더 찾으면 돼!"

마르티네즈는 다들 당구장 안을 둘러보는 것을 보았다. 그도 모두가 바라보는 곳을 보았다. 그의 눈길이 바메노스를 얼른 훑어보고 마지못해 그 더러운 셔츠와 니코틴이 찌든 굵은 손가락으로 옮겨갔다.

"나 말이야?" 마침내 바메노스가 버럭 소리쳤다. "내 몸집을 재봐. 난 너무 커! 난 손도 크고 팔도 크다고! 난 도랑 파는 일을 했으니까! 하지만…."

이때 좀 전에 여자 둘을 데리고 지나갔던 그 재수 없는 남자가 웃으며 지나가는 소리가 마르티네즈의 귀에 들려왔다.

당구장 안 사람들의 얼굴에 여름철 뭉게구름의 그림자 같은

---

* 간 소고기에 강낭콩과 칠리파우더를 넣고 끓인 매운 스튜

고민의 빛이 드리웠다.

바메노스는 천천히 저울 위로 올라가 동전을 넣었다. 그리고 눈을 감고 기도의 말을 중얼거렸다.

"성모 마리아여, 제발….."

기계가 윙윙 소리를 내더니 카드를 뱉어냈다. 바메노스가 감았던 눈을 떴다.

"이것 봐! 61.2 킬로그램이야! 또 기적이 일어났어!"

다들 그가 오른손에 쥔 카드와 왼손에 든 더러운 10달러짜리 지폐를 바라보았다.

고메즈는 순간 눈앞이 아득해졌다. 땀이 흘렀고 입술을 핥았다. 그는 한 손을 불쑥 내밀어 그 돈을 움켜쥐었다.

"자, 양복점으로 가자! 양복을 사러 가자고! 어서!"

다들 환호성을 지르며 당구장 밖으로 뛰어나갔다.

버림받은 전화기에서 여전히 여자의 목소리가 흘러나왔다. 홀로 남은 마르티네즈가 수화기를 집어 들고 전화를 끊었다. 그는 침묵 속에서 고개를 저었다. "이게 무슨 꿈 같은 일이야? 여섯 명이 양복 한 벌이라니. 대체 무슨 일이 벌어지려는 거지? 광기? 방탕? 살인? 하지만, 난 주님 뜻대로 할 거야. 고메즈, 기다려!"

마르티네즈는 젊어서 빨리 달릴 수 있었다.

'셈웨이 양복점'의 셈웨이 씨는 넥타이 걸이를 정돈하다가 상점 밖에서 뭔가 미세한 분위기의 변화가 일어나고 있음을 감지하고 손을 멈추었다.

"레오." 그는 조수에게 나지막이 말했다. "나가보게."

상점 밖에는 한 남자, 고메즈가 어슬렁거리며 안을 들여다보고 있었다. 두 남자, 마눌로와 도밍게즈는 상점 안을 흘끗 보고 서둘러 지나갔다. 세 남자, 빌러나즐, 마르티네즈, 바메노스도 어깨를 나란히 하고 지나갔다.

"레오." 셤웨이 씨는 침을 꿀꺽 삼키고 말했다. "경찰을 불러!"

갑자기 여섯 남자가 입구를 막아섰다.

그 사이에 꼭 끼어 속이 약간 메스꺼워진 마르티네즈가 발개진 얼굴로 레오를 향해 활짝 웃었다. 레오는 수화기를 내려놓았다.

"와, 저기 정말 멋진 양복이 있어!" 마르티네즈가 눈을 크게 뜨고 속삭였다.

"아니야." 마눌로가 어느 양복의 옷깃을 만지며 말했다. "이 양복이야!"

"아니야. 우리 양복은 온 세상을 통틀어 단 한 벌뿐이야!" 고메즈가 냉정하게 말했다. "셤웨이 씨, 아이스크림처럼 새하얀 34사이즈의 양복이 한 시간 전까지만 해도 진열창에 걸려 있었는데, 지금은 없군요. 설마…?"

"팔렸느냐고요?" 셤웨이 씨는 한숨을 내쉬었다. "아니요, 아닙니다. 탈의실에 있습니다. 아직도 마네킹이 입고 있어요."

마르티네즈는 자기가 움직여서 다른 사람들도 따라 움직였는지, 다른 사람들이 움직여서 자기도 따라 움직였는지 알 수 없었다. 갑자기 모두가 움직이기 시작했다. 셤웨이 씨가 일행의 선두로 달려갔다.

"이쪽입니다, 신사분들. 그런데 어느 분이 입을…?"

"우리 모두 한 벌이면 됩니다!" 마르티네즈는 자기도 모르게 이렇게 말하고 웃었다. "우리 모두 차례로 입어볼 겁니다."

"모두가요?" 셤웨이 씨는 자신의 상점이 커다란 파도를 만나 갑자기 기우뚱 기울어버린 증기선이라도 되는 양 탈의실 커튼을 와락 붙잡았다. 그는 일행을 뚫어지게 쳐다보았다.

그렇고 말고요, 라고 마르티네즈는 혼자 생각했다. 우리 미소를 보라고요. 우리 미소 뒤에 있는 체격도 봐주고요. 여기, 저기, 위, 아래, 치수를 재보세요. 그래요. 이제 알겠죠?

셤웨이 씨는 보았다. 그리고 고개를 끄덕였다. 그는 어깨를 으쓱했다.

"모두란 말이죠!" 그는 커튼을 홱 젖혔다. "자, 여깄습니다! 이 양복을 사세요! 마네킹은 덤으로 드릴게요!"

마르티네즈는 조용히 탈의실 안을 들여다보았다. 그를 따라 다른 사람들도 안을 들여다보았다.

거기 양복이 있었다.

그것은 새하얀 색이었다.

마르티네즈는 숨을 쉴 수가 없었다. 숨을 쉬고 싶지도 않았다. 숨을 쉴 필요도 없었다. 숨을 쉬면 양복이 녹아내릴까 봐 두려웠다. 그저 보는 것만으로 충분했다.

마침내 그는 떨리는 숨을 크게 한 번 들이마셨다가 내뱉으며 속삭였다.

"아아, 정말이지 너무 멋져!"

"눈이 부셔." 고메즈가 중얼거렸다.

"셈웨이 씨." 레오가 토해내는 소리가 마르티네즈의 귀에 들려왔다. "이 양복을 팔았다가 위험한 선례가 남지 않을까요? 제 말은 앞으로도 계속해서 여섯 사람이 한 벌의 양복을 사겠다고 하면 어떡하느냐고요."

"자넨 59달러짜리 양복 한 벌로 이렇게 많은 사람을 동시에 행복하게 해주었다는 이야기를 들어본 적이 있나?" 셈웨이 씨가 말했다.

"천사의 날개 같아. 하얀 천사의 날개 말이야." 마르티네즈가 중얼거렸다.

마르티네즈는 셈웨이 씨가 자신의 어깨너머로 탈의실 안을 들여다보는 것을 느꼈다. 그의 눈에 희미한 빛이 가득 차올랐다.

"그거 아는가, 레오?" 그는 경외감이 묻어나는 소리로 말했다. "이게 바로 맞춤복이라는 걸세."

고메즈는 소리를 지르다 휘파람을 불다 하며 3층 층계참까지 뛰어 올라가 일행을 향해 손을 흔들었다. 나머지는 머뭇거리며 웃다가 멈춰 섰다가 아래층 계단에 앉아 있어야 했다.

"오늘 밤이야!" 고메즈가 외쳤다. "오늘 밤 다들 우리 집으로 이사를 와서 나랑 살자고! 옷값뿐만 아니라 방세까지 절약할 수 있어! 자, 마르티네즈, 양복 챙겼어?"

"내가?" 마르티네즈가 흰색 포장지로 싼 상자를 높이 들어

올렸다. "야호! 우리 모두 번갈아 입는다!"

"바메노스, 넌 마네킹을 챙겼겠지?"

"그럼!"

바메노스는 오래된 시가를 잘근잘근 씹으며 불꽃을 튀기다 그만 미끄러졌다. 마네킹이 손에서 미끄러져 바닥에 떨어지고 두 번 구르더니 계단 아래로 쿵 하고 떨어졌다.

"바메노스! 이 바보 멍청이!"

일행은 바메노스에게서 마네킹을 빼앗아 들었다. 바메노스는 뭔가 잃어버린 사람처럼 두려움에 휩싸여 주위를 둘러보았다.

마눌로가 딱 소리 나게 손가락을 튕겼다. "이봐, 바메노스! 우리 축배를 들자! 가서 포도주를 구해와!"

바메노스는 부리나케 아래층으로 달려갔다.

나머지는 양복을 들고 방 안으로 들어갔다. 마르티네즈만 현관에 남아 고메즈의 얼굴을 살폈다.

"고메즈, 안색이 안 좋아 보여."

"응." 고메즈가 대답했다. "내가 어쩌자고 이런 짓을 벌인 걸까?" 고메즈는 마네킹을 둘러싸고 부산하게 움직이는 방 안의 그림자들을 향해 고개를 끄덕였다. "내가 도밍게즈를 데려왔어. 여자라면 환장하는 녀석이지. 그래, 뭐 괜찮아. 나는 마눌로도 데려왔어. 술에 찌들어 살지만 여자처럼 달콤하게 노래할 줄 아는 녀석이야. 좋아. 빌러나즐은 책을 읽는 녀석이야. 그리고 넌 귀 뒤까지 말끔하게 씻는 친구지. 하지만 난 뭐지? 난 기다릴 수 있을까? 아니! 저 양복을 산 사람은 바로 나야! 그러니 내가 마지막으로 고른 친구가 꾀죄죄한 얼간이라고 해도 내 양복을 입을 권리가 있는 거야." 그는 혼란스럽다는 듯이 말을 멈추었다. "어느 날 밤 우리 양복을 입기로 한 녀석이 넘어진다거나 비를 홀딱 맞고 돌아오기라도 하면 어쩌지? 아아, 나는 대체 어쩌자고 이런 짓을 벌였을까!"

"고메즈." 방 안에서 빌러나즐이 속삭였다. "양복이 준비됐어. 너의 전등 빛 아래서 양복이 얼마나 근사해 보이는지 와서 한 번 봐."

고메즈와 마르티네즈는 방 안으로 들어갔다.

방 한가운데 놓인 마네킹에 혀를 내두를 정도의 옷깃과 정확한 재단, 말끔한 단춧구멍을 가진 형광색 유령이 기적과도 같은 흰빛을 내뿜으며 서 있었다. 마르티네즈는 양복이 내뿜는 흰빛을 두 뺨에 고스란히 맞으며 서 있으니 교회에 들어와 있는 기분이 들었다. 하얗다! 정말로 새하얗다! 순백의 바닐라 아이스크림처럼 하얗다. 새벽녘 아파트 현관에 놓인 우유병 속 우유만큼이나 하얗다. 늦은 밤 달빛이 은은한 하늘에 홀로 떠 있는 겨울철 구름만큼이나 하얗다. 더운 여름밤 방 안에 있는데도 공기 중에 하얀 입김이 뿜어져 나올 것만 같았다. 눈을 질끈 감아도 눈꺼풀 안쪽에 흰빛이 새겨져 있는 것 같았다. 마르티네즈는 오늘 밤 어떤 빛깔 꿈을 꿀지 미리 알 수 있었다.

"하얗다…." 빌러나즐이 중얼거렸다. "내 고향 멕시코의 산 꼭대기 눈만큼이나 새하얀 색이야. 우린 그 산을 '잠자는 여인'

이라고 불렀어."

"다시 말해봐." 고메즈가 말했다.

빌러나즐은 자랑스러웠지만, 짐짓 겸손하게 기꺼이 그 말을 되풀이했다.

"산꼭대기 눈만큼이나 새하얀 색이라고. 우린 그 산을…."

"나 왔어!"

일행은 화들짝 놀라 문간에 서 있는 바메노스를 돌아보았다. 그는 양손에 포도주병을 하나씩 들고 있었다.

"파티를 열자고! 자, 이제 말해봐. 오늘 밤에는 누가 제일 먼저 양복을 입지? 나인가?"

"너무 늦었어." 고메즈가 말했다.

"늦었다고? 이제 겨우 9시 15분이야!"

"늦었다고?" 다들 벌컥 화를 냈다. "늦었다니!"

고메즈는 주춤거리며 뒷걸음질을 쳤다. 다들 고메즈를 노려봤다가 다시 양복을, 그러고 나서 활짝 열린 창문을 바라보았다.

저 창밖은 아직 토요일, 그리고 맑은 여름밤이었다. 차분하게 가라앉은 따뜻한 어둠 속을 여자들이 잔잔한 물 위를 떠가는 꽃송이처럼 떠내려가고 있었다. 남자들은 구슬픈 소리를 냈다.

"고메즈, 내가 한 가지 제안할게." 빌러나즐이 연필심을 핥은 다음 공책에 표를 하나 그렸다. "넌 9시 반부터 10시까지 입어. 10시 반까지는 마눌로가, 11시까지는 도밍게즈가, 11시

반까지는 내가 입고, 마르티네즈는 12시까지 입는 거야. 그리고….."

"왜 내가 맨 꼴찌야?" 바메노스가 매서운 얼굴로 따져 물었다.

마르티네즈는 재빨리 머리를 굴리고 웃으며 말했다. "자정이 지나야 최고의 시간이잖아, 이 친구야."

"아, 그렇지. 그 말이 맞아. 내가 그 생각은 미처 못했네. 알았어." 바메노스가 말했다.

고메즈는 한숨을 내쉬었다. "좋아. 각자 30분씩이야. 다음부터는 한 사람이 일주일에 하룻밤씩 입기로 하자. 그러면 하룻밤이 남으니까 일요일마다 제비를 뽑아서 입을 사람을 정하기로 하지."

"그럼 무조건 나지!" 바메노스가 웃음을 터뜨렸다. "난 행운의 사나이거든!"

고메즈가 마르티네즈의 어깨를 꽉 쥐었다.

"고메즈." 마르티네즈가 재촉했다. "네가 먼저야. 얼른 입어."

고메즈는 평소 평판이 썩 좋지 않은 바메노스에게서 눈을 뗄 수가 없었다. 그러나 마침내 마음을 먹은 듯 박력 있게 웃옷을 벗어 던졌다. "야호!" 그는 소리쳤다. "야이호!"

✳

바스락바스락… 깨끗한 셔츠 소리.

"아아…!"

새 옷의 감촉은 얼마나 산뜻한가. 마르티네즈는 양복의 윗도리를 마네킹에서 벗기면서 생각했다. 어쩌면 이렇게 말끔한 소리가 날까! 이 깨끗한 냄새는 또 어떻고!

바스락바스락… 바지를 입고… 타이를 매고… 사르륵 사르륵… 멜빵을 매고… 바스락바스락… 마르티네즈는 양복 윗도리를 벗겨 내 고메즈의 굽은 어깨에 꼭 맞게 입혀주었다.

"멋지지?"

고메즈는 아름다운 빛을 내뿜는 양복을 입고 투우사처럼 빙그르르 돌아보았다.

"멋져, 고메즈. 정말 멋져!"

고메즈는 인사를 한 번 하고 문밖으로 나갔다.

마르티네즈는 손목시계를 뚫어지게 바라보았다. 정확히 10시에 누군가 어디로 가야 할지 모르겠다는 듯 홀을 왔다 갔다 하는 발소리가 들렸다. 마르티네즈는 문을 열고 밖을 내다보았다.

거기 고메즈가 엉거주춤하게 서 있었다.

마르티네즈는 고메즈가 어딘가 아파 보인다고 생각했다. 아니, 그보다는 어리둥절하고 놀랍고 당혹스러운 거겠지.

"고메즈! 여기야!"

고메즈가 몸을 돌려 방 안으로 들어왔다.

"오, 친구들, 친구들." 그가 말했다. "친구들, 정말 대단한 경험이었어! 이 양복 말이야! 이 양복이!"

"어서 말해봐, 고메즈!" 마르티네즈가 말했다.

"뭐라고 말해야 할지 모르겠어!" 그는 손바닥이 위로 향하게 두 팔을 번쩍 들어 올리고 천장을 올려다보았다.

"어서 말해줘, 고메즈!"

"말로 표현할 수가 없어. 너희도 직접 체험해 봐야 해! 그래, 직접 봐야 한다고…." 그러곤 입을 다물더니 고개를 절레절레 흔들었다. 그러다 고개를 들어보니 다들 일어나 자신을 보고 있었다. "다음 차례는 누구지? 마눌로던가?"

마눌로가 팬티 한 장만 걸친 채 앞으로 튀어나왔다.

"준비됐어!"

모두 웃음을 터뜨리고 소리를 지르고 휘파람을 불었다.

마눌로는 양복을 입고 문밖으로 나갔다. 그는 정확히 29분 30초 동안 자리를 비웠다가 문 손잡이를 붙잡은 채 벽에 기대고 자신의 팔꿈치를 만져보고 손바닥으로 얼굴을 감싼 채 돌아왔다.

"내 말 좀 들어봐, 친구들." 마눌로가 말했다. "나는 술집에 갔었어. 술을 마시러 갔느냐고? 아니, 술집으로 들어가지는 않았어. 술을 마시지도 않았고. 걷는 동안 절로 웃음이 나오고 노래가 나오더라고. 왜 그럴까? 내 입에서 흘러나오는 웃음과 노래를 들으며 스스로 물어봤지. 이유는 말이야. 이 양복을 입으니까 술을 마실 때보다도 기분이 좋아지더라고. 양복을 입고 완전히 취해버린 거야! 그래서 술집에 안 가고 '과달라하라 카페'에 가서 기타를 치고 노래를 네 곡이나 불렀어. 아주 큰 소리로 말이야! 아아, 이 양복은 정말이시!"

다음은 도밍게즈가 양복을 입고 나가 바깥세상을 두루 돌아다니고 돌아왔다.

마르티네즈는 도밍게즈가 들고 있던 그 검은 전화번호 수첩을 떠올렸다. 떠날 때는 분명히 손에 수첩을 들고 있었는데 지금은 빈손으로 돌아왔다! 어찌 된 일일까?

"거리에서 말이야." 도밍게즈가 눈을 크게 뜨고 친구들을 훑어보며 말했다. "거리를 걷고 있는데 웬 여자가 소리를 치더라고. '어머, 당신 도밍게즈 아니야?' 다른 여자도 말했지. '도밍게즈라고? 그럴 리가 없어. 이분은 동방에서 온 위대한 흰색 하느님 케찰코아틀*이야.' 갑자기 여섯 명이고 여덟 명이고 여자들과 함께 가고 싶지가 않았어. 오직 한 명이어야 한다고 생각했지. 단 하나! 그 한 명에게 뭐라고 말할 것 같아? '내 사람이 되어줘.' '나랑 결혼해.' 제길! 이 양복은 너무 위험해! 하지만, 난 상관없어. 나는 살아 있으니까! 난 살아 있다고! 고메즈, 너도 이러지 않았어?"

고메즈는 여전히 저녁에 겪은 일들에 놀라 정신을 못 차리고 있었다. "아니, 말로 할 수는 없어. 너무 대단했으니까. 나중에 말해줄게. 빌러나즐, 이제 네 차례인가?"

빌러나즐이 수줍게 앞으로 나왔다.

빌러나즐은 수줍게 밖으로 나갔다.

---

* 우주 생성과 인류 창조에 관여한 고대 멕시코의 신

빌러나즐이 수줍게 돌아왔다.

"한 번 상상해봐." 그는 일행을 보지도 않고 바닥만 내려다보며 말했다. "푸르른 광장에 나이 든 사업가들이 별빛 아래 모여 대화를 나누고 있더라고. 고개를 끄덕였다가 다시 이야기를 주고받았다 하면서. 그때 한 사람이 뭐라 뭐라 속삭이니까 다들 고개를 돌려 나를 뚫어지게 쳐다보더라. 그 사람들이 내가 지나갈 수 있게 길을 비켜주기에 나는 백열등으로 얼음을 녹이듯이 그들 사이를 뚫고 지나갔어. 위대한 빛의 한가운데에 바로 이 몸이 있었던 거야. 나는 깊은숨을 들이마셨어. 내 배 속이 꼭 젤리 같더라고. 내 목소리도 점점 커졌지. 내가 무슨 말을 했을 것 같아? 나는 이렇게 말했지. '여러분, 칼라일의 《의상철학》을 아십니까? 그 책을 보면 양복에 관한 칼라일의 철학을 엿볼 수 있지요.'"

드디어 마르티네즈가 양복을 입고 어둠 속을 돌아다닐 차례가 왔다.

그는 그 구역을 네 바퀴나 돌았다. 네 번째에 그 건물 현관에서 걸음을 멈추고 빛이 새어 나오는 창문을 올려다보았다. 그림자 하나가 움직이더니 아름다운 아가씨의 모습이 보였다가 곧 사라졌다. 다섯 번째 돌아와 창문을 올려다보았을 때 여자는 여름 더위를 이기지 못하고 발코니에 나와 시원한 바람을 쐬고 있었다. 그녀는 아래를 내려다보고는 어떤 동작을 취했다.

처음에는 여자가 자신을 향해 손을 흔들고 있다고 생각했다. 자신이 온몸으로 하얀 폭발을 일으켜 여자의 관심을 끌고 있다고 여겼다. 그러나 여자는 손을 흔드는 게 아니었다. 여자가 손을 움직이더니 곧 콧잔등 위에 검은 테 안경을 썼다. 그리고 안경 낀 눈으로 그를 살펴보았다.

아아, 그랬던 거였군! 맹인이라도 이 양복은 볼 수 있을 거야! 그는 여자를 향해 미소를 지었다. 여자를 향해 손을 흔들 필요도 없었다. 마침내 여자도 그를 향해 미소를 보냈다. 여자 역시 손을 흔들 필요가 없었다. 두 뺨을 조여오는 미소를 지을 수도 없고, 달리 무엇을 어떻게 해야 할지도 알 수가 없어서 그는 거의 뛰다시피 모퉁이를 돌아갔다. 여자가 자신의 뒷모습을 보는 게 느껴졌다. 뒤를 돌아보자 여자는 안경을 벗은 근시의 눈으로 기껏해야 짙은 어둠 속을 움직이는 한 점 빛밖에 안 되는 그를 뚫어지게 내려다보고 있었다. 다시 한 번 구역을 돌아왔더니 갑자기 이 도시가 아름답게만 보여 마구 소리를 지르고 웃음을 터뜨리고 싶어졌다.

돌아오는 길, 그는 눈을 반쯤 감은 멍한 상태로 둥둥 떠다니듯 걸었다. 일행은 문가에 돌아온 마르티네즈의 모습을 통해 자신들을 보았다. 바로 그 순간 다들 자신들에게 무슨 일이 벌어졌는지를 감지했다.

"늦었잖아!" 바메노스가 투덜거리다가 입을 다물었다. 마르티네즈의 주문이 아직 풀리지 않았던 것이다.

"누가 말 좀 해봐." 마르티네즈가 말했다. "나는 누구지?"

그는 방 안을 천천히 한 바퀴 돌았다.

모두 양복 때문이라고 그는 생각했다. 분명히 이 양복과 맑게 갠 토요일 밤 상점에서 겪은 일과 관계가 있다고. 마눌로 말처럼 술도 마시지 않았는데 웃음이 나오고 더 취한 것처럼 느껴졌다. 밤이 깊어질수록 차례차례 양복을 입고 비틀거리다 서로 부축해 겨우 균형을 잡고 밖으로 나갔다가 더 크고 따뜻하고 기분 좋은 마음으로 돌아왔다. 마르티네즈도 이제 눈부시게 하얀 옷을 입고 거기에 서 있었다. 마치 명령 한마디면 온 세상이 조용히 길을 비켜줄 사람처럼.

"마르티네즈, 네가 없는 사이 우리가 거울을 세 개나 빌려왔어. 봐!"

거울은 양복점에서처럼 마르티네즈의 세 면을 고루 비출 수 있게 세워져 있었다. 더불어 양복을 입고 옷 안의 실과 천에 올올이 깃든 빛나는 세계를 경험하고 돌아온 이들의 추억과 흔적까지도 모두 비춰주었다. 반짝이는 거울 속에서 그들이 모두 함께 겪은 이 옷의 커다란 죄를 목격하고 마르티네즈의 눈가가 촉촉이 젖어들었다. 다들 눈을 깜박거렸다. 마르티네즈가 손을 뻗어 거울을 만져보자 거울이 살짝 움직였다. 하얀 갑옷을 입은 수천 명, 수백만 명의 마르티네즈가 영원을 향해 행진하는 모습이 끝없이 여러 겹으로 비쳐 보였다.

그는 하얀 양복을 허공에 내밀었다. 일행은 황홀경에 빠져 처음에는 양복을 붙잡으려고 뻗은 더러운 손을 알아채지 못했다. 그러다가.

"바메노스!"

"더러운 자식!"

"몸을 씻지 않았잖아!" 고메즈가 말했다. "기다리는 동안 면도도 하지 않았어! 친구들, 이 녀석을 목욕탕으로 데려가자!"

"목욕탕으로 가자!" 다들 말했다.

"싫어!" 바메노스가 몸을 버둥거렸다. "나는 밤바람을 쐴 거야! 아이고, 나 죽네!"

그들은 소리 지르는 바메노스를 현관으로 끌고 갔다.

✳

이제 여기 바메노스가 서 있다. 깨끗하게 면도를 하고 머리도 말끔히 빗어 넘기고 손톱의 때도 밀어 믿을 수 없을 정도로 깔끔해진 그가 흰색 양복을 입고 있다.

친구들이 험상궂은 얼굴로 그를 노려보았다.

아아, 믿을 수가 없어. 마르티네즈는 생각했다. 바메노스가 지나가는 길엔 산이 들썩이고 산사태가 난다고? 그가 창문 밑을 지나갈 때면 사람들은 침을 뱉고 쓰레기를 던지고 더 심한 짓도 했더랬다. 그러나 오늘 밤, 이 맑은 토요일 밤, 그는 수없이 많은 활짝 열린 창문 밑을, 발코니 아래를, 골목길을 누비고 다닐 예정이었다. 세상이 갑자기 파리떼의 날갯짓으로 웅성거렸다. 그리고 이제 바메노스는 막 설탕 가루를 뿌린 케이크처럼 서 있었다.

"양복을 입으니까 정말 멋져 보인다, 바메노스." 마눌로가

70

구슬프게 말했다.

"고마워." 바메노스가 움찔거리며 조금 전까지 모두의 몸집이 들어가 있었던 옷 속에서 매무새를 편안하게 잡으려고 애썼다. "이제 가도 될까?"

"빌러나즐!" 고메즈가 말했다. "이 규칙들을 적어둬."

빌러나즐은 연필심을 핥았다.

"첫 번째." 고메즈가 말했다. "양복을 입은 채로 넘어지지 말 것. 바메노스, 알겠지?"

"걱정하지 마."

"양복을 입고 건물 벽에 기대지 말 것."

"기대지 않을게."

"양복을 입고 새들이 앉아 있는 나무 밑을 걸어가지 말 것. 담배 피우지 말 것. 술 마시지 말 것…."

"있잖아." 바메노스가 말했다. "양복을 입고 앉는 것은 괜찮아?"

"의문이 생기거든 일단 바지를 벗고 접어서 의자에 걸어둬."

"행운을 빌어줘." 바메노스가 말했다.

"신의 은총이 함께 하길, 바메노스."

그가 나갔다. 문이 닫혔다.

천이 쫙 찢어지는 소리가 났다.

"바메노스!" 마르티네즈가 소리치며 문을 벌컥 열었다.

바메노스가 두 조각으로 찢어진 손수건을 들고 씩 웃으며 서 있었다.

"쫙! 왜 그런 얼굴을 하고 있어? 쫙!" 그는 다시 손수건을 찢었다. "하하하. 저 얼굴 좀 보라지! 하하하!"

바메노스는 큰 소리로 웃으며 문을 세게 닫았다. 다들 어리 둥절한 얼굴로 서 있었다.

고메즈는 머리에 두 손을 올려놓고 안절부절못했다. "나에 게 돌을 던져줘. 나를 죽여줘. 아무래도 내가 악마한테 우리 영혼을 몽땅 팔아넘긴 것 같아!"

빌러나즐이 주머니를 뒤져 은화 한 닢을 꺼내더니 한참을 들여다보았다.

"마지막 남은 50센트야. 바메노스한테 양복값을 돌려주고 싶은데 혹시 돈 보탤 사람 없어?"

"소용없어." 마눌로가 일행에게 10센트를 보여주며 말했다. "우리에겐 옷깃과 단춧구멍 값밖에 없어."

고메즈가 열린 창으로 갑자기 몸을 내밀며 외쳤다. "바메 노스! 안 돼!"

저 밑에서 바메노스가 화들짝 놀라며 성냥불을 끄더니 어 디선가 주운 시가 꽁초를 던져버렸다. 그는 위쪽 창문에 나타 난 일행을 향해 이상한 몸짓을 해 보이더니 경쾌하게 손을 흔 들고 어슬렁거리며 걸어갔다.

남은 다섯 사람은 어쩐지 창문에서 몸을 뗄 수가 없었다. 그들은 거기 그대로 뭉쳐 서 있었다.

"저 친구, 양복을 입고 햄버거를 먹고 말 거야." 빌러나즐이 곰곰이 생각하며 말했다. "겨자 소스라도 묻으면 어쩌지?"

"안 돼!" 고메즈가 외쳤다. "절대 안 돼! 안 된다고!"

마눌로가 갑자기 문 쪽으로 걸어갔다.

"술이라도 마셔야지 안 되겠어."

"마눌로, 술은 여기 있어. 바닥에 있는 저 병에."

마눌로는 문을 닫고 밖으로 나가버렸다.

잠시 후 빌러나즐이 과장되게 기지개를 켜더니 방 안을 어슬렁거리기 시작했다.

"광장에라도 다녀와야겠어, 친구들."

그가 나간 지 일 분도 안 되어 도밍게즈가 친구들에게 검은 전화번호 수첩을 흔들어 보이고 눈을 찡긋하더니 문 손잡이를 돌렸다.

"도밍게즈." 고메즈가 불렀다.

"응?"

"혹시 바메노스를 만나거든 말이야." 고메즈가 말했다. "미키 머릴로가 하는 '붉은 수탉' 술집은 절대로 가지 말라고 일러줘. 그 술집은 싸움 장면이 나오는 TV를 틀어주는 데다가 TV 앞에서 실제로 싸움이 벌어지기도 하거든."

"그 친구 붉은 수탉 술집에는 가지 않을걸." 도밍게즈가 말했다. "바메노스에게도 그 양복은 몹시 소중하니까. 설마 양복 망칠 일을 벌이겠어?"

"하긴 양복을 더럽히느니 제 어머니를 쏘아죽이는 편을 택하겠지." 마르티네즈가 말했다.

"맞아. 분명히 그럴 거야."

둘만 남게 된 마르티네즈와 고메즈는 서둘러 계단을 내려
가는 도밍게즈의 발소리를 들었다. 두 사람은 창가에 서 있는
벌거벗은 마네킹 주변을 빙글빙글 돌았다.

고메즈는 한참 동안 입술을 깨물며 창가에 서서 밖을 내다
보았다. 셔츠 주머니에 두어 번 손을 넣었다 뺐다 하더니 마
침내 뭔가를 꺼내 들었다. 그리고 그것을 보지도 않고 마르티
네즈에게 내밀었다.

"마르티네즈, 이거 받아."

"이게 뭐야?"

여러 개의 이름과 전화번호가 인쇄되어 있고, 한 번 접힌
분홍색 종이였다. 마르티네즈의 눈이 휘둥그레졌다.

"오늘부터 3주 동안 쓸 수 있는 엘파소행 버스표!"

고메즈가 고개를 끄덕였다. 그는 마르티네즈의 얼굴을 똑
바로 쳐다보지도 않고 여름밤의 어둠을 응시했다.

"그걸 돈으로 바꿔 와." 고메즈가 말했다. "그 돈으로 흰색
양복에 어울리는 멋진 흰색 파나마모자와 연푸른색 넥타이를
사 가지고 와. 마르티네즈, 어서."

"고메즈…."

"얼른. 아, 여긴 정말 덥군! 바람 좀 쐬고 와야겠어."

"고메즈, 나 정말 감동했어. 고메즈…."

그러나 어느새 문이 활짝 열려 있고 고메즈는 사라졌다.

74

*

미키 머릴로가 운영하는 '붉은 수탉' 술집은 커다란 벽돌 건물 사이에 끼어 있어서 폭이 좁고 깊을 수밖에 없었다. 술집 바깥에는 뱀처럼 붉은색과 형광 초록색이 섞인 네온사인이 깜박거리고 있었다. 안쪽에는 어렴풋한 그림자가 나타났다가 혼잡한 어둠의 바다로 사라지곤 했다.

마르티네즈는 까치발을 하고 붉은 페인트칠이 벗겨진 전면 창을 통해 안쪽을 들여다보았다.

그때 왼쪽에서 어떤 기척이 느껴지고 오른쪽에서 누군가의 숨결이 느껴졌다. 그는 양쪽을 번갈아 보았다.

"마눌로! 빌러나즐!"

"목이 마르지 않아서 말이야. 산책이나 좀 하려고." 마눌로가 말했다.

"나는 광장에 가는 길이었는데 이쪽으로 돌아서 가려고." 빌러나즐이 말했다.

마치 약속이라도 한 듯이 세 남자는 함께 입을 다물고 여기저기 페인트칠이 벗겨진 창문으로 안을 들여다보았다.

잠시 후 세 사람은 뒤쪽에서 뜨거운 인기척과 가쁜 숨소리를 느꼈다.

"우리의 흰색 양복이 저 안에 있는 건가?" 고메즈의 목소리였다.

"고메즈!" 세 사람은 깜짝 놀라 일제히 말했다. "너도 왔어?"

"정말이잖아!" 막 도착한 도밍게즈도 안쪽을 들여다보며 말했다. "저기 우리 양복이 있어! 오오, 하느님 감사합니다. 아직은 바메노스가 입고 있군그래!"

"내 눈엔 안 보여!" 고메즈가 이마에 손 가리개를 하고 실눈을 떴다.

마르티네즈는 안쪽을 들여다보았다. 정말로 바메노스가 있었다! 안쪽 그늘 속에 커다란 눈덩이 같은 게 보이고 그 위로 바메노스가 담배 연기 속에서 눈을 찡긋하며 얼빠진 미소를 짓고 있었다.

"저 자식, 담배를 피우고 있어!" 마르티네즈가 말했다.

"저 자식, 술도 마시고 있어!" 도밍게즈가 말했다.

"타코까지 먹고 있잖아!" 빌러나즐도 말했다.

"즙이 뚝뚝 떨어지는 타코야." 마눌로가 덧붙였다.

"안 돼." 고메즈가 말했다. "안 돼, 안 돼, 안 돼…."

"루비도 같이 있어!"

"나도 좀 보자." 고메즈가 마르티네즈 옆을 비집고 들어왔다.

정말로 루비가 있었다! 100킬로그램은 되어 보이는 번쩍이는 브로치를 달고 발굽까지 검은 비단으로 감싼 구두를 신고 주홍색 매니큐어를 칠한 손으로 바메노스의 어깨를 붙잡고 있었다. 하얗게 분을 바르고 번들거리는 립스틱을 칠한 암소 같은 얼굴이 바메노스를 향해 갔다!

"저 하마 같은 여자가!" 도밍게즈가 말했다. "양복의 어깨심을 짓뭉개고 있어! 이제 바메노스의 무릎에 앉으려는군!"

"안 돼, 안 된다고! 저 분이랑 립스틱이 옷에 묻으면 안 돼!" 고메즈가 말했다. "마눌로, 안으로 들어가! 저 술잔을 뺏어! 빌러나즐, 시가와 타코를 가로채! 도밍게즈는 루비를 데리고 나와. 서둘러, 친구들!"

세 사람이 사라졌고 고메즈와 마르티네즈만 남아 숨을 죽이고 안쪽을 들여다보았다.

"마눌로가 술을 뺏었어. 아니, 자기가 마시고 있잖아!"

"빌러나즐은 담배를 뺏고 타코는 자기가 먹고 있어!"

"아아, 도밍게즈는 루비를 붙잡았어. 용감한 친구군!"

이때 큼직한 그림자 하나가 술집 정문을 통해 재빨리 안으로 들어갔다.

"고메즈!" 마르티네즈가 고메즈의 팔을 붙잡았다. "방금 들어간 사람은 루비의 남자친구 토로야. 여자친구가 바메노스랑 함께 있는 걸 보면 저 아이스크림색 양복은 피범벅이 되고 말 거야. 피투성이가 될 거라고."

"으악, 정말 미치겠네." 고메즈가 말했다. "얼른 안으로 들어가자!"

두 사람은 안으로 뛰어들어갔다. 바메노스 곁에 도착했을 때는 이미 토로가 멋들어진 아이스크림색 양복 깃에서 대략 60센티미터 떨어진 곳에서 막 덤벼들려 하고 있었다.

"바메노스를 놔줘!" 마르티네즈가 말했다.

"그 양복을 놓으라는 말이야!" 고메즈가 고쳐 말했다.

바메노스와 탭댄스라도 출 것 같은 자세였던 토로가 훼방꾼들을 노려보았다.

　빌러나즐이 수줍게 앞으로 다가서더니 웃으며 말했다. "이 친구를 때리지 말아줘. 차라리 나를 때려."

　토로가 빌러나즐의 코를 한 대 때렸다.

　빌러나즐은 코를 감싸 쥐고 눈물을 흘리며 비틀비틀 뒤로 물러났다.

　고메즈가 토로의 한쪽 팔을 붙잡고 마르티네즈는 반대편 팔을 잡았다. "이 친구를 놔줘. 놓으라고, 이 악당, 짐승, 고깃덩어리야!"

　토로가 아이스크림색 양복을 잡고 비틀자 여섯 남자가 일제히 고통스러운 비명을 질렀다. 토로는 땀을 뻘뻘 흘리고 으르렁거리며, 덤벼드는 남자들을 모두 물리쳤다. 토로가 바메노스를 때리려는 찰나 빌러나즐이 눈물을 줄줄 흘리고 비틀거리며 다시 왔다.

　"그 친구 말고 나를 때려!"

　토로가 다시 빌러나즐의 코를 때리자 누군가 의자를 집어 들고 토로의 머리를 내리쳤다.

　"맛 좀 봐라!" 고메즈가 외쳤다.

　토로는 비틀비틀 눈을 깜빡이며 넘어질 듯 말 듯 하다 바메노스를 붙들었다.

　"놔줘! 그 친구는 놔주란 말이야!" 고메즈가 외쳤다.

　토로의 바나나 같은 굵은 손가락이 하나씩 하나씩 아주 천천히 양복에서 떨어져 나갔다. 잠시 후 그는 일행의 발치에 쓰러졌다.

"친구들, 이쪽이야!"

일행은 바메노스를 밖으로 몰고 나갔다. 친구들의 손아귀에서 풀려났을 때, 바메노스는 이미 자존심에 크게 상처를 입은 상태였다.

"알았어, 알았다고. 하지만 내 시간은 아직 끝나지 않았어. 2분 하고도, 어디 보자, 10초가 더 남았단 말이야."

"뭐라고!" 모두 소리쳤다.

"바메노스." 고메즈가 말했다. "넌 암소 같은 루비를 무릎에 앉히고 싸움을 벌이고 담배도 피우고 술도 마시고 줄줄 흐르는 타코를 먹은 것도 모자라 감히 시간이 남았다고 말하는 거냐?"

"2분 하고도 1초가 남았어!"

"어머, 바메노스, 자기 정말 멋지다!" 길 건너 멀리서 웬 여자의 목소리가 들려왔다.

바메노스는 미소를 지으며 윗옷 단추를 채웠다.

"라모나잖아! 라모나, 기다려!" 바메노스는 인도를 벗어나 길 건너로 달려갔다.

"바메노스!" 고메즈가 애원했다. "1분 하고도." 손목시계를 들여다보며 말했다. "40초밖에 안 남았는데, 뭘 하려고 그래?"

"이봐, 라모나! 기다려!"

바메노스가 성큼성큼 달려가며 외쳤다.

"바메노스, 조심해!"

바메노스가 깜짝 놀라 몸을 돌렸을 때 자동차가 끽 하고 브레이크 밟는 소리가 들렸다.

"안 돼!" 인도에 서 있던 다섯 남자가 한목소리로 외쳤다.

마르티네즈는 충돌음을 듣고 움찔했다. 그는 천천히 고개를 들었다. 하얀 빨랫감이 공중으로 날아가는 것 같았다. 그는 다시 고개를 숙였다.

마르티네즈는 자신을 비롯한 일행이 각자 다른 소리를 내는 것을 들었다. 누구는 헉 하고 크게 숨을 들이마셨고 누구는 후유 하고 숨을 뱉어냈다. 누구는 돌연 숨을 멈추었다. 누구는 신음했다. 큰 소리로 정의를 부르짖는 사람도 있었다. 누구는 얼굴을 가렸다. 마르티네즈는 너무 고통스러워 자기도 모르게 주먹으로 가슴을 치고 있었다. 한 발짝도 움직일 수가 없었다.

"나는 살고 싶지 않아." 고메즈가 나지막이 말했다. "누가 날 좀 죽여줘."

마르티네즈는 발을 질질 끌며 자신의 발에 명령했다. 얼른 걸어! 비틀거려! 한발 한발 따라가! 그러다 다른 사람과 부딪쳤다. 다들 달리고 있었다. 다들 건너기 어려운 넓고 깊은 강을 가로지르듯이 길을 건너 바메노스에게 달려갔다.

"바메노스!" 마르티네즈가 말했다. "살아 있어!"

바메노스는 바닥에 드러누워 눈을 질끈 감은 채 머리를 앞뒤로 몇 차례 움직이며 입을 벌리고 신음했다.

"말해줘, 말해줘, 오오, 제발 말해줘."

"무슨 말을 하라는 거야, 바메노스?"

바메노스는 주먹을 꼭 쥐고 이를 악물었다.

"양복 말이야. 양복이 어떻게 되었는지 말해줘. 양복, 양복 말이야!"

일행은 몸을 웅크렸다.

"바메노스, 양복은 말이야, 오오, 괜찮아!"

"거짓말!" 바메노스가 말했다. "틀림없이 찢어졌겠지. 틀림없이 찢어졌을 거야. 여기저기 몽땅, 아랫도리까지도."

"아니야." 마르티네즈가 무릎을 꿇고 여기저기를 만져보았다. "바메노스, 전부, 바지까지도 멀쩡해!"

바메노스는 이윽고 눈을 뜨더니 하염없이 눈물을 흘렸다. "아아, 기적이야." 그는 흐느꼈다. "하느님 감사합니다!" 그리고 울음을 뚝 그쳤다. "자동차는 어떻게 됐어?"

"널 치고 달아나 버렸어." 고메즈도 갑자기 생각난 듯 빈 거리를 노려보았다. "멈추지 않고 가버린 게 다행이야. 만약 멈췄더라면….."

다들 귀를 쫑긋 세웠다.

멀리서 사이렌이 울부짖었다.

"누가 구급차를 불렀나 봐."

"서둘러!" 바메노스가 눈알을 굴리며 말했다. "날 일으켜 줘! 우리 양복을 벗겨줘!"

"바메노스….."

"닥쳐, 이 바보들아." 바메노스가 큰 소리로 외쳤다. "윗옷을 벗겨, 그래! 이제, 바지도, 바지도 빨리, 서둘러 벗기라고! 의사들이 어떻게 하는지 몰라? 영화 안 봤어? 병원에 가면 면도칼로 찢어서 바지를 벗긴단 말이야. 그 치들은 양복 따위 신경도 쓰지 않아! 미친놈들이라고! 아, 하느님, 얼른, 서둘러, 빨리!"

사이렌이 울렸다.

다들 겁에 질려 곧바로 바메노스에게 달려들었다.

"오른쪽 다리, 천천히, 서둘러, 이 바보들아! 좋아! 왼쪽 다리, 그래, 왼쪽, 거기, 천천히 천천히! 됐어! 빨리! 마르티네즈! 네 바지, 네 바지를 벗어줘!"

"뭐라고?" 마르티네즈는 얼어붙었다.

사이렌이 날카롭게 울렸다.

"바보야!" 바메노스가 울부짖었다. "다 벗었잖아! 네 바지를 입혀달라고! 내게 줘!"

마르티네즈가 얼른 바지 허리띠를 붙잡았다.

"다들 나를 에워싸줘!" 검은색 바지와 흰색 바지가 공중을 날았다.

"빨리! 미친놈들이 면도칼을 가지고 오고 있어! 오른쪽 다리, 왼쪽 다리, 그래!"

"지퍼를 채워! 바보야, 바지 지퍼를 채우라고!" 바메노스가 울부짖었다. 사이렌 소리가 멈췄다.

"오오, 세상에, 됐어! 시간에 맞춰 왔군." 바메노스는 뒤로 누워 눈을 감았다. "오오, 감사합니다."

마르티네즈는 구급대원들이 재빨리 지나가는 동안 시치미를 뚝 떼고 흰색 양복바지를 입었다.

"다리가 부러졌군요." 구급대원 한 사람이 말했다. 그들은 바메노스를 들것에 실었다.

"친구들." 바메노스가 말했다. "나한테 화내지 말아줘."

고메즈가 코웃음을 쳤다. "누가 화를 낸다고 그래?"

구급차에 실려 머리를 뒤로 젖히고 일행을 거꾸로 바라보며 바메노스가 더듬거렸다.

"있잖아, 친구들. 내가 병원에서 돌아오면 말이야…. 그래도 날 패거리에 끼워줄 거지? 날 쫓아내지 않을 거지? 나, 담배도 끊고, 붉은 수탉 술집에도 안 가고, 여자도 가까이하지 않을게."

"바메노스." 마르티네즈가 다정하게 말했다. "아무런 약속도 하지 않아도 돼."

바메노스는 젖은 눈으로, 별이 빛나는 하늘을 배경으로 온통 하얗게 차려입은 마르티네즈를 거꾸로 바라보았다.

"오, 마르티네즈. 그 양복을 입으니 정말 근사해 보인다. 친구들, 마르티네즈 정말 아름답지 않아?"

빌러나즐이 구급차에 올라타더니 바메노스 옆에 자리를 잡았다. 차 문이 쾅하고 닫혔다. 남은 네 사람은 구급차가 멀어지는 것을 지켜보았다.

흰 양복을 입은 마르티네즈는 친구들의 조심스러운 호위를 받으며 인도까지 갔다.

집에 돌아가자마자 마르티네즈는 세세를 끼냈고 전부 둘러서서 양복의 얼룩 빼는 법을 가르쳐주었다. 또 다리미를 너무 뜨겁게 하지 않고 옷깃과 주름을 다림질하는 방법도 가르쳐주었다. 양복이 깨끗해지고 다림질까지 끝나자 흰색 양복은 갓 피어난 치자꽃처럼 보였다. 일행은 양복을 다시 마네킹에 입혔다.

"2시야." 빌러나즐이 중얼거렸다. "바메노스가 잘 자야 할 텐데. 병원에 두고 올 때 괜찮아 보이긴 했지만 말이야."

마눌로가 헛기침하며 물었다. "이제 오늘 밤엔 이 양복을 입고 나갈 사람 없지?"

다들 마눌로를 노려보았다.

마눌로는 얼굴을 붉혔다. "내 말은… 너무 늦었다고. 다들 피곤하잖아. 아마 48시간 안에는 아무도 이 양복을 입겠다고 나서지 않을걸? 양복도 좀 쉬어야지. 음, 그런데 우린 어디서 자나?"

밤이 되어도 여전히 찜통더위라 도무지 방 안에 있을 수가 없어 양복을 마네킹째로 홀에 가져다 두었다. 베개와 이불도 가져갔다. 그들은 계단을 올라 건물 옥상으로 갔다. 거긴 시원한 바람이 불 테니 잠을 청할 수 있을 테지. 마르티네즈는 생각했다.

옥상으로 가는 길에 열린 채로 있는 여러 방문 앞을 지나갔다. 사람들은 여전히 땀을 흘리며 카드놀이를 하고 청량음료를 마시고 영화 잡지로 부채질하고 있었다.

혹시? 마르티네즈는 생각했다. 혹시 말이야. 그래!

4층의 그 문이 열려 있었다.

아름다운 여자가 눈을 들어 지나가는 남자들을 바라보았다. 그녀는 안경을 쓰고 있었는데, 마르티네즈를 보자 얼른 안경을 벗어 책 밑에 숨겼다.

마르티네즈는 열린 문 앞에서 재빨리 걸음을 멈췄지만, 일행은 그것도 모르고 계속 가던 길을 갔다.

그는 한동안 아무 말도 못 하다가 이윽고 입을 열었다. "저는 마르티네즈입니다."

그러자 여자가 말했다. "셸리아예요."

그리고 두 사람은 아무 말도 하지 않았다.

마르티네즈의 귀에 일행이 건물 옥상으로 올라가는 소리가 들렸다. 그도 몸을 움직여 뒤따라 갔다.

여자가 재빨리 말했다. "오늘 밤 당신을 봤어요!"

그는 여자에게 돌아갔다. "양복을 봤군요."

"예, 양복을 봤어요." 여자는 말했다가 잠시 멈추었다. "하지만 양복 얘기를 하는 게 아니에요."

"예?"

여자는 책을 들어 올리고 무릎 위에 얹어놓은 안경을 보여주었다. 그녀는 안경을 만지작거리며 말했다.

"저는 시력이 나빠요. 어쩌다 한 번씩 안경을 쓴다고 생각하겠지만, 그렇지 않아요. 몇 년 동안 안경을 숨기고 다니느라 아무것도 보이지 않았어요. 그런데 오늘 밤은 안경을 쓰지도 않았는데 보이더라고요. 어둠 아래서 크고 하얀 게 지나가는 걸요. 정말 새하얀 색이었어요! 그래서 얼른 안경을 썼죠."

"그게 아까 말한 양복이었어요." 마르티네즈가 말했다.

"그래요, 잠깐은 그 양복이었죠. 하지만 양복 위에 또 다른 하얀 것이 있더라고요."

"또 다른 하얀 것?"

"당신 치아요! 아아, 그토록 하얗고 가지런한 치아는 본 적이 없어요!" 마르티네즈는 손을 들어 입을 가렸다.

"정말 행복해 보였어요, 마르티네즈. 그토록 행복한 얼굴, 환한 미소는 처음 봤답니다."

"아아." 그는 여자를 똑바로 보지도 못한 채 얼굴을 붉혔다.

"아시겠지만," 여자가 나지막이 말했다. "처음에는 양복이 눈에 띄었어요. 그래요, 저 아래 어두운 밤을 새하얀 색이 가득 채웠죠. 그렇지만 당신 치아가 훨씬 더 하얗게 보여서 양복은 까맣게 잊고 말았답니다."

마르티네즈는 다시 얼굴이 달아올랐다. 여자 역시 자신의 말에 취해 있는 것 같았다. 여자는 코 위에 안경을 걸쳤다가 다시 신경질적으로 벗더니 숨겨버렸다. 그녀는 자신의 손을 내려다보았다가 그의 머리 너머로 문을 쳐다보았다.

"혹시…." 이윽고 마르티네즈가 말했다.

"예?"

"혹시 당신을 불러도 될까요?" 그가 물었다. "다음번 제가 양복을 입을 차례가 되었을 때요."

"왜 그 양복을 입을 때까지 기다려야 하죠?" 여자가 물었다.

"제 생각에는…."

"꼭 그 양복을 입어야 하는 건 아니에요."

"하지만…."

"그 양복만 입으면 누구나 멋져 보이죠. 하지만, 아니에요. 저는 보았는걸요. 그 양복을 입은 수많은 남자를 오늘 밤 전부 보았죠. 다 달랐어요. 다시 말하지만, 당신은 그 양복을 입을 때까지 기다리지 않아도 돼요."

"아아, 세상에! 이런, 맙소사!" 그는 행복에 겨워 외쳤다. 잠시 후 그는 목소리를 더 나직하게 하고 말했다. "나는 잠깐 만이라도 그 양복이 필요할 거예요. 한 달, 여섯 달, 혹은 일 년 이 될 수도 있지요. 확실하지는 않아요. 난 아직 너무도 많은 일이 두려우니까요. 아직 젊거든요."

"그렇겠죠." 여자가 말했다.

"잘 자요, 저기…."

"셀리아예요."

"잘 자요, 셀리아." 그는 말하고 문에서 멀어졌다.

일행은 건물 옥상에서 기다리고 있었다. 위로 여는 문을 지나 올라가니 친구들은 벌써 옥상 한가운데에 양복을 입은 마네킹을 놓고 그 주위로 둥그렇게 담요와 베개를 깔아두었다. 이제 그들은 누워 있었다. 높은 곳에 올라오니 시원한 밤바람이 불었다.

마르티네즈 혼자 하얀 양복 옆에 서서 옷깃을 어루만지며 반쯤은 혼잣말하듯 중얼거렸다.

"이봐, 친구들, 정말이지 끝내주는 밤이었어! 7시 이후로 한 10년은 지난 것 같아. 그때 모든 일이 시작되었지. 난 그때 친구도 없었어. 그런데 새벽 2시인 지금은 온갖 친구가 생겼어…." 그는 잠시 멈추고 셀리아를 생각했다. 셀리아를. "정말 온갖 친구가." 그는 계속 말했다. "방도 생기고 옷도 생겼지. 그렇지? 그렇다고 말해줘." 그는 자신과 마네킹을 에워싸고 옥상에 누워 있는 남자들을 둘러보았다. "정말 재밌는 세상이야. 이 양복을 입으면 고메즈처럼 틀림없이 당구에서 이기겠지. 도밍게즈처럼 여자들의 시선을 끌고 마눌로처럼 감미로운 목소리로 노래를 부를 수도 있어. 빌러나즐처럼 정치 이야기를 멋들어지게 늘어놓을 수도 있고 바메노스처럼 힘이 세지기도 하지. 그러면 뭐하느냐고? 오늘 밤 나는 마르티네즈 이상이야. 나는 고메즈고 마눌로고 도밍게즈고 빌러나즐이고 바메노스지. 나는 모두야. 아아… 아아…." 그는 잠시 양복 옆에 서 있었다. 그들이 앉아 있을 때나 서 있을 때나 걸을 때나 언제든 지켜줄 양복이었다. 이 양복을 입으면 고메즈처럼 재빨리 민첩하게 움직일 수 있고 빌러나즐처럼 느리고 신중해질 수 있으며 도밍게즈처럼 바람을 타고 날아다니듯 다닐 수 있다. 이 양복은 그들의 소유지만 양복이 그들을 전부 소유했다고 볼 수도 있다. 게다가 양복은… 천국과도 같았다.

"마르티네즈." 고메즈가 말했다. "안 잘 거야?"

"물론 자야지. 그냥 생각을 좀 했어."

"무슨 생각?"

"만약 우리가 부자가 된다면 말이야." 마르티네즈가 조용히 말했다. "약간 슬퍼질 것 같아. 그러면 우리는 저마다 양복이 생기겠지. 그리고 오늘 같은 밤은 다시는 없을 거야. 오래된 친구들은 뿔뿔이 흩어지겠지. 그 후로 다시는 지금처럼 되지 못할 거야."

남자들은 누워 방금 마르티네즈가 한 말을 곰곰이 생각했다.

고메즈가 천천히 고개를 끄덕였다.

"그래, 그 후로는, 다시는 지금처럼 되지 않겠지."

마르티네즈는 자기 몫의 담요 위에 누웠다. 일행은 어둠 속에서 옥상 한가운데 서 있는 마네킹을 올려다보았다. 마네킹은 그들 삶의 중심에 있었다.

근처 건물의 네온사인이 켜졌다 꺼졌다 켜졌다 꺼지기를 반복하자 멋들어진 바닐라 아이스크림색 하얀 양복도 나타났다 사라졌다 나타났다 사라지기를 반복했다. 어둠 속에서 밝게 빛나는 그들의 눈은, 그 모습을 보기만 해도 좋았다.

열 병

Fever Dream

그들은 갓 세탁한 깨끗한 이불 속에 아이를 눕혔다. 흐릿한 분홍색 램프 아래 탁자에는 늘 그렇듯이 방금 짠 진한 오렌지 주스가 유리잔에 담겨 있었다. 찰스가 부르기만 하면 엄마나 아빠가 방 안으로 고개를 들이밀고 그의 상태를 살펴볼 것이다. 방 안의 음향효과가 좋아서 아침이면 도기로 만든 변기가 꾸르륵 소리를 내며 물을 빨아들이는 소리도 들렸고 지붕을 두드리는 빗소리나 은밀한 벽 속을 내달리는 교활한 쥐의 소리, 아래층 새장에서 노래하는 카나리아 소리까지 들렸다. 정신만 바짝 차린다면 앓아누워 있는 것도 그리 나쁜 일은 아니었다.

찰스는 열세 살이었다. 9월 중순, 대지가 막 가을빛으로 타오르기 시작할 무렵이었다. 자리에 누운 지 사흘째 되는 날 찰스는 공포에 휩싸였다.

먼저 손이 달라지기 시작했다. 오른손이었다. 침대 겉덮개 위에 올라간 오른손이 혼자서 뜨겁게 달아오르고 땀을 흘리고 있었다. 손은 퍼덕거리며 살짝 움직였다. 그러더니 이불 위에서 조금씩 색깔이 달라지기 시작했다.

✳

그날 오후 의사가 다시 와서 작은북을 두드리듯 찰스의 야윈 가슴을 두드렸다. "기분이 좀 어떠니?" 의사가 빙그레 웃으며 물었다. "말하지 않아도 알겠다. '감기는 괜찮아요, 선생님. 하지만 너무 무서워요!'라고 말하려고 했지? 하하." 의사는 늘 자기가 농담해놓고 자기가 웃었다.

그러나 의사의 오래 묵은 끔찍한 농담은 앓아누운 찰스에게 현실이 되어가고 있었다. 농담이 찰스의 마음에 들러붙어버렸다. 찰스는 하얗게 겁에 질려 농담을 떨쳐내고 싶었다. 의사는 자신의 농담이 얼마나 잔인한지 까맣게 모르겠지!

"의사 선생님." 찰스가 파리한 얼굴로 힘없이 누워 속삭였다. "제 손이 더는 제 것이 아니에요. 오늘 아침에는 완전히 다른 것으로 변했어요. 제 손을 되찾아주세요. 예? 선생님."

의사는 치아를 드러내며 씩 웃고는 찰스의 손을 어루만졌다. "내가 보기엔 괜찮은데? 아마 열에 들떠 꿈을 꾼 모양이구나."

"하지만 손이 변해버렸어요, 선생님. 아아, 선생님." 찰스는 핏기없이 거친 손을 들어 올리며 가엾게 울부짖었다. "거짓말이 아니에요!"

의사가 눈을 찡긋했다. "그럼 분홍색 알약을 주마." 그는 찰스의 혀 위에 알약 하나를 얹었다. "삼키려무나."

"이 약을 먹으면 손이 다시 제 것으로 돌아오나요?"

"그럼, 그럼."

의사가 자동차를 타고 고요하고 푸른 9월 하늘 아래로 떠나자 집 안은 다시 조용해졌다. 저 멀리 아래층 부엌에서 시계가 똑딱거렸다. 찰스는 누워서 손을 들여다보았다.

손은 다시 돌아오지 않았다. 여전히 다른 것이었다.

창밖에 바람이 불었다. 나뭇잎이 떨어지며 차가운 유리창에 부딪혔다.

오후 4시가 되자 왼손도 변하기 시작했다. 꼭 열병에 걸린 사람 같았다. 세포 하나하나가 고동치며 달라졌다. 손은 따뜻한 심장처럼 혼자서 뛰었다. 손톱이 파랗게 변했다가 다시 빨개졌다. 완전히 달라질 때까지 거의 한 시간이 걸렸다. 보통 손과 다를 게 없어 보였지만 보통 손은 아니었다. 더는 자기 손이 아니었다. 찰스는 공포에 질려 누워 있다가 기진맥진한 상태로 잠에 빠졌다.

6시에 엄마가 수프를 가지고 왔지만, 찰스는 손도 대지 않았다. "저는 손이 없어요." 찰스는 눈을 감은 채 말했다.

"네 손은 완벽한걸." 엄마가 말했다.

"아니에요." 찰스는 울부짖었다. "제 손은 없어졌어요. 꼭 의수가 달린 것 같아요. 아, 엄마, 엄마, 안아주세요. 안아줘요. 무서워 죽겠어요!"

결국 엄마가 수프를 먹여주어야 했다.

"엄마. 의사 선생님을 다시 불러주세요. 부탁이에요. 너무 아파요."

"의사 선생님은 오늘 저녁 8시에 다시 올 거야." 엄마는 이렇게 말하고 방을 나갔다.

저녁 7시, 집 안에 밤의 어둠이 가득 들어찼다. 침대에서 몸을 일으켜 앉는 찰스의 다리에 무슨 일이 일어났다. 처음에는 한쪽 다리에, 그러더니 반대쪽 다리에도 뭔가 일어나는 게 느껴졌다. "엄마! 빨리 와보세요!" 찰스는 비명을 질렀다.

그러나 엄마가 왔을 때는 아무 일도 일어나지 않았다.

엄마가 아래층으로 내려가자 찰스는 꼼짝없이 누워 다리가 욱신거리다가 따뜻해지다가 빨개질 정도로 뜨거워지는 것을 고스란히 느끼고 있었다. 방 안은 찰스의 몸이 뿜어내는 열기로 따뜻해지고 있었다. 열기가 발가락에서 발목으로 이어서 무릎까지 기어 올라왔다.

"들어가도 되겠니?" 문간에서 의사의 웃음 섞인 목소리가 들렸다.

"선생님!" 찰스가 소리쳤다. "빨리 제 담요를 걷어보세요!"

의사는 순순히 담요를 걷어보았다. "그래, 완전하고 건강한 모습의 네가 있구나. 땀을 흘리고 있기는 하지만, 열이 조금 있어서 그래. 선생님이 돌아다니면 안 된다고 했지? 이 장난꾸러기." 의사는 눈물에 젖은 찰스의 분홍빛 뺨을 살짝 꼬집었다. "그래, 아까 먹은 약은 효과가 있었니? 손이 원래 모양으로 돌아왔어?"

"아니요, 약은 아무 소용 없어요! 이제 왼손도 두 다리도 그래요!"

"이런, 이런, 그럼 약을 세 알 더 먹어야겠구나. 양쪽 다리와 한 손에 한 알씩. 그렇지, 얘야?" 의사가 웃었다.

"약을 먹으면 나을까요? 그럼 어서 주세요. 선생님, 저는 어떤 병에 걸린 거죠?"

"가벼운 성홍열이란다. 감기가 심해져서 그래."

"제 몸에 세균이 살면서 새끼를 쳐서 그런 건가요?"

"그렇지."

"성홍열이 틀림없어요? 검사도 안 해봤잖아요!"

"어떤 열병은 보기만 해도 확실하게 알 수 있단다." 의사는 냉정하고 위엄있게 소년의 맥을 짚어보았다.

의사가 검은색 진료가방을 신속하게 꾸리는 동안 찰스는 아무 말도 없이 그저 누워만 있었다. 잠시 후 조용한 방 안에 소년의 목소리가 번지며 작고 약한 파문을 일으켰다. 어떤 기억을 되살리며 소년의 눈이 반짝거렸다. "언젠가 책을 한 권 읽은 적이 있어요. 석화된 나무에 관한 책이었어요. 나무가 돌로 변하는 거 말이에요. 나무가 쓰러져 썩는 동안 광물이 그 안에 들어가 쌓이면서 나무처럼 보이는 거죠. 하지만 그건 사실 나무가 아니라 돌이에요." 찰스는 잠시 말을 멈추었다. 조용하고 따뜻한 방 안에 찰스의 숨소리가 들렸다.

"그래서?" 의사가 물었다.

"그래서 저도 생각해 봤어요." 잠시 후 찰스가 다시 입을 열었다. "병균도 자라는 걸까? 생물 시간에 아메바 어쩌고 하는 단세포 생물에 관해 배운 적이 있어요. 몇백만 년 전에 그것들이 한 덩어리로 뭉쳐 최초의 몸이 생겨났대요. 세포가 점점 더 많이 모이고 점점 더 커져서 마침내 물고기가 되고 또 우리 같은 인간도 된 거죠. 그러니까 우리는 한데 모여 서로 돕는 세포들의 덩어리예요. 그렇죠?" 찰스는 열에 들뜬 입술을 혀로 축였다.

"그래서 어쨌단 말이냐?" 의사가 찰스를 향해 몸을 숙였다.

"선생님, 꼭 들어주세요! 꼭이요!" 찰스는 외쳤다. "아주 오래전처럼 수많은 병균이 서로 모여 한 덩어리가 되고, 번식해서 더 많은 병균을 만들고, 그러면 어떻게 될까요? 어떤 모습이 될지 한 번 생각해보세요."

찰스의 하얀 손이 가슴 위로 올라왔다가 목을 향해 올라갔다.

"그러다가 그것들이 사람을 점령하려고 마음을 먹었다면요!" 찰스가 소리쳤다.

"사람을 점령한다고?"

"예, 아예 그 사람이 되어버리는 거예요. 저처럼요! 제 손과 발 말이에요! 병균이 사람을 죽이고 그 사람이 죽은 다음에도 계속 살아가는 방법을 알게 된다면 어떨까요?"

찰스는 비명을 질렀다.

소년의 두 손이 목을 조르고 있었다.

의사는 고함을 지르며 앞으로 움직였다.

*

9시, 의사는 소년의 어머니와 아버지의 배웅을 받으며 자기 자동차로 향했다. 부모가 의사에게 진료가방을 건넸다. 그들은 차가운 밤바람을 맞으며 잠시 대화를 나누었다. "반드시 양손을 다리에 묶어두십시오." 의사가 말했다. "아이가 제 손으로 상처를 입힐지도 모르니까요."

"저희 애는 괜찮을까요, 선생님?" 어머니가 잠시 의사의 팔을 붙들었다.

의사는 어머니의 어깨를 다독였다. "제가 이 댁의 주치의로 일한 지도 30년이나 되었습니다. 이건 열병입니다. 아이는 그저 상상에 빠져 있을 뿐이고요."

"하지만, 아이 목에 생긴 멍 자국을 보니, 하마터면 목이 졸려 죽을 뻔했어요."

"꼭 손을 묶어두세요. 내일 아침이면 괜찮아질 겁니다."

자동차가 어두운 9월의 도로를 달려갔다.

＊

　새벽 3시, 찰스는 어둡고 작은 방에서 여전히 깨어 있었다. 머리와 등 밑 침대가 축축했다. 몸이 몹시 뜨거웠다. 이미 팔도 다리도 없어지고 이제 몸이 변하기 시작했다. 찰스는 꼼짝없이 누워 미친 듯한 집중력으로 아무것도 없는 천장을 노려보았다. 한동안 비명을 지르며 몸을 뒤틀었지만, 지금은 힘이 빠지고 목도 쉬어버렸다. 엄마가 몇 번이나 올라와 젖은 수건으로 이마의 열을 식혀주었다. 지금 찰스는 두 손이 다리에 묶인 채 잠잠해졌다.

　찰스는 몸의 안쪽 벽이 변하고 있다고 느꼈다. 내장이 변하고 폐는 분홍빛 알코올램프처럼 불타고 있었다. 난로 불빛이 깜박이며 방 안의 어둠을 밝혔다.

　이제 찰스는 몸이 없어졌다. 완전히 사라졌다. 목 아래에 붙어 있기는 했지만 강렬한 수면제를 먹었을 때처럼 저 혼자 엄청나게 맥박치고 있었다. 마치 단두대가 자신의 머리를 깔끔하게 잘라버려 머리만 한밤중 베개 위에서 빛나고 아래쪽 몸은 혼자 살아 다른 사람의 것이 되어버린 것 같았다. 병이 찰스의 몸을 집어삼키고 영양분을 알뜰하게 섭취한 다음 열에 들뜬 복제품을 재생산해냈다.

　조그만 손의 솜털도, 손톱도, 상처도, 발톱도, 오른쪽 엉덩이에 돋은 작은 사마귀도 모두 완벽하게 복제되어 있었다.

　나는 죽었구나. 찰스는 생각했다. 나는 죽임을 당했지만,

아직 살아 있다. 내 몸은 죽었어. 내 몸은 이제 질병 덩어리가 되어버렸지만 아무도 모르겠지. 나는 걸어 다닐 수 있지만 그건 내가 아닌 다른 것이야. 철저하게 나쁘고 완전히 사악하고 너무 크고 악해서 이해하거나 생각하기도 어려운 것이 되어버렸어. 그것은 구두를 사고 물을 마시고 언젠가는 결혼도 하겠지만, 지금껏 보지 못한 나쁜 짓을 저지를 거야.

이제 열기는 뜨거운 포도주처럼 찰스의 목덜미로 뺨으로 번져갔다. 입술이 타올랐고 눈두덩은 바싹 마른 잎처럼 불타올랐다. 콧구멍이 푸른 불꽃을 몹시 희미하게 내뿜었다.

이제 끝이야. 찰스는 생각했다. 놈은 내 머리와 두뇌를 가져가겠지. 내 눈과 치아와 두뇌에 새긴 모든 흔적과 머리카락과 귓바퀴의 주름까지도 전부 앗아가겠지. 내겐 아무것도 남지 않을 것이다.

뇌 속에 펄펄 끓는 수은이 가득 찬 것만 같았다. 왼쪽 눈이 달팽이처럼 쪼그라들고 오므라들며 변하는 게 느껴졌다. 왼쪽 눈이 보이지 않았다. 그 눈은 이제 찰스의 것이 아니었다. 적의 영토가 되어버렸다. 혀도 잘려서 사라졌다. 왼쪽 뺨에 감각이 없어졌다. 왼쪽 귀가 들리지 않았다. 그 귀도 다른 이의 것이 되어버렸다. 새로 태어나는 것, 통나무를 점령하고 태어난 광물질의 것, 건강한 동물의 세포를 대체하는 질병이라는 놈의 것이 되어버렸다.

찰스는 소리를 질러보았다. 높고 날카로운 비명이 큰 소리로 터져 나왔다. 두뇌가 흘러넘치고, 오른쪽 눈과 오른쪽 귀가 잘려나가고, 앞이 보이지 않고, 귀가 들리지 않고, 온몸이 불덩어리가 되어 공포와 겁과 죽음에 사로잡히는 바로 그 순간에는 외마디 소리를 지를 수 있었다.

엄마가 달려와 찰스의 곁으로 돌아오기 전에, 비명은 멈추었다.

✳

맑고 상쾌한 아침이었다. 거센 바람이 소년의 집 앞 오솔길을 올라오는 의사의 발걸음을 재촉했다. 2층 창가에 성장한 소년이 서 있었다. 의사가 손을 흔들며 "어쩐 일이냐? 왜 일어나 있니? 오, 맙소사!"라고 외쳐도 소년은 손을 흔들지 않았다.

의사는 2층까지 뛰다시피 올라가 숨을 헐떡이며 소년의 방으로 들어갔다.

"왜 일어나 있는 거냐?" 의사는 소년의 야윈 가슴을 두드려보고 맥박도 짚어보고 체온도 쟀다. "이것 참 놀라운걸! 정상이야, 정상. 세상에!"

"이제 다시는 아프지 않을 거예요." 소년은 거기 서서 넓은 창밖을 내다보며 나직이 선언했다.

"암, 그래야지. 그런데 너 정말 다 나은 것 같구나, 찰스."

"의사 선생님."

"왜 그러니, 찰스?"

"저 이제 학교에 가도 될까요?" 소년이 물었다.

"내일부터는 가도 될 거야. 녀석, 학교에 몹시 가고 싶은 모양이구나."

"예. 저는 학교가 좋아요. 아이들도 다 좋고요. 친구들과 함께 놀고 씨름도 하고 싶어요. 침도 뱉고, 여자애들 머리카락도 잡아당기고, 선생님과 악수도 하고, 옷 방에 걸린 외투마다 손을 문질러보고 싶어요. 얼른 커서 세상을 여행하며 온 세상 사람들과 악수도 하고, 결혼도 하고, 아이들도 많이 낳고, 도서관에 가서 책도 만져보고 싶어요. 뭐든 다 하고 싶어요!" 소년은 9월의 아침 풍경을 바라보았다. "그런데 선생님, 아까 절 뭐라고 불렀죠?"

"뭐라고?" 의사는 어리둥절했다. "찰스라고 부르지 뭐라고 불렀겠니?"

"이름이 아예 없는 것보다는 낫네요." 소년은 어깨를 으쓱했다.

"학교에 다시 가고 싶다니 다행이구나." 의사가 말했다.

"사실은 빨리 가고 싶어서 좀이 쑤셔요." 소년이 빙그레 웃었다. "도와주셔서 고맙습니다, 선생님. 우리 악수해요."

"그럼, 그럼."

그들은 진지하게 악수했다. 열린 창으로 상쾌한 바람이 불어왔다. 그들은 거의 1분 동안 악수를 했다. 소년은 노인을 향해 웃으며 고맙다고 인사했다.

이윽고 소년은 웃으며 아래층까지 달려가 자동차를 세워

둔 곳까지 의사를 배웅했다. 어머니와 아버지도 기꺼운 인사를 건네러 따라왔다.

"아주 건강해졌어요!" 의사가 말했다. "믿을 수가 없을 정도입니다."

"힘도 세졌답니다." 아버지가 말했다. "밤새 몸을 묶어두었던 끈을 저 혼자 풀었다니까요. 그렇지, 찰스?"

"제가요?" 소년이 말했다.

"그랬어! 어떻게 했니?"

"아아." 소년이 말했다. "오래전 일이에요."

"오래전이라고!"

다들 웃음을 터뜨렸다. 어른들이 웃는 동안 소년은 조용히 맨발로 보도 위에 올라가 길바닥을 기어 다니는 수많은 불개미를 지그시 밟아버렸다. 부모와 나이 든 의사가 대화를 나누는 사이 소년의 눈은 은밀하게 빛났다. 소년은 시멘트 바닥에서 개미들이 머뭇거리다 덜덜 떨며 죽어 자빠지는 모습을 구경했다. 개미들이 싸늘하게 식어버린 것을 느낄 수 있었다.

"잘 있어라!"

의사는 손을 흔들며 차를 타고 갔다.

소년은 부모 앞으로 걸어갔다. 저 멀리 마을을 바라보며 나지막이 '학창 시절' 노래를 불렀다.

"저 아이가 다시 기운을 되찾다니 정말 다행이야." 아버지가 말했다.

"저 노래를 들어봐. 학교에 몹시 가고 싶은 모양이야!"

소년은 조용히 몸을 돌렸다. 소년은 부모를 차례차례 꼭 끌어안았다. 그리고 몇 차례 입도 맞추었다.

그러고선 한마디도 하지 않고 계단을 통통 뛰어올라 집 안으로 들어갔다.

소년은 거실로 들어가 부모가 집 안으로 들어오기 전에 재빨리 새장을 열고 손을 집어넣어 노란 카나리아를 어루만졌다. 딱 한 번.

그리고 새장 문을 닫고 뒤로 물러나 기다렸다.

결혼생활을
고쳐 드립니다

The Marriage Mender

햇빛을 받은 침대 머리판은 분수처럼 맑은 빛을 뿜어냈다. 거기엔 사자와 이무기, 수염이 늘어진 염소가 조각되어 있었다. 한밤중에 보면 오싹 두려움이 느껴졌다. 안토니오는 침대에 걸터앉아 구두끈을 풀고 굳은살이 박인 큼지막한 손을 뻗어 반짝이는 하프를 쓰다듬었다. 그리고 전설의 꿈 제조기에 올라가 누웠다. 그는 무거운 숨을 내쉬며 천천히 눈을 감았다.

"매일 밤 칼리오페*의 입속에서 자는 것 같아." 옆에서 아내가 말했다.

아내의 불평에 그는 깜짝 놀랐다. 그는 한동안 꼼짝도 하지 않고 누워 몇 년 동안 거칠고도 아름다운 노래를 연주해왔던

---

*   웅변과 서사시의 여신이자, 증기 오르간을 뜻하기도 한다.

이 하프의 현을, 그러니까 복잡한 모양의 침대 머리판에서도 차가운 금속으로 만들어진 부분을 굳은 손끝으로 만져보고 싶은 마음이 들 때까지 기다렸다.

"이건 증기 오르간이 아니야." 그가 말했다.

"하지만 증기 오르간 소리가 나는걸." 마리아가 말했다. "오늘 밤 이 세상의 수십억 명은 침대에서 자겠지. 그런데 왜 우리에겐 침대가 없는 거야?"

"이게 침대야." 안토니오는 가만히 말했다. 그는 머리 뒤쪽에 있는 모조 황동 하프로 짧은 가락을 연주해보았다. 그의 귀에는 '산타루치아'로 들렸다.

"게다가 이 침대에는 혹도 솟아 있어. 마치 낙타떼가 침대 밑을 지나가는 것 같단 말이야."

"그만해, 엄마." 안토니오가 말했다. 부부에겐 아이가 없었지만, 아내가 화를 내면 그는 가끔 아내를 '엄마'라고 불렀다. "전에는 한 번도 불평한 적이 없었잖아. 다섯 달 전 아래층 브랭코지 부인이 새 침대를 들이기 전에는 말이야."

마리아는 동경하는 말투로 말했다. "브랭코지 부인의 침대는 눈 같아. 평평하고 새하얗고 푹신푹신하지."

"그따위 눈, 평평하고 새하얗고 푹신푹신한 것, 나는 필요 없어! 이 스프링을 한 번 느껴보라고!" 그는 화가 나서 외쳤다. "이 스프링들은 날 아주 잘 알아. 이 시간쯤 되면 이렇게 누울 거라고, 새벽 2시가 되면 저렇게 누울 거라고, 이미 잘 안단 말이야. 3시에는 이렇게, 4시에는 저렇게. 우린 함께 체조하는 것과 같아. 몇 년째 호흡을 맞추어 왔으니 어떻게 잡아주고 어떻게 떨어질지 속속들이 잘 안단 말이야."

마리아는 한숨을 푹 쉬며 말했다. "나는 가끔 우리가 바톨 씨네 사탕 가게에 있는 태피 기계에 들어가 있는 꿈을 꿔."

안토니오는 어둠을 향해 당당하게 말했다. "이 침대는 가리 발디 장군보다 훨씬 전부터 우리 가문을 위해 존재했어! 이 침 대에서 태어난 사람만 족히 하나의 선거구를 이룰 만큼 될걸. 깔끔하게 경례를 올려붙일 줄 아는 육군이 한 개 분대, 제과업 자가 둘, 이발사가 하나, 〈일 트로바토레〉와 〈리골레토〉에서 조연으로 활약한 사람이 넷, 성격이 너무 복잡해 평생 뭘 하고 살지 결정하지 못했던 천재가 둘이나 된다고! 또 무도회장에 서 그 어떤 장식품보다 아름다웠던 미인들도 잊으면 안 되지! 이 침대는 풍요의 뿔*이라고! 진정한 수확의 기계야!"

"우리가 결혼한 지도 2년이나 되었는데, 우리의 〈리골레 토〉 조연은 어디 있어? 우리 천재는 어딨지? 우리의 무도회 장 장식품은 어떻게 된 거야?" 마리아는 불쾌함을 억누르며 말했다.

"조금만 참아, 엄마."

"엄마라고 부르지 마! 이 침대가 당신한테는 밤새 분주히 멋진 꿈을 선사하는지는 몰라도 나한테는 한 번도 그런 적이 없었어. 나한테는 여자아기조차 준 적이 없었다고!"

---

*   어린 제우스에게 젖을 먹였다는 염소의 뿔

그는 몸을 일으켜 앉았다. "당신도 아파트 여자들의 돈 타령에 넘어가고 말았군. 브랭코지 부인한테 아이가 있었던가? 다섯 달 전 새로 들인 침대가 아이를 안겨주었대?"

"아니! 하지만 곧 생길 거야! 브랭코지 부인이 그랬어. 게다가 부인의 침대는 정말이지 아름답단 말이야."

그는 쿵 소리가 나게 침대에 벌렁 드러누워 거칠게 이불을 뒤집어썼다. 침대는 복수의 여신들이 밤하늘을 달려가는 것처럼 시끄러운 소리를 내더니 시간이 새벽을 향해 갈수록 소리도 점점 희미해졌다.

달의 위치가 바뀌며 방바닥에 드리운 창문의 그림자 모양도 변해갔다. 안토니오는 잠에서 깨어났다. 옆자리에 마리아가 보이지 않았다.

그는 일어나 반쯤 열린 욕실 문으로 안을 엿보았다. 아내가 거울 앞에 서서 피로에 전 얼굴을 들여다보고 있었다.

"몸이 좋지 않아." 아내가 말했다.

"아까 싸워서 그래." 그는 손을 내밀어 아내의 어깨를 다독였다. "미안해. 우리 침대 문제를 좀 더 생각해보자. 돈을 어떻게 마련할지도 생각해보고. 내일도 몸이 좋지 않으면 병원에 가기로 하고, 알았지? 자, 이제 침대로 돌아가자."

✳

다음 날 정오, 안토니오는 제재소에서 나와 시트를 벗긴 새 침대가 손짓하듯 진열된 상점 유리창까지 걸어갔다.

"난 정말 나쁜 놈이야." 그는 한숨을 내쉬며 혼잣말을 했다.

그는 손목시계를 들여다보았다. 지금쯤 마리아는 병원에 있을 것이다. 오늘 아침 그녀는 싸늘하게 식은 우유 같았다. 그는 아내에게 꼭 병원에 가보라고 했다. 그는 사탕 가게 진열창까지 걸어가 사탕을 접었다 늘렸다 하면서 뽑아내는 태피 기계를 바라보았다. 태피도 비명을 지를까? 아마 그렇겠지. 어쩌면 그 소리가 너무 높아 우리 귀에 들리지 않는 것일지도 모르지. 그는 혼자 웃음을 터뜨렸다. 문득 길게 늘어난 태피가 마리아 같아 보였다. 그는 얼굴을 찌푸리며 다시 가구점을 향해 몸을 돌렸다. 그만두자. 사자. 그만두자. 사자. 그는 차가운 유리창에 코끝을 대고 눌렀다. 침대야. 거기 있는 새 침대야. 너는 나를 아니? 밤마다 내 등을 부드럽게 어루만져주겠니?

그는 천천히 지갑을 꺼내 안쪽의 돈을 들여다보았다. 그는 한숨을 쉬며 매끄러운 대리석 상판을, 그 낯선 적과도 같은 새 침대를 한동안 응시했다. 그러곤 힘없이 어깨를 늘어뜨린 채 돈을 쥐고 가게 안으로 들어갔다.

✳

"마리아!" 그는 한 번에 두 계단씩 뛰어 올라갔다. 밤 9시, 제재소에서 야근을 하다말고 집으로 달려오는 길이었다. 그는 활짝 웃으며 열린 문간을 지나 방 안으로 뛰어들어갔다.

집은 비어 있었다.

"이런." 그는 실망했다. 그는 마리아가 집에 들어오면 볼 수 있도록 옷장 위에 새 침대 영수증을 올려놓았다. 그가 늦게까지 일하는 저녁이면 아내는 아래층에 사는 이웃의 집에 놀러 가곤 했다.

아내를 찾으러 가야겠어, 그는 생각하다가 그만두었다. 아니야. 아내와 단둘이서 이야기하고 싶다. 기다려야지. 그는 침대에 걸터앉았다. "오래된 침대야, 이제 너와 작별이구나. 정말 미안해…." 그는 초조하게 황동 사자를 쓰다듬었다. 그리고 방 안을 오락가락 걸었다. 마리아, 빨리 와. 그는 아내의 미소를 그려보았다.

아내가 서둘러 계단을 올라오는 소리를 찾아 귀를 쫑긋 세웠지만, 들려온 소리는 느리고 조심스러운 발소리였다. 저건 마리아의 발소리가 아니야. 저렇게 느릴 리가 없어. 아니야.

문 손잡이가 돌아갔다.

"마리아!"

"어? 당신, 일찍 왔네!" 아내가 행복한 미소를 지었다. 아내가 알아버린 걸까? 그의 얼굴에 씌어 있나? "나 아래층에 있었어." 그녀가 큰 소리로 말했다. "모두에게 알리고 싶었거든!"

"모두에게 알렸다고?"

"응! 의사가 그랬거든!"

"의사라니?" 그는 어리둥절한 얼굴로 아내를 쳐다보았다.

"무슨 말이야?"

"아빠, 저기 말이야⋯."

"지금 아빠라고 그랬어?"

"그래, 아빠, 아빠, 아빠, 아빠라고 그랬어!"

"아아." 그는 다정하게 말했다. "그래서 그렇게 조심해서 계단을 올라왔던 거로군."

그는 아내를 안았다. 너무 세게 끌어안지는 않았다. 아내의 뺨에 입을 맞추고 눈을 질끈 감고 소리를 질렀다. 잠시 후 그는 이웃 사람 몇 명을 깨워 기쁜 소식을 알리고 악수를 하고 다시 다른 사람에게 사실을 알렸다. 이런 날에는 술이 빠질 수 없었다. 조심스럽게 왈츠를 추면서 기쁨에 몸을 떨며 아내를 부둥켜안고 이마에, 눈두덩에, 코에, 입술에, 관자놀이에, 귀에, 머리카락에, 턱에 입을 맞추었다. 그러자 자정이 넘어가 버렸다.

"기적 같아." 그는 속삭였다.

두 사람은 다시 방에 단둘이 남았다. 조금 전까지 함께 웃고 떠들었던 사람들의 숨결 덕에 방 안 공기는 따뜻했다. 그러나 이제 두 사람은 다시 둘만 남았다.

불을 끌 때가 돼서야 그는 옷장 위의 영수증을 보았다. 그는 화들짝 놀랐고, 이 또 한 가지 소식을 어떻게 해야 멋지고 근사하게 전달할 수 있을까 생각했다.

마리아는 기쁨에 겨워 어둠 속에서 침대 한쪽에 걸터앉아 있었다. 그녀의 몸은 팔다리가 각각 떨어졌다가 조립되는 이상한 인형처럼 움직였다. 한밤중 따뜻한 바다 밑에서 살아가는 생명체처럼 느릿한 동작이었다. 이윽고 아내는 몸이 부서지지 않게 조심하는 사람처럼 천천히 베개에 머리를 대고 누웠다.

"마리아, 당신한테 할 말이 있어."

"뭔데?" 그녀는 희미한 목소리로 속삭였다.

"당신, 이제 그런 몸이 되었으니까 말이야." 그는 아내의 손을 꼭 쥐었다. "편안하게 쉴 수 있는 아름다운 새 침대가 필요할 거야."

그녀는 행복에 겨운 소리를 지르지도 않았고 그를 향해 몸을 돌리거나 그를 안지도 않았다. 그녀는 생각에 잠긴 듯 침묵했다.

그는 어쩔 수 없이 계속 말했다. "이 침대는 파이프 오르간, 칼리오페에 불과하잖아."

"이건 침대야." 그녀가 말했다.

"침대 밑으로 낙타 떼가 지나가는 것 같잖아."

"그렇지 않아." 아내가 나지막이 말했다. "이 침대에선 족히 선거구 하나를 이룰 만큼의 사람들이 태어났는걸. 세 개 분대는 충분히 거느릴 만한 대위들이 태어났고 발레리나가 둘, 유명한 변호사가 하나, 키가 몹시 큰 경찰관이 하나, 그리고 베이스와 알토와 소프라노가 일곱이나 태어났어."

그는 어둑한 방 안 건너편 옷장 위의 영수증을 흘낏 보았다. 등 밑에서 낡은 매트리스가 느껴졌다. 스프링이 가만히 움직이며 양다리와 피곤한 근육과 욱신거리는 뼈마디를 일일이 살펴보는 것 같았다.

그는 한숨을 내쉬었다. "앞으론 절대로 침대 문제로 싸우지 않을 거야, 여보."

"엄마라고 불러야지." 아내가 말했다.

"엄마." 그가 말했다.

이윽고 그는 눈을 감고 이불을 가슴께까지 끌어올리고서 어둠 속 그 멋들어진 분수 옆에 누워 맹렬한 금속의 사자, 호박빛깔 염소, 웃고 있는 이무기가 늘어선 곳을 향해 귀를 기울였다. 그러자 정말로 소리가 들려왔다. 처음에는 아주 먼 곳에서 머뭇머뭇 희미하게 들려오던 소리가 점점 뚜렷해졌다.

아내가 머리 위로 한쪽 팔을 부드럽게 들어 올렸다. 마리아의 손끝이 반짝거리는 하프 줄 위에서 움직였다. 골동품 침대의 번쩍이는 황동 판 위를 춤추듯 내달렸다. 음악은, 말할 것도 없이 '산타루치아'였다! 그는 입술을 달싹거리며 그 노래를 따라불렀다. 산타루치아! 산타루치아!

참으로 아름다웠다.

아무도 내리지 않는 역

The Town Where No One Got Off

밤이나 낮이나 기차로 미대륙을 횡단하다 보면 아무도 내리지 않는 황량한 마을을 순식간에 지나치게 된다. 더 정확히 말하면, 이런 곳에 속해본 적이 없거나 이런 시골 묘지에 뿌리를 내리지 않은 사람은 굳이 외로운 역에 내려 쓸쓸한 경치를 구경하려 들지 않는다.

나는 옆자리 승객에게 이런 말을 해보았다. 그 역시 나처럼 세일즈맨이었고, 시카고-로스앤젤레스 구간 열차를 타고 막 아이오와주를 지나가고 있었다.

"그렇죠." 남자가 말했다. "사람들은 다들 시카고에서 내리죠. 뉴욕에도 내리고 보스턴에도 내리고 로스앤젤레스에도 내립니다. 거기 살지도 않는 사람들이 구경 삼아 들렀다가 나중에 집에 돌아가 이야깃거리로 삼지요. 그런데 어떤 관광객이 단지 구경을 하겠다고 네브래스카주의 폭스힐에 내리겠어요? 당신이라면 그러겠어요? 나는 또 어떻고요? 절대로 안 내리죠! 아는 사람 하나 없고 사업차 출장 갈 일도 없는 걸요. 무슨 요양지가 있는 것도 아닌데 굳이 뭐하러 거기에 가겠어요?"

"하지만 뭔가 매혹적인 변화를 가져다주지 않을까요?" 내가 말했다. "언젠가는 정말이지 색다른 휴가를 떠나고 싶지 않아요? 아는 사람 하나 없는 평원에 외떨어져 있는 어떤 마을을 골라 무작정 가보는 건요?"

"지루할 겁니다."

"전 그런 생각만 하고 있어도 지루할 것 같지 않군요!" 나는 차창 밖을 내다보았다. "그런데 다음 역은 어디랍니까?"

"램퍼트 분기점입니다."

나는 씩 웃었다. "좋은 이름이군요. 전 거기서 내릴지도 몰라요."

"에헤, 거짓말하지 마세요. 거기 내려 뭘 하려고요? 모험이라도 떠나게요? 아니면 로맨스라도 저지를 생각입니까? 그럼 한 번 뛰어내려 보시든가. 아마 10초도 안 되어 바보 같은 짓을 했다고 후회하면서 택시를 잡아타고 다음 역까지 달려가 이 기차를 도로 타게 될 걸요."

"그럴지도 모르죠."

눈앞으로 전봇대가 획획 지나갔다. 저 멀리 앞쪽에 희미하게 마을의 윤곽이 드러나기 시작했다.

"하지만, 내 생각은 다릅니다." 나도 모르게 말했다.

마주 앉아 있던 세일즈맨은 내 말에 조금 놀란 기색이었다.

천천히, 아주 천천히, 나는 자리에서 일어났다. 나는 모자를 집어 들었다. 내 손이 여행 가방을 더듬어 찾고 있었다. 나조차도 놀랐다.

"잠깐만요!" 세일즈맨이 말했다. "어쩌려고 그러십니까?"

기차가 갑자기 커브를 돌았다. 나는 비틀거렸다. 저 멀리 앞쪽에 교회의 뾰족탑과 울창한 숲과 여름철 밀밭이 펼쳐졌다.

"아무래도 기차에서 내릴 것 같습니다." 내가 말했다.

"앉아요." 그가 말했다.

"아뇨. 저 마을에 뭔가 있을 것 같아요. 내려서 보고 싶군요. 다음 주 월요일까지만 LA로 돌아가면 되니까 시간도 있거든요. 지금 기차에서 내리지 않으면 볼 기회가 있었는데도 그냥 지나치고 말았다고 늘 아쉬워할 겁니다."

"아까 말했잖아요. 거긴 아무것도 없다고요."

"아뇨, 그렇지 않습니다. 저긴 뭔가 있어요." 나는 모자를 쓰고 가방을 집어 들었다.

"이런, 맙소사. 결국 일을 저지르고 마는군요."

심장이 빠르게 뛰었다. 얼굴도 붉게 달아올랐다.

기차가 기적을 울리며 철길을 내달렸다. 마을이 가까워지고 있었다!

"행운을 빌어주세요." 내가 말했다.

"행운을 빕니다!" 세일즈맨이 외쳤다.

나는 큰 소리로 짐꾼을 부르며 달려갔다.

＊

플랫폼 벽에 페인트칠이 벗겨진 낡은 의자가 기대어져 있었다. 의자에는 옷 속에 파묻힌 것처럼 보이는 노인이 몹시 편안한 자세로 앉아 있었다. 역이 생긴 이래로 죽 거기 못 박혀 있었던 것처럼 보이는 70대가량의 노인이었다. 얼굴은 햇볕에 까맣게 그을렸고 뺨에는 도마뱀 주름처럼 꿰맨 자국이 있었는데, 그것 때문에 눈이 사시처럼 보였다. 머리카락은 여름 바람을 맞아 잿빛으로 뿌옇게 서리가 앉았다. 푸른색 셔츠의 목깃이 벌어져 흰색 시계태엽이 보였고 셔츠는 늦은 오후 하늘처럼 빛이 바래져 있었다. 구두는 난롯가에서 한없이 불을 쬐어 두었던 것처럼 여기저기 물집이 잡혔다. 노인의 그림자는 검은색으로 영원히 판화를 찍어놓은 것처럼 그의 아래에 드리워 있었다.

내가 기차에서 내리자 차량의 모든 문을 차례차례 일별하던 노인의 시선이 갑자기 멈추었다. 그는 놀란 얼굴로 나를 쳐다보았다.

그는 금방이라도 나를 향해 손을 흔들 것만 같았다.

그러나 그의 눈에 은밀한 빛이 불쑥 떠올랐을 뿐이었다. 그 빛은 뭔가를 알아보았을 때 흔히 나타나는 화학적 변화였다. 하지만 노인은 입도 눈꺼풀도 손가락도 꿈쩍하지 않았다. 보이지 않는 어떤 덩어리가 그의 내면에서 움직인 듯했다.

기차가 다시 움직이자 나는 변명이라도 하듯 눈으로 기차를 좇았다. 플랫폼에 다른 사람은 없었다. 거미줄이 드리우고 못을 쳐 폐쇄한 사무실 옆에는 대기 중인 자동차도 없었다. 나 혼자 덜컹거리는 기차 바퀴 소리를 향해 작별인사를 건네며 플랫폼의 울퉁불퉁한 통나무길을 밟고 걷기 시작했다.

기차는 기적을 울리며 언덕을 올라갔다.

이런 바보 같으니! 앞자리 세일즈맨의 말이 옳았다. 이곳에 내리자마자 이미 감지한 지루함 때문에 나는 결국 겁에 질리고 말 것이다. 잘했어, 이 바보야. 그러나 절대로 달아나는 짓은 하지 않을 테다!

나는 노인을 보지도 않고 여행 가방을 끌며 플랫폼을 걸어갔다. 내가 지나갈 때 노인의 내면에 도사린 작은 덩어리가 다시 움직이는 소리가 들렸다. 이번에는 정말로 들렸다. 그가 발을 움직여 닳고 닳은 판자를 툭툭 쳤다.

나는 계속 걸었다.

"안녕하쇼." 희미한 목소리가 들렸다.

그러나 그는 나를 보는 게 아니라 구름 한 점 없이 펼쳐진 눈부신 하늘을 보고 있었다.

"안녕하십니까?" 나는 말했다.

나는 마을을 향해 흙투성이 길을 걷기 시작했다. 한 백 미터쯤 걸었을 때 흘낏 뒤를 돌아보았다.

노인은 여전히 그 자리에 앉아서 마치 의문을 풀려는 사람처럼 태양을 보고 있었다.

나는 걸음을 재촉했다.

나는 마치 꿈을 꾸는 기분이 되어 늦은 오후의 마을을 지나갔다. 아는 사람 하나 없는 거리를 혼자서, 강물을 거슬러 올라가는 송어처럼, 주변을 흘러가는 인생의 맑은 강에서 강둑에 닿지도 않고 계속해서 갔다.

역시 의심했던 대로였다. 이곳은 아무 일도 일어나지 않는 마을이었다. 일어나는 일이라곤 다음과 같은 것들뿐이었다.

4시 정각, '호네거 철물점' 문이 쾅 소리를 내며 닫히자 개 한 마리가 도로로 나와 흙먼지를 뒤집어썼다. 4시 30분, 빨대 하나가 청량음료 잔 밑바닥으로 가라앉으며 고요한 상점 안에서 폭포수 같은 소리를 냈다. 5시, 소년들과 조약돌이 마을 강으로 뛰어들었다. 5시 15분, 개미떼가 느릅나무 아래 비탈진 양지를 줄지어 지나갔다.

그러나 나는 마을 어딘가에 틀림없이 볼만한 것이 있을 거라고 생각하며 천천히 주위를 둘러보았다. 나는 알 수 있었다. 계속 걸으며 찾아야 했다. 틀림없이 찾을 수 있을 것이다.

나는 계속 걸었다. 계속 찾았다.

오후 내내 변함없이 계속되는 일이 딱 한 가지 있었다. 물 빠진 청바지와 파란색 셔츠를 입은 노인이 그리 멀리 떨어져 있지 않다는 사실이었다. 내가 가게 안에 들어가 앉아 있으면 노인은 가게 바로 밖에서 씹는 담배를 뱉었다. 담배는 저 혼자 흙먼지 속을 구르며 쇠똥구리처럼 뭉쳐졌다. 내가 강가에 서 있으면 노인은 저 아래 웅크리고 앉아 요란하게 손을 씻는 척했다.

저녁 7시 반쯤 일곱 번째인지 여덟 번째인지도 모르게 조용한 거리를 걷고 있었는데, 옆에서 발소리가 들려왔다.

고개를 들어보니 노인이 더러운 이 사이에 마른 풀잎을 하나 물고서 앞을 똑바로 보며 내 옆을 걸어가고 있었다.

"정말 오래도 걸렸군." 노인이 나직하게 말했다.

우리는 땅거미 속을 나란히 걸었다.

"그 역 플랫폼에서 오래도록 기다렸다오." 노인이 말했다.

"누가요? 어르신이요?"

"내가 말이오." 그는 나무 그늘 속에서 고개를 끄덕였다.

"역에서 누구라도 기다리고 계셨던 겁니까?"

"그렇지. 바로 당신을 기다렸지."

"저를요?" 틀림없이 내 목소리에 놀라움이 묻어났을 것이다. "하지만, 왜요? 평생 저를 만난 적은 단 한 번도 없었을 텐데요."

"내가 언제 그랬다고 했나? 그냥 기다리고 있었다고 했지."

우리는 마을 끝에 다다랐다. 그는 몸을 돌렸고 나도 방향을 틀어 어두워지는 강둑을 따라 다리 쪽으로 걸었다. 밤 기차가 동서로 오가지만 멈추는 일은 거의 없는 다리였다.

"저에 대해 알고 싶은 거라도 있습니까? 혹시 보안관인가요?" 나는 불쑥 물었다.

"아니, 보안관은 아니요. 게다가 당신에 대해 알고 싶은 것도 없소." 그는 양손을 주머니에 집어넣었다. 해가 지고 공기가 갑자기 차가워졌다. "그냥 드디어 당신이 여기 와서 놀랐을 뿐이오. 그게 다요."

"놀랐다고요?"

"그렇소." 그가 말했다. "그리고 또… 기쁘기도 했고."

나는 돌연 걸음을 멈추고 그를 똑바로 바라보았다.

"그 역 플랫폼에는 얼마나 오래 앉아 있었습니까?"

"20년은 앉아 있었지. 얼마 안 되는 손님을 마중하고 배웅하려고 말이오."

나는 그가 진실을 말하고 있음을 알 수 있었다. 그의 목소리는 강물처럼 편안하고 고요했다.

"저를 기다렸나요?"

"뭐, 당신 같은 사람을 기다렸지."

우리는 점점 어두워지는 길을 계속 걸었다.

"우리 마을은 어떻소?"

"좋아요. 조용하고." 내가 말했다.

"좋지. 조용하고." 그는 고개를 끄덕였다. "사람들은 어떻소?"

"착하고 조용한 사람들 같아요."

"그렇지." 그가 말했다. "착하고 조용하지."

나는 되돌아갈 생각이었지만 노인이 계속 말했다. 나는 그의 말을 들어주고 예의도 지킬 겸 점점 더 광활해지는 어둠 속을, 마을 너머로 펼쳐진 들판과 초원을 계속해서 그와 함께 걸어야 했다.

"나는 20년 전 은퇴한 날부터 그 역 플랫폼에 앉아 아무것도 하지 않고 그저 무슨 일이 일어나기만을 기다렸소. 무슨 일인지는 알 수 없고 뭐라고 꼭 집어 이야기할 수도 없는 그 일을 말이오. 뭐, 그러다가 그 일이 일어나면 알게 되겠지. 보는 순간 이거야말로 내가 기다려왔던 그 일이라고 말할 수 있을 것 같았소. 기차가 뒤집히는 일? 아니요. 옛날 여자친구가 50년 만에 마을로 돌아오는 일? 아니, 아니지. 뭐라 말하기는 어렵소. 그게 누군지, 무슨 일인지. 하지만 아무래도 그건 당신과 관계가 있는 일인 것 같소. 나도 똑바로 말할 수 있다면 참 좋겠지만….."

"제대로 말해보세요."

별이 떴다. 우리는 계속 걸었다.

"그런데 말이오." 노인은 천천히 말했다. "당신은 자신의 내면에 대해 잘 알고 있소?"

"배 속을 말하는 건가요, 심리적인 것을 말하는 건가요?"

"당신 머리, 두뇌를 말하는 거요. 그것에 대해 많이 알고 있소?"

발밑에서 풀잎이 사각사각 소리를 냈다. "조금은요."

"살면서 미워한 사람이 많소?"

"몇 명 있죠."

"누구나 그렇지. 사람을 미워하는 일이란 꽤 정상이지 않소? 어디 미워하기만 하나? 입 밖에 내지는 않아도 우린 가끔 상처를 준 사람을 때리고 싶고 심지어 죽이고 싶기도 하잖소?"

"그런 감정은 매주 한 번쯤은 들죠." 내가 말했다. "그러다가 곧 그 마음을 집어치우고요."

"우린 평생 집어치우며 산다오." 그가 말했다. "마을 사람

들이 이러쿵저러쿵 속닥거리고, 엄마 아빠는 이래라저래라 잔
소리하고, 법은 또 이러니저러니 강요하지. 그러니 죽이고 싶
은 마음이 들더라도 집어치우고 한 번 더 집어치우고, 또 한
번 더 집어치우며 산단 말이오. 당신도 내 나이가 되면 이런
일이 산더미처럼 쌓이게 될 거요. 전쟁이라도 나가지 않으면
그런 마음을 풀 길이 없소."

"사격이나 오리 사냥을 하는 사람도 있죠." 내가 말했다.
"권투나 레슬링으로 견디는 사람도 있고요."

"아무것도 하지 않는 사람도 있지. 나는 아무것도 하지 않
는 사람에 대해 말하려는 거요. 바로 나처럼 말이오. 나는 평
생 그 시체들을 소금에 절여 내 머릿속 얼음창고에 저장해두
었소. 때론 내게 그런 일을 안겨준 마을 사람들한테 미치도록
화가 날 때가 있지. 그럴 때면 끔찍한 고함을 지르며 곤봉으로
사람 머리를 내리치는 원시인이 되고 싶다오."

"그래서 하고 싶은 말씀이 뭔지…?"

"누구나 살면서 한 번쯤은 사람을 죽이고 싶을 때가 있다는
말이오. 지금껏 배포가 없어서 하지 못했던, 살인이라는 마음
속 커다란 응어리를 풀어내고 싶을 때가 있다는 말이지. 그리
고 가끔은 정말로 기회가 찾아오기도 한다오. 내가 운전하는
자동차 앞으로 누가 불쑥 뛰어들 때가 있는데 그만 브레이크
밟는 것을 깜박 잊고 계속 차를 몰아버리는 거지. 이게 그런
일과 상관이 있다고 아무도 증명하지 못할 거요. 아마 당사자
조차 자신이 그런 일을 벌인 거라고는 생각하지 않을걸. 그저

브레이크를 제때 못 밟았다고만 생각하지. 하지만 실제로 무슨 일이 벌어졌는지는 당신도 알고 나도 알지 않소?"

"그렇죠." 나는 대답했다.

마을이 훨씬 더 멀어져 있었다. 우리는 철길 둑 근처에 있는 나무다리에 올라 작은 개울을 건너갔다.

"가치 있는 단 하나의 살인은 누가 죽였는지, 왜 그랬는지, 혹은 누구를 죽였는지 아무도 추측할 수 없는 살인이 아니겠소? 나는 이런 생각을 20년 전부터 품어왔을 거요. 매일 매주 생각한 건 아니요. 몇 달 동안 생각하지 않은 적도 있었지. 하지만 이런 생각은 했었다오. 이 마을을 지나가는 기차는 매일 단 한 대다. 가끔은 지나가지 않는 날도 있다. 누구를 죽이려면 몇 년을 기다려야 한다는 뜻이다. 완벽하게 모르는 낯선 사람이 아무런 이유도 없이 기차에서 내릴 때까지 기다려야 한다. 마을에 그를 아는 사람이 한 명도 없고, 그 사람 역시 마을 사람을 전혀 모르는 완벽한 타인. 바로 그때 기차역 의자에 앉아 있다가 주변에 아무도 없을 때 그 사람에게 다가가 그를 죽이고 시체를 강물에 던져버리면 된다. 남자는 아마 몇 킬로미터 떨어진 강 하류에서 발견되겠지. 어쩌면 영영 발견되지 않을 수도 있고. 그자를 찾으러 램퍼트 분기점까지 찾아올 사람이 누가 있겠어? 그는 원래 여기로 올 생각이 없었으니까. 그는 어딘가 다른 곳으로 가는 길이었겠지. 여기까지가 내 생각의 전부요. 나는 남자가 기차에서 내리는 순간 바로 알아볼 수 있을 거요. 아주 또렷이 그를 알아볼 거란 말이오. 마치…."

노인은 강물을 내려다보며 말하고 있었다.

나는 걸음을 멈추었다. 사위는 어두컴컴했다. 달은 한 시간이나 있어야 나타날 것이다.

"그런가요?" 나는 말했다.

"그렇소." 노인이 말했다. 노인은 고개를 들어 별을 쳐다보았다. "내가 말을 너무 많이 한 모양이군." 그가 내 옆으로 바짝 다가와 내 팔을 붙잡았다. 그의 손은 뜨거웠다. 마치 나를 만지기 직전까지 난롯불을 쬐고 있던 사람 같았다. 그의 오른손은 불룩한 주머니 속에 빈틈없이 감춰져 있었다. "말을 너무 많이 했어."

우레처럼 요란한 소리가 들려왔다.

나는 급히 고개를 돌렸다.

머리 위로 야간 급행열차가 보이지 않는 철길을 쏜살같이 지나갔다. 열차는 언덕과 숲, 농장과 집들과 밭과 도랑과 목장과 경작지와 물 위로 휘두르듯 빛을 뿌리며 굽잇길을 돌아 사나운 소리를 내며 가버렸다. 기차가 사라진 다음에도 한동안 철로가 흔들렸다. 그리고 다시 고요가 찾아왔다.

노인과 나는 어둠 속에서 서로 마주 보고 서 있었다. 그의 왼손은 여전히 내 팔꿈치를 잡고 있고 반대편 손은 감추어져 있었다.

"한마디만 해도 될까요?" 이윽고 내가 말했다.

노인은 고개를 끄덕였다.

"제 이야기입니다." 나는 잠시 말을 멈추어야 했다. 숨을 쉬기가 어려웠다. 나는 겨우 다시 말을 이어갔다. "정말 흥미롭군요. 저도 가끔 똑같은 생각을 해왔거든요. 분명히 오늘도 대륙을 횡단하면서 그런 생각을 했단 말입니다. 어쩌면 이토록 완벽하고, 완벽하고, 또 완벽할 수 있죠? 요즘 벌이가 영 시원찮았어요. 아내가 아파요. 지난주에는 친한 친구가 죽었어요. 세상은 전쟁 중이고요. 이렇게 제 주변은 부글부글 끓어올라 폭발 직전이랍니다. 이럴 때 만약 저 혼자…."

"혼자?" 노인이 여전히 내 팔을 붙잡은 채로 말했다.

"어느 작은 마을에 내린다면." 나는 말했다. "날 아는 이가 아무도 없는 역에 내려 옆구리에 이 총을 차고 누군가를 찾아내 그를 죽이고 땅에 묻은 다음 다시 역으로 돌아가 기차에 올라타고 집으로 돌아간다면. 아무리 현명한 사람이라도 누가 그런 짓을 저질렀는지 짐작조차 못 하겠죠. 완벽한 범죄가 될 거라고 저는 생각했습니다. 그래서 기차에서 내렸죠."

우리는 어둠 속에서 약 1분 동안 서로 노려보며 서 있었다. 상대방의 심장이 빠르게, 정말로 몹시 빠르게 고동치는 소리를 듣고 있었을 것이다.

발밑 세상이 빙글빙글 돌며 어지러웠다. 나는 주먹을 불끈 쥐었다. 그 자리에 쓰러지고 싶었다. 기차처럼 요란하게 소리를 지르고 싶었다.

방금 한 말이 전부 목숨을 구하려고 지어낸 거짓말이라고는 할 수 없다는 것을 문득 깨달았다.

노인에게 한 말은 모두 진실이었다.

지금이야말로 내가 왜 기차에서 내려 이 마을을 천천히 걸어 다녔는지 그 이유를 알아버렸다. 내가 무엇을 찾고 있었는지도 확실히 깨달았다.

노인의 숨이 가파르고 힘겨워지는 소리가 들렸다. 그의 손은 여전히 내 팔을 단단히 붙잡고 있었다. 마치 쓰러지지 않으려고 안간힘을 쓰는 것 같았다. 그는 이를 악물고 있었다. 내가 몸을 앞으로 내밀자 그도 내 쪽으로 몸을 내밀었다. 폭발 직전의 묵직한 긴장감이 끔찍한 침묵을 드리우고 있었다.

이윽고 노인이 힘겹게 입을 열었다. 괴물 같은 짐 더미에 깔려 짓뭉개진 사람의 목소리였다.

"당신 옆구리에 총이 있다는 사실을 내가 어떻게 알았겠소?"

"당연히 몰랐겠죠." 내 목소리도 점점 희미해졌다. "알았을 리가 없지요."

그는 기다렸다. 나는 그가 기절할 것 같다고 생각했다.

"그랬었군." 노인이 말했다.

"그랬습니다." 내가 말했다.

그는 눈을 질끈 감았다. 입도 굳게 다물었다.

약 5초 후 몹시 느리고 무거운 동작으로 노인이 내 팔에서 손을 거두어갔다. 그는 주머니에 들어가 있는 자신의 오른손을 내려다보다가 아무것도 쥐지 않은 빈손을 꺼냈다.

가라앉을 것만 같은 무거운 마음을 안고 우리는 천천히 서로 등을 돌려 아무것도 보이지 않는 어둠 속을 무작정 걷기 시작했다.

＊

　자정의 철로 위에 탑승객이 있다는 점멸 신호가 깜박거렸
다. 기차가 역을 출발할 때에야 비로소 나는 열린 침대칸 차창
에 몸을 기대고 뒤를 돌아보았다.

　노인은 기차역 벽에 비스듬히 기대 놓은 의자에 앉아 있었
다. 물 빠진 청바지와 푸른색 셔츠를 입고, 햇볕에 그은 얼굴
과 햇빛에 바랜 눈빛을 하고서. 기차가 지나가는데도 그는 내
쪽을 쳐다보지 않았다. 그는 내일이나 모레, 혹은 그 다음 날
어떤 기차라도 이곳을 날아가듯 혹은 천천히 지나가거나 어쩌
면 멈출지도 모르는 동쪽 철로만을 응시하고 있었다. 그의 얼
굴은 동쪽을 향해 고정되어 있었고 눈빛은 얼어붙은 듯 초점
이 없었다. 그는 한 백 살은 되어 보였다.

　기차가 울부짖었다.

　나도 순식간에 늙어버린 것 같았다. 나는 창밖으로 몸을 내
밀고 비스듬히 밖을 내다보았다.

　우리를 한 자리에 불러 모았던 어둠이 우리 사이를 막고
서 있었다. 노인도 기차역도 마을도 숲도 밤의 어둠 속으로
사라졌다.

　한 시간이 넘도록 나는 포효하는 돌풍 속에 몸을 내밀고,
그 어둠만을 뚫어지게 노려보았다.

사르사 뿌리
음료수 냄새

A Scent of Sarsaparilla

윌리엄은 사흘 동안 아침에도 오후에도 내내 바람이 불어 닥치는 어두운 다락방에 조용히 서 있었다. 11월의 끝 무렵 사흘 동안 그는 홀로 서서 '시간'이라는 이름의 부드러운 눈송이가 강철처럼 차가운 하늘에서 소리 없이 내려와 깃털처럼 살포시 지붕을 덮고 처마 끝에 가루로 내려앉는 것을 느꼈다. 그는 눈을 감고 서 있었다. 다락방은 해가 들지 않는 기나긴 낮 동안 바닷바람을 맞아 흐느적거리고 뼈 마디마디를 삐걱거리며 흔들리면서 대들보와 뒤틀린 기둥과 서까래에 쌓인 묵은 먼지를 떨어내고 있었다. 그의 주변에는 무수한 한숨과 고통스러운 신음뿐이었다. 그는 거기 서서 우아하게 마른 냄새를 들이마시며 옛 유산을 느껴보고 있었다. 아아, 아아!

　아내 코라가 아래층에서 귀를 쫑긋 세우고 있었지만, 그가 걷거나 자세를 바꾸거나 움직이는 소리를 들을 수는 없었다. 그녀는 오직 남편이 바람 부는 다락방에서 먼지 낀 풀무처럼 천천히 숨을 들이마셨다가 내쉬는 소리 밖에는 들리지 않을 거라고 상상했다.

"우스꽝스럽기 짝이 없군." 그녀는 중얼거렸다.

사흘째 오후, 점심을 먹으러 서둘러 아래층으로 내려왔을 때 윌리엄은 쓸쓸한 벽과 이 빠진 접시, 흠집이 난 은그릇을 향해, 심지어 아내를 향해서도 미소를 지었다!

"당신, 왜 그렇게 기분이 좋은 거야?" 아내가 따지듯 물었다.

"기운이 넘쳐흘러서 그래. 원기 왕성한 기운이!" 그는 웃음을 터뜨렸다. 너무 기뻐서 제정신이 아닌 사람처럼 보일 지경이었다. 그는 잔뜩 끓어오르는 엄청난 흥분을 억누르느라 오히려 곤란한 사람 같았다. 아내가 얼굴을 찡그렸다.

"이게 무슨 냄새야?"

"냄새? 무슨 냄새?"

"사르사 뿌리 음료수 냄새잖아." 그녀는 수상쩍게 코를 킁킁거렸다. "세상에, 정말이야!"

"그럴 리가 없어!" 신경질적으로 끓어올랐던 그의 행복감은 아내가 스위치를 꺼버린 것처럼 순식간에 가라앉았다. 그는 당황해서 안절부절못하더니 갑자기 몹시 조심스러워했다.

"오늘 아침 어디 갔었어?" 아내가 물었다.

"다락방 청소하고 있었던 거 당신도 알잖아."

"청소는 무슨, 멍하니 쓰레기 더미나 보고 있었겠지. 아무 소리도 들리지 않았어. 당신이 다락방에 없었다고 해도 믿을 수 있을 정도였다니까. 대체 그건 또 뭐야?" 아내가 뭔가를 가리키며 물었다.

"이거? 그러게. 어쩌다가 이게 거기에 있었을까?" 그가 혼잣말하듯 말했다.

그는 얇은 바짓단과 앙상한 복사뼈를 이어주는 검은색 자전거 용수철 멈춤쇠를 흘낏 내려다보았다.

"다락방에서 찾았지 뭐야." 그는 중얼거렸다. "기억나, 코라? 40년 전 모든 게 새롭고 신선했던 그 시절, 우린 아침 일찍 2인승 자전거를 타고 자갈길을 내달렸잖아."

"오늘 안으로 다락방을 싹 치우지 않으면 내가 올라가서 전부 내다 버릴 줄 알아."

"안 돼!" 그는 외쳤다. "내가 원하는 대로 정리하고 있단 말이야." 아내는 차가운 표정으로 남편을 쳐다보았다.

"코라." 윌리엄은 마음을 가라앉히고 점심을 먹으며 다시 열렬히 말하기 시작했다. "당신은 다락방이 뭔지 알아? 다락방이란 타임머신 같은 거야. 거기 있으면 나 같이 늙고 어리석은 사람도 40년 전으로 돌아갈 수 있어. 일 년 내내 여름철이고 아이스크림 장수의 수레 주위로 아이들이 우르르 몰려들던 그때로 말이야. 그 맛 기억나? 당신이 손수건으로 얼음을 감쌌잖아. 헝겊과 눈의 맛을 동시에 느낄 수 있었지."

코라는 마음이 불안해졌다.

'불가능하지 않지.' 윌리엄은 생각했다. 눈을 반쯤 감고 머릿속으로 그려보았다. 다락방을 떠올려보자. 그곳의 분위기 자체가 바로 '시간'이다. 그곳에는 지금과 다른 세월이 있고 다른 시대의 누에고치와 번데기가 있다. 옷장 서랍은 칸칸이 수천 날의 어제가 안치된 작은 관이다. 아아, 다락방은 시간으로 가득 찬 어둡고 친근한 곳이라서 그 한가운데 우뚝 서 눈을 가늘게 뜨고 이것저것 떠올리며 과거의 냄새를 맡고 손을 내밀어 옛것을 만져보려 한다면, 아아, 그렇게만 한다면….

자기도 모르게 생각이 입 밖으로 흘러나온 것을 깨닫고 그는 문득 입을 다물었다. 코라는 부지런히 점심을 먹고 있었다.

"정말 재미있지 않아?" 그는 아내의 머리카락을 향해 물었다. "시간여행이 정말로 가능하다면, 우리 집 다락방 같은 곳에서 일어나는 게 가장 어울리고 그럴싸해 보여."

"옛날로 돌아간다고 해도 늘 여름철만 있는 건 아니야." 아내가 말했다. "당신 기억력이 엉망이라 그렇지. 당신은 늘 좋은 일만 기억하고 나쁜 일은 깡그리 잊어버리잖아. 옛날이라고 늘 여름만 있었던 건 아니라고."

"비유하자면 그렇다는 말이야, 코라. 내게 옛날은 내내 여름이었어."

"그렇지 않아."

"내가 하고 싶은 말은 말이야…." 그는 흥분에 겨워 머릿속으로 쫓고 있던 이미지를 식당의 빈 벽에서 붙잡기라도 할 듯이 몸을 앞으로 내밀었다. "당신이 만약 양팔을 벌리고 조심조심 균형을 잡아가며 외바퀴 자전거를 타고 세월 사이를 달려간다면, 한 해와 한 해 사이를 오가면서 일주일은 1909년을 살고 또 하루는 1900년을 살고 한 달이나 보름 정도는 1905년 이나 1898년의 어디쯤에서 보낼 수 있다면, 당신은 평생 여름을 살아갈 수 있어."

"외바퀴 자전거라고?"

"그 왜, 크롬으로 만든 커다란 바퀴가 하나 달리고 안장도 하나뿐인 자전거 있잖아. 서커스를 보러 가면 광대가 저글링을 하면서 타는 그거. 넘어지지 않으려면 균형이 정말로 중요하거든. 그래야만 반짝반짝 빛나는 것이며 번뜩이는 섬광과 불꽃 같은 것, 빨강 노랑 파랑 초록 하양 황금빛으로 화려하게 터지는 폭죽 같은 것을 공중으로 아름답게 높이 날려 보낼 수 있지. 그 모든 6월과 7월과 8월을 손도 대지 않고 주위로 날려 보내고 미소를 지으며 그 사이를 돌아다니는 거지. 그러니까 균형이 중요해, 코라. 균형이."

"바보 같은 소리 좀 작작해!" 아내가 말했다. "헛소리야! 헛소리!" 그리고 한 번 더 말했다. "바보!"

✳

그는 몸을 떨며 다락방으로 향하는 길고 추운 계단을 올라갔다.

겨울밤에 어쩌다가 잠에서 깰 때가 있다. 뼛속에 사기그릇이 들어간 듯 귓속에 차가운 시계 소리가 훅 불어닥치고, 서리가 꿰뚫고 들어온 것처럼 신경 마디마디가 낱낱이 드러나며, 하얗게 타오르는 장작불이 폭발해 그의 잠재의식 속 깊고 고요한 땅에 불티가 눈처럼 쏟아지는 것만 같은 밤. 그는 추웠다. 너무 추웠다. 그의 몸을 겨울의 칼집에서 꺼내 녹이려면 초록색 횃불과 황동색 태양이 타오르는 끝없는 여름이 몇십 번은 필요할 것이다. 그는 아무 맛도 나지 않으면서 부서지기 쉬운 거대한 얼음 덩어리였고, 매일 밤 알록달록한 사탕의 꿈을 꾸며 잠이 드는 눈사람이었으며, 눈 결정과 눈보라가 뒤섞인 혼란 덩어리였다. 바깥은 영원한 겨울의 모양새로 엎드려 있었다. 납빛의 거대한 포도주 압착기계가 무색의 하늘 뚜껑을 강타해 모든 이들을 포도알처럼 짓이겨 색깔과 감각과 존재를 쥐어짜고 있었다. 오직 아이들만이 낮이나 밤이나 낮게 드리운 무쇠 방패를 비추는 거울 같은 언덕에서 스키를 타고 썰매를 지치며 미끄럼을 타고 있다.

윌리엄은 위로 들어 올리게 되어 있는 다락방 문을 열었다. 그러나 거기, 거기에는… 그의 주위에서 여름철 먼지가 포르르 날아올랐다. 다락방의 먼지는 다른 계절이 남기고 간 열기로 뭉근히 끓어올랐다. 그는 조용히 다락방 문을 닫았다.

그리고 빙그레 웃기 시작했다.

✳

다락방은 폭풍 직전에 몰려오는 먹구름처럼 고요했다. 코라는 가끔 남편이 다락방에서 혼자 중얼거리는 소리를 들었다.

오후 5시, 윌리엄은 '나의 황금빛 꿈의 섬' 노래를 부르며 부엌문 앞에서 빳빳한 새 밀짚모자를 톡톡 쳤다. "짜잔!"

"오후 내내 잔 거야?" 아내가 따져 물었다. "네 번이나 불렀는데 대꾸도 없고 말이야."

"잤냐고?" 그는 곰곰이 생각해보더니 웃음을 터뜨렸다가 재빨리 손으로 입을 가렸다. "그래, 생각해보니 그랬던 것 같네."

아내가 남편을 보고 말했다. "맙소사! 당신 그 양복 어디에서 찾았어?"

그는 숨이 막힐 듯 높은 옷깃이 달린 빨간 줄무늬 양복 상의에 아이스크림색 바지를 입고 있었다. 밀짚모자에서는 갓 말린 건초 한 줌을 공중에 대고 흔들었을 때 풍기는 냄새가 났다.

"낡은 트렁크에서 찾았지."

아내가 코를 킁킁거렸다. "좀약 냄새가 나지 않아. 새 옷 같은걸."

"아니, 그렇지 않아!" 남편이 서둘러 외쳤다. 아내가 복장을 살펴보는 게 불편하고 어딘가 긴장한 듯 보였다.

"여긴 여름용품 상점이 아니야." 아내가 말했다.

"재밌자고 하는 짓인데 어때?"

"전부 당신이 들여온 것들이지." 아내는 오븐 뚜껑을 쾅 소리 나게 닫았다. "내가 집 안에 틀어박혀 뜨개질이나 하는 동안 당신은 다른 여자들 팔짱을 끼고 이 가게 저 가게 드나들었겠지."

그는 아내의 빈정거림이 싫었다. "코라." 그는 버석거리는 밀짚모자를 깊숙이 들여다보았다. "우리 예전처럼 일요일마다 산책하러 나가면 좋을 것 같지 않아? 당신은 비단 양산을 쓰고 긴 드레스 자락을 사각거리다가 음료수 가게 철제 의자에 앉아 옛날에 맡던 드러그스토어 냄새를 맡는 거야. 요즘 드러그스토어에서는 왜 옛날 같은 냄새가 나지 않을까? 우린 사르사 뿌리 음료수를 두 잔 주문하는 거야, 코라. 그리고 우리의 1910년형 포드를 타고 해너한 부두까지 나가 도시락으로 저녁 식사를 하고 브라스 밴드의 연주를 듣는 거지. 어때?"

"저녁 다 됐어. 그 이상한 양복 좀 벗어."

"만약 자동차가 붐비기 전에 떡갈나무가 늘어선 시골길을 달릴 수 있다면, 당신은 나갈 거야?" 그는 아내를 보며 물었다.

"그 시골길이 얼마나 더러웠는데? 우리는 아프리카 사람 얼굴이 되어 집에 왔잖아. 그건 그렇고." 아내는 설탕 단지를 들고 흔들어 보았다. "오늘 아침 여기에 40달러를 넣어뒀는데, 지금 보니 없어졌어! 설마 그 돈으로 그 양복을 산 건 아니겠지? 양복이 아주 새것인데? 트렁크에서 꺼냈을 리가 없어!"

"나는⋯." 그는 무슨 말인가 하려고 했다.

아내는 30분 동안 큰소리를 치며 화를 냈지만, 그는 아무 말도 할 수가 없었다. 아내가 말하는 동안 11월의 바람이 집을 흔들었고 강철처럼 얼어붙은 차가운 겨울 하늘에서 다시 눈이 내리기 시작했다.

"대답해보란 말이야!" 아내가 소리쳤다. "입을 수도 없는 그런 옷에 우리 돈을 쓰다니, 당신 미친 거 아니야?"

"다락방에서 말이야⋯." 그는 무슨 말을 하려고 했다.

그러나 아내는 자리에서 일어나 거실로 들어가 버렸다.

어느새 눈 내리는 속도가 빨라졌다. 춥고도 어두운 11월 저녁이었다. 아내는 남편이 천천히 사다리 계단을 올라 다락방으로, 지난 세월의 먼지가 가득 쌓인 의상과 소품과 '시간'의 어두컴컴한 공간으로, 아래쪽 세상과 동떨어진 세계로 들어가는 소리를 들었다.

✳

윌리엄은 위로 들어 올리게 되어 있는 문을 닫았다. 딸각하고 손전등을 켜자 마음이 든든해졌다. 그렇다. 여기에는 온갖 시간이 일본 종이꽃처럼 압축되어 있다. 기억을 더듬어보면 모든 것이 마음속 맑은 물 속에서 아름다운 꽃이 되어 활짝 피어난다. 실물보다 훨씬 크게 봄날 산들바람을 맞으며 피어난다. 옷장 서랍을 하나하나 열어보면 숙모들과 사촌들과 할머니들이 담비 털처럼 먼지를 두르고 앉아 있을 것만 같다. 그렇다. 이곳에는 시간이 있다. 시간이 숨을 쉬는 게 느껴진다. 기계적인 시곗바늘 소리가 아니라 시간의 분위기를 느낄 수 있다.

이제 아래층은 과거의 어떤 날처럼 멀어져 버렸다. 그는 눈을 반쯤 감고 무언가를 기다리는 다락방의 구석구석을 살피고 또 살폈다.

이곳에는 프리즘으로 된 샹들리에 속에 무지개가 뜨고, 끝없는 시간을 거슬러 흐르는 새로운 강물 같은 밝은 아침과 낮이 있다. 그는 손전등으로 이런 것들을 포착해 비추고 생명을 불어넣어 주었다. 무지개가 떠올라 알록달록한 그림자를 둥글게 드리웠다. 자두와 딸기와 콩코드산 포도 같은 빛깔, 갓 자른 레몬의 빛깔, 그리고 폭풍우가 지나가고 구름이 걷히면서 드러나는 맑은 하늘의 푸른 빛깔까지. 그리고 다락방의 먼지는 타오르는 향이다. 모든 시간이 향로의 연기처럼 피어오르므로 우린 그저 불꽃을 들여다보기만 하면 된다. 정말이지 이 다락방은 거대한 타임머신이다. 그는 사실을 깨닫고 느끼고 확신했다. 이곳의 프리즘에 손을 대고, 저곳의 문 손잡이를 만져보고, 줄을 잡아당기고, 크리스털을 쩽 소리 나게 두드려보고, 먼지를 일으키고, 트렁크 열쇠를 잠가보고, 옛날 난로에 쓰던 풀무를 옛날 불티가 수없이 눈 속으로 날릴 때까지 불면, 이렇게 이 거대한 기구를, 모든 따뜻한 부품을 작동하면, 지레며 발동기며 톱니바퀴 같은 모든 부품 조각을 만져본다면, 그렇게 해본다면!

그는 관현악을 연주하고 지휘하려고, 지휘봉을 휘두르려고 손을 앞으로 불쑥 내밀었다. 그의 머리와 굳게 다문 입속에 음악이 있었다. 그는 거대한 기계를 연주했다. 우레와 같이 큰 소리로 침묵하는 오르간과 베이스와 테너와 소프라노를 낮게 혹은 높게 연주하다가 마침내, 아아 마침내 화음을 이루는 순간, 그는 눈을 질끈 감고 온몸을 부르르 떨었다.

밤 9시 무렵 아내는 남편이 부르는 소리를 들었다. "코라!" 아내는 위층으로 올라갔다. 위쪽에서 남편이 고개를 쑥 내밀고 그녀를 향해 미소를 지었다. 그는 모자를 흔들었다. "잘 있어, 코라!"

"무슨 소리야?" 아내가 외쳤다.

"사흘 내리 생각해 봤는데, 아무래도 작별인사를 하는 게 좋겠어."

"당장 내려와, 이 바보 같은 인간아!"

"어제 은행에서 5백 달러를 찾아왔어. 나, 이 문제를 꽤 오래 생각해왔어. 그런데 막상 일을 벌이려고 하니 말이야, 코라…." 그는 아래쪽으로 열렬히 손을 뻗었다. "마지막으로 물을게. 당신도 나랑 같이 가지 않겠어?"

"다락방으로 가자고? 얼른 그 계단을 내려줘, 윌리엄! 내가 당장 올라가서 그 지저분한 곳에서 당신을 몰아낼 테니까!"

"나는 해너한 부두로 가서 조개 수프나 한 그릇 먹어야겠어." 그는 말했다. "그리고 브라스 밴드에게 '달빛 쏟아지는 바닷가'를 연주해달라고 할 거야. 오, 같이 가자, 코라…." 그는 앞으로 내민 손을 흔들었다.

그러나 아내는 다정한 눈빛으로 물어오는 남편의 얼굴을 물끄러미 쳐다볼 뿐이었다. "잘 있어." 그가 말했다.

그는 정겹고도 정겹게 손을 흔들었다. 이윽고 그의 얼굴이 사라졌고 밀짚모자도 사라졌다.

"윌리엄!" 그녀는 비명을 질렀다.

다락방은 어둡고 고요했다.

그녀는 새된 비명을 지르며 달려가 의자를 가져와 발판으로 삼고 끙끙 신음하며 곰팡내 나는 어둠 속으로 올라갔다. 그녀는 손전등을 이리저리 흔들었다. "윌리엄! 윌리엄!"

어두운 공간은 텅 비어 있었다. 겨울바람이 집을 뒤흔들었다.

그때 아내는 다락방 깊숙한 곳의 서쪽 창문이 열려 있는 것을 발견했다.

그녀는 더듬더듬 그쪽으로 다가갔다. 그녀는 머뭇거리며 숨을 죽였다. 그리고 천천히 창문을 열었다. 사다리가 창밖에서 현관 지붕까지 이어져 있었다.

그녀는 창가에서 주춤주춤 뒤로 물러났다.

활짝 열린 창밖에는 사과나무가 싱그러운 초록빛으로 빛나고 있었다. 7월 여름날의 땅거미가 지고 있었다. 희미하게 뭔가 터지는 소리, 불꽃놀이 소리가 들려왔다. 웃음소리와 먼곳의 말소리도 들렸다. 따뜻한 공기를 뚫고 로켓이 높이 치솟았고 빨간색으로 흰색으로 파란색으로 점차 색깔이 변하며 시야에서 사라졌다.

그녀는 창문을 쿵 소리 나게 닫고 비틀거리며 서 있었다. "윌리엄!"

다락방 바닥의 문틈으로 11월의 겨울빛이 새어 들어왔다. 몸을 숙여 바라보니 아래층 11월의 세계에서는 차갑고 투명한 유리창 밖으로 눈이 펄펄 날리고 있었다. 앞으로 그녀가 30년을 살아가야 할 세계였다.

　그녀는 다시는 그 창가로 다가가지 않았다. 홀로 어두컴컴한 다락방에 앉아 끝내 사라지지 않을 어떤 냄새를 맡고 있었다. 냄새는 만족스러운 숨결처럼 공중을 떠돌고 있었다. 그녀는 오래오래 깊은숨을 들이마셨다.

　절대로 잊을 수 없는 그 옛날, 그리운 드러그스토어의 사르사 뿌리 음료수 냄새.

레몬 씨의 가발

The Headpiece

소포는 오후 늦게 우편으로 도착했다. 앤드루 레몬 씨는 소포를 흔들어 보고, 안에 무엇이 들어 있는지 알아챘다. 커다란 털북숭이 타란툴라 거미가 들어 있는 듯한 소리가 났다.

용기를 내어 떨리는 손으로 포장지를 뜯고 하얀 종이상자 뚜껑을 열기까지 시간이 조금 걸렸다.

거기 눈처럼 하얀 안감 위에 억센 털이 달린 물건이 놓여 있었다. 낡은 소파 안쪽을 가득 채운 검정 말총으로 만든 시계스프링처럼 개성이라곤 없는 물건이었다. 앤드루 레몬 씨는 싱글벙글 웃었다.

"인디언들이 다녀가면서 경고 삼아 남긴 대학살의 흔적이 이런 모양이었겠지. 음, 좋았어!"

그리고 벗겨진 두피에 검게 반짝이는 에나멜가죽 가발을

둘러썼다. 그는 지나가는 사람에게 모자 끝을 살짝 삽으며 인사를 건네듯 가발을 잡아당겨 보았다.

가발은 꼭 맞았다. 이마 윗부분을 망쳐놓은 동전 크기만 한 구멍을 감쪽같이 가려주었다. 앤드루 레몬 씨는 거울 속의 낯선 남자를 뚫어지게 쳐다보며 기쁨의 탄성을 질렀다.

"어이, 거기 누구야? 얼굴이 낯이 익은데? 맙소사, 돌아보지 않으면 거리에서 만나도 그냥 지나치겠는걸? 왜냐고? 구멍이 없어져서지! 빌어먹을 구멍을 감추었더니 이제 그게 있는 줄 아무도 모르겠어. 새해 복 많이 받게, 친구. 그래, 그래. 새해 복 많이 받으라고."

그는 싱글벙글 웃으며 작은 아파트 안을 돌아다녔다. 뭔가 해야 할 것 같았지만, 아직 문을 열고 세상을 놀라게 할 준비는 되어 있지 않았다. 그는 거울 옆을 지나가며 거울 속을 지나가는 어떤 남자의 옆모습을 흘낏 보았고, 그때마다 고개를 흔들며 웃었다. 이윽고 그는 흔들의자에 앉아 몸을 흔들며 〈주간 서부영화〉를 두어 권 보려고 했다가 다시 〈스릴러 영화 매거진〉을 들춰 보았다. 그러나 어쩔 수 없이 오른손이 자꾸 얼굴 위로 올라가 양쪽 귀 위로 단단히 씌워진 새 가발의 가장자리를 만져보게 되었다.

"아무래도 내가 한잔 사야겠어, 젊은 친구!"

그는 파리똥이 묻은 약장을 열고 술병을 꺼내 세 모금쯤 꿀꺽꿀꺽 마셨다. 물기가 촉촉한 눈으로 담배를 한 대 피우려다가 갑자기 멈추고 귀를 기울였다.

바깥의 어두운 복도에서 너덜너덜한 카펫 위로 들쥐가 우아하게 돌아다니는 듯한 소리가 났다.

"프렘웰 양이군!" 그는 거울을 향해 말했다.

갑자기 가발이 머리에서 미끄러져 상자 속으로 뚝 떨어졌다. 마치 가발 스스로 화들짝 놀라 그 안으로 서둘러 도망친 것만 같았다. 그는 지나가는 여자가 내는 여름철 산들바람 같은 소리에도 겁을 먹고 식은땀을 흘리며 상자 뚜껑을 닫았다.

그는 까치발을 딛고 한쪽 벽에 못을 쳐서 막아놓은 문 앞으로 살금살금 다가가, 지금은 화가 난 것처럼 벌겋게 달아오르기까지 한 머리를 기울여 바깥 동정을 살폈다. 프렘웰 양이 자기 집 문을 열고 닫았다가 이윽고 도자기 그릇과 칼과 포크 등이 서로 부딪치는 소리를 내며 저녁을 준비하느라 회전목마처럼 집 안을 우아하게 돌아다니는 소리가 들렸다. 그는 빗장을 걸고 자물쇠를 잠그고 걸쇠를 걸고 10센티미터짜리 단단한 강철 못까지 박아놓은 문에서 뒤로 물러났다. 그녀가 조용히 그 못을 뽑고 빗장에 손을 대고 걸쇠를 푸는 소리가 들린다고 상상하며, 침대 속에서 몸을 뒤척이던 수많은 밤을 떠올렸다. 그런 밤이면 다시 잠들기까지 꼬박 한 시간이 걸렸었다.

지금 그녀는 족히 한 시간은 넘게 방 안을 부산하게 돌아다닐 것이다. 그러다가 어두워지겠지. 별들이 떠서 반짝일 무렵 그는 그녀의 방문을 두드리며 혹시 포치에 나가 앉아 있지 않겠느냐는 등 공원을 산책하지 않겠느냐는 등 물어볼 것이다. 그때쯤이면 그녀는 그의 이마에 뚫린 제3의 눈을 알아보지 못

할 것이다. 보이지도 않고 깜박거리지도 않는 이 눈을 알아채려면 점자를 읽을 때처럼 손으로 직접 그의 머리를 만져봐야 할 테니까. 그러나 그녀의 작고 하얀 손가락이 이마의 상처로부터 천 킬로미터 안쪽으로 다가오는 일은 절대로 없었다. 그러니 그녀가 보기에 그 상처라는 것은 오늘 밤 떠오를 보름달 표면에 난 얽은 자국 중 하나에 불과할 것이다. 그는 발끝으로 〈놀라운 과학이야기〉 잡지 한 권을 쓰다듬었다. 그는 코웃음을 쳤다. 만약에 그녀가 그의 상처를 알게 된다면, 그녀는 가끔 노랫말도 쓰고 시도 쓰는 사람이므로, 먼 옛날 유성이 날아와 그의 머리에 부딪혔다가 수풀도 나무도 없는 하얀 눈밭 같은 그곳에서 하염없이 사라져버렸다고 생각해줄 것이다. 그는 다시 코웃음을 치면서 고개를 절레절레 흔들었다. 만약에, 만약에 그럴 수도 있다는 말이다. 그러나 그녀의 생각이 어떠하든지 오로지 해가 진 다음에나 만나야 할 것이다.

그는 한 시간 더 기다렸다. 이따금 창문 밖으로 더운 여름밤을 향해 침을 뱉으며.

"8시 반이군. 이제 나가볼까?"

그는 현관문을 열고 잠시 그대로 서서 상자 속에 숨겨둔 멋진 새 가발 쪽을 돌아보았다. 아니다. 지금은 그것을 써보고 싶은 마음이 들지 않았다.

그는 복도를 따라 프렘웰 양의 문을 향해 갔다. 문이 너무 얇아서 그 너머에 있을 그녀의 작은 심장 박동에 맞춰 문까지 고동칠 것 같았다.

"프렘웰 양." 그는 속삭였다.

조그만 하얀 새 같은 그녀를 커다랗게 오므린 자신의 손 우물 위로 떠올려 가만히 있는 그녀에게 살짝 말을 걸어보고 싶었다. 그러다 무심코 이마에서 솟아나는 땀을 닦다가 구멍에 손이 닿는 바람에 비명을 지르며 쓰러질 뻔했지만, 가까스로 참았다. 그는 한동안 손으로 구멍을 꾹 누르고 있었다. 손을 치우기가 두려웠다. 두려움의 방향이 달라져 있었다. 구멍으로 빠질지도 모른다는 두려움이 사라지고, 끔찍하고 은밀하고 사적인 어떤 것이 구멍에서 왈칵 쏟아져나와 그를 집어삼킬지도 모른다는 두려움이 몰려왔다.

그는 반대편 손으로 프렘웰 양의 문을 쓸어보았지만 먼지만 일어날 뿐이었다.

"프렘웰 양?"

혹시 불이 켜져 있는지 보려고 아래쪽 문틈을 살펴보았다. 이러다가 그녀가 문을 벌컥 열기라도 하면 빛이 그의 몸을 덮치겠지. 전등 빛이 덮쳐오면 그는 화들짝 놀라 손을 치울지도 모르고 그러면 이마에 움푹 파인 상처가 드러날지도 모른다. 그러면 그녀는 열쇠 구멍을 들여다보듯 구멍을 통해 그의 인생을 들여다볼 수 있지 않을까?

아래쪽 문틈으로 빛이 희미하게 새어 나왔다.

그는 한 손을 움켜쥐고 프렘웰 양의 문을 세 번 가만히 두드렸다.

문이 천천히 안쪽으로 열렸다.

나중에 앞쪽 포치에 나가 땀을 뻘뻘 흘리며 감각이 없어진 다리의 위치를 고치고 또 고치면서, 그는 프렘웰 양에게 청혼할 준비를 했다. 달이 높이 뜨자 그의 이마에 난 구멍은 마치 거기 떨어진 나뭇잎의 그림자처럼 보였다. 그녀에게 한쪽 얼굴만 보여준다면 분화구는 보이지 않을 것이다. 그의 반쪽 세계는 영원히 감춰질 것이다. 하지만 그러면 하고 싶은 말도 반밖에 못 하는 반쪽짜리 남자가 될 것이다.

　"프렘웰 양." 마침내 그가 겨우 말을 꺼냈다.

　"예?" 그녀는 마치 그가 잘 보이지 않는 것처럼 그쪽을 뚫어지게 쳐다보았다.

　"프렘웰 양, 요즘은 절 아는 척도 하지 않으시더군요."

　그녀는 기다렸다. 그는 계속해서 말을 이었다.

　"저는 줄곧 당신을 지켜보고 있었습니다. 실은… 저… 이제 솔직히 털어놓고 싶군요. 우리가 여기 포치에 나와 앉은 지도 어느새 몇 달이나 지났습니다. 그만큼 서로 알고 지낸 지 오래되었다는 뜻이죠. 당신은 물론 저보다 열다섯 살이나 어리지만, 우리가 약혼한다고 해서 잘못은 아니지 않을까요?"

　"고마워요, 레몬 씨." 그녀는 재빨리 대답했다. 매우 정중한 말투였다. "하지만, 저는…."

　"아, 알겠어요." 그는 앞질러 말했다. "알아요! 제 머리 때문이죠? 언제나 머리 위의 이 빌어먹을 상처가 문제라니까요!"

　그녀는 어렴풋한 빛 아래서 고개를 돌린 그의 옆모습을 바라보았다.

"어머나, 그렇지 않아요, 레몬 씨. 그런 생각은 해본 적이 없습니다. 단 한 번도요! 물론 그 상처에 대해 조금 궁금해한 적은 있어요. 하지만 그런 게 문제가 된다는 생각은 해본 적이 없습니다. 제 친구도, 아주 친한 친구인데, 제 기억에 의족을 한 남자와 결혼했는걸요. 그 친구 말이 한동안은 남편이 의족을 단 것조차 몰랐다고 하더군요."

"이 빌어먹을 구멍이 늘 문제라니까요." 레몬 씨는 몹시 씁쓸하게 외쳤다. 그는 담배 하나를 꺼내 금방이라도 입에 물 것처럼 바라보다가 도로 집어넣었다. 그는 큼직한 돌멩이를 보듯 자신의 두 주먹을 쓸쓸히 내려다보았다. "어쩌다가 이렇게 되었는지 전부 말씀드리겠습니다, 프렘웰 양. 어떻게 된 일인지 말하겠어요."

"원치 않으면 안 하셔도 돼요."

"저는 한 번 결혼한 적이 있습니다, 프렘웰 양. 예, 한 번이요, 제기랄. 그런데 어느 날 아내가 망치를 쥐더니 그걸로 제 머리를 내리쳤답니다!"

프렘웰 양은 너무 놀라 헉 하고 숨을 들이켰다. 꼭 자기가 얻어맞은 사람 같았다.

앤드루 레몬 씨는 한쪽 주먹을 꼭 쥐고 더운 공기를 힘껏 내리쳤다.

"예, 아내가 망치를 들고 절 정통으로 내리쳤죠. 뭐랄까, 갑자기 세상이 저를 향해 무너지는 것 같은 느낌이었습니다. 모든 게 저를 향해 넘어지는 것 같았어요. 집 한 채가 제 몸 위로 무너져 내리는 것 같았죠. 작은 망치가 절 매장해버렸어요. 파묻어버렸단 말입니다! 아팠느냐고요? 말로 할 수 없을 정도로 아팠죠!"

프렘웰 양은 그의 말을 자기 일처럼 받아들였다. 그녀는 눈을 질끈 감고 입술을 깨물며 생각에 잠기더니 이윽고 이렇게 말했다. "아아, 가엾은 레몬 씨."

"아내는 아주 차분하게 행동했어요." 앤드루 레몬 씨는 도무지 이해할 수가 없다는 얼굴로 말했다. "저는 소파에 누워 있었고 아내가 그런 저를 내려다보며 서 있었죠. 화요일 오후 2시 무렵이었답니다. 아내가 '앤드루, 일어나!'라고 말해서 저는 눈을 뜨고 아내를 본 게 다였죠. 그런데 갑자기 아내가 망치로 저를 쳤어요. 정말 어처구니가 없었죠."

"왜 그랬을까요?" 프렘웰 양이 물었다.

"별 이유도 없었어요. 정말 아무런 이유가 없었다고요. 그 여자가 못돼먹어서 그런 거죠."

"하지만 왜 그래야 했을까요?" 프렘웰 양이 물었다.

"말씀드렸잖습니까. 아무런 이유가 없었다고."

"미친 여자였나요?"

"그랬겠죠. 아, 맞아요. 미쳐서 그랬던 게 틀림없어요."

"부인을 고소했나요?"

"아니요, 하지 않았습니다. 아내는 자기가 무슨 일을 했는지도 몰랐으니까요."

"그래서 기절했나요?"

앤드루 레몬 씨는 입을 다물었다. 그때의 기억이 또렷이 되살아났다. 그는 당시의 모습을 고스란히 떠올리며 말로 옮겼다.

"아뇨, 그냥 일어났던 게 기억나는군요. 일어나서 아내한 테 말했지요. '당신, 뭐 하는 거야?' 그리고 비틀비틀 아내에게 다가갔습니다. 거기 거울이 있었어요. 머리에 깊게 구멍이 나 있고 거기서 피가 흘러나오고 있었습니다. 꼭 인디언 같더라고요. 아내는 그 자리에 그대로 서 있었습니다. 제 아내가 말이지요. 그러더니 갑자기 공포에 질려 비명을 세 번 지르고는 바닥에 망치를 내동댕이치고 문밖으로 달려나갔습니다."

"그런 다음 당신은 기절했나요?"

"아니요. 기절하지 않았습니다. 간신히 거리로 나가 아무나 붙들고 병원에 데려다 달라고 부탁했습니다. 그리고 버스를 탔지요. 세상에, 버스를 탔어요! 요금까지 냈다니까요! 그리고 도심에 있는 병원에서 내려달라고 했습니다. 승객들이 다들 비명을 지르더군요. 그런 다음 정신을 잃은 것 같은데, 깨어보니 의사가 제 머리를 치료하고 있더군요. 마치 술통 구멍을 깨끗이 씻는 사람처럼 머리에 새로 생긴 구멍을 씻고 있었어요."

그는 손을 들어 상처를 만져보았다. 한때 멀쩡하게 치아가 있었지만 지금은 비어 버린 자리를 예민한 혀로 핥아보듯이 손가락으로 구멍을 더듬어보았다.

"말끔하게 치료해주었어요. 의사는 내가 금방이라도 기절하길 기다리는 듯이 저를 빤히 쳐다보고 있더군요."

"병원에는 얼마나 계셨어요?"

"이틀이요. 그런 다음 일어나 돌아다녔어요. 더 나아진 것 같지도 않고 나빠진 것 같지도 않더라고요. 그 무렵 아내가 짐을 싸 들고 급히 도망을 쳤습니다."

"어머, 세상에." 프렘웰 양이 숨을 돌리며 말했다. "제 심장이 달걀 거품기처럼 뛰네요. 심장 박동 소리가 귀에 들리고 손에 만져지고 눈에 보이는 것 같아요. 그런데 도대체 왜, 부인은 그런 짓을 저질렀을까요?

"아까도 말했지만 별다른 이유는 없었습니다. 아마 망상에 사로잡혀 그랬겠지요."

"하지만 분명히 말다툼을 벌였다거나, 뭐 그런 적은 있겠죠?"

앤드루 레몬 씨의 뺨에 피가 쏠렸다. 이마의 그 부분이 불을 뿜는 분화구처럼 벌겋게 달아올랐을 거라고 그는 생각했다. "말다툼은 벌이지 않았습니다. 저는 그저 느긋하게 앉아 있었을 뿐이에요. 오후가 되면 셔츠 단추를 풀고 신발을 벗고 앉아 있는 걸 좋아했으니까요."

"혹시, 혹시 말인데요, 다른 여자를 만났나요?"

"천만에요! 아무도 만나지 않았습니다!"

"혹시, 술을 마시지는 않았나요?"

"어쩌다 한 모금씩은 마셨지요. 아시잖아요, 아주 조금씩요."

"도박을 했나요?"

"아닙니다, 아니에요!"

"그래도 머리에 구멍이 뚫렸는데, 아무런 이유도 없다는 게 이상하지 않나요, 레몬 씨?"

"여자들은 다 똑같아요. 뭐든 보면 곧바로 최악의 경우를 상상하죠. 정말 아무 이유도 없었다고 말씀드렸잖습니까. 아내는 그저 망치를 휘두르고 싶었을 뿐입니다."

"부인이 당신을 때리기 전에 뭐라고 말했나요?"

"그냥, '앤드루, 일어나.'라고 말했어요."

"아니요, 그전에요."

"아무 말도 없었어요. 한 30분이나 한 시간 동안은 아무 말도 하지 않았어요. 아, 뭘 사러 가고 싶다던가, 그런 말은 했지만, 저는 날씨가 너무 덥다고 했지요. 그냥 누워 있고 싶었거든요. 몸이 좋지 않았어요. 그녀는 제 기분 따위는 헤아려 주지 않았죠. 틀림없이 화가 났을 것이고 한 시간 동안 그 일을 생각하다가 망치를 집어 들고 방으로 들어와 쿵 하고 내리쳤을 겁니다. 제 생각에는 날씨 때문에 그 여자도 이상해진 게 아닐까 싶어요."

프렘웰 양은 잠시 격자창에 기대앉아 생각에 잠겼다. 그녀의 눈썹이 천천히 추켜 올라갔다가 천천히 내려왔다.

"부인과 결혼한 지는 얼마나 되었었나요?"

"1년이요. 제 기억엔 7월에 결혼했고 제가 아팠던 것도 7월이었으니까요."

"아팠다고요?"

"저는 건강하지 못했어요. 자동차 수리일을 했는데 어느 날 등이 아프기 시작해서 더는 일을 할 수가 없어서 오후에는 누워 있어야 했답니다. 아내는 퍼스트 내셔널 은행에서 일했고요."

"아, 그랬군요." 프렘웰 양이 말했다.

"왜 그러시죠?"

"아무것도 아니에요." 그녀가 말했다.

"저는 함께 살기에 편한 사람입니다. 말을 많이 하지도 않아요. 느긋하고 여유가 있지요. 돈을 낭비하지도 않고요. 알뜰하거든요. 심지어 아내도 그 점은 인정했답니다. 말다툼도 하지 않아요. 뭐, 가끔 아내가 벽을 향해 공을 힘껏 던져 튀기듯이 잔소리를 하고 또 하곤 했지만 저는 말대꾸를 하지 않았어요. 그저 가만히 앉아 있었답니다. 느긋하게 살았죠. 안절부절못하고 돌아다니며 말을 많이 해봐야 무슨 소용이 있겠어요?"

프렘웰 양은 달빛이 쏟아지는 레몬 씨의 이마를 바라보았다. 그녀는 입술을 달싹였지만 그의 귀에는 들리지 않았다.

갑자기 그녀가 몸을 꼿꼿이 세우고 깊은숨을 들이마시더니 눈을 깜박이며 포치 격자창 너머 세상을 바라보았다. 그리고 화들짝 놀랐다. 한동안 조용했던 거리의 자동차 소리가 불쑥 포치까지 들려왔던 것이다. 프렘웰 양은 깊은숨을 들이마셨다가 내뱉었다.

"레몬 씨, 말씀하신 대로 말다툼을 벌여봐야 소용은 없지요."

"그렇다니까요!" 그가 말했다. "말했듯이 저는 느긋한 사람이라…."

그러나 프렘웰 양은 눈을 내리깔고 입가에 야릇한 미소를 지었다. 앤드루 레몬 씨도 이를 감지하고 말꼬리를 흐렸다.

그녀의 가벼운 여름 드레스와 그의 셔츠 소매가 여름 바람에 펄럭였다.

"시간이 늦었군요." 프렘웰 양이 말했다.

"이제 겨우 9시예요!"

"내일 일찍 일어나야 해요."

"하지만 아직 제 질문에 대답하지 않았어요, 프렘웰 양."

"질문이라고요?" 그녀는 눈을 깜박였다. "아, 그 질문이요. 그렇죠." 그녀는 고리버들 의자에서 몸을 일으켰다. 그녀는 어둠 속에서 방충망 문 손잡이를 찾았다. "저기, 레몬 씨. 그 문제는 생각을 좀 해보겠어요."

"그게 공평하겠네요." 그가 말했다. "말다툼을 벌여봐야 무슨 소용이겠어요?"

방충망 문이 닫혔다. 그녀가 어둡고 무더운 복도를 걸어가는 소리가 들렸다. 그는 얕은 숨을 내쉬며 아무것도 보지 못하는 머리 위의 제3의 눈을 만져보았다.

말을 너무 많이 해서 생긴 병처럼 가슴 안쪽에서 막연한 슬픔이 들썩이는 것을 느꼈다. 순간 그의 방에서 뚜껑이 닫힌 채 기다리고 있는 흰색 선물상자가 떠올랐다. 그는 서둘렀다. 방충망 문을 열고 고요한 복도를 걸어 방으로 돌아갔다. 안으로 급히 들어가다 매끄러운 〈로맨스 이야기〉 잡지를 밟고 하마터면 넘어질 뻔했다. 그는 열기에 들떠 전등을 켜고 싱글벙글 웃으며 상자를 열고 속지 안에서 가발을 집어 들었다. 밝은 거울 앞에 서서 사용법을 따라가며 머리에 가발을 쓰고 고무풀과 테이프로 여기저기를 붙인 다음 모양을 가다듬고 깔끔하게 빗질을 했다. 그런 다음 문을 열고 복도를 지나 프렘웰 양의 방문을 두드렸다.

"프렘웰 양?" 그는 미소를 지으며 불렀다.

그 소리에 맞추어 방문 밑의 불빛이 깜박하고 꺼졌다.

그는 믿을 수 없어 하며 어두운 열쇠 구멍을 노려보았다.

"저기, 프렘웰 양?" 그는 재빨리 다시 불렀다.

방 안에서는 아무 일도 일어나지 않았다. 그저 캄캄했다. 잠시 후 그는 시험 삼아 문 손잡이를 돌려보았다. 손잡이가 덜컹거렸다. 프렘웰 양이 한숨 쉬는 소리가 들렸다. 뭐라고 말하는 소리도 들렸다.

다시 말소리가 끊겼다. 그녀의 작은 발이 문 쪽으로 다가오는 소리가 들렸다. 전등이 켜졌다.

"무슨 일이죠?" 문 뒤에서 그녀가 말했다.

"저를 좀 보세요, 프렘웰 양." 그는 애원했다. "문을 열고, 저를 좀 봐주세요."

문빗장이 벗겨졌다. 그녀가 문을 손가락 한마디만큼 살짝 열었다. 그녀의 한쪽 눈이 그를 날카롭게 쏘아보았다.

"저를 좀 보세요." 그는 움푹 파인 분화구를 정확히 가릴 수 있게 가발을 고쳐 쓰며 자랑스럽게 말했다. 그는 그녀의 옷장에 달린 거울에 자기 모습을 비춰보는 상상을 하고 기분이 좋아졌다. "여길 보세요, 프렘웰 양!"

그녀는 문을 조금 더 열고 보았다. 그러더니 쿵 소리 나게 문을 닫고 잠가버렸다. 얇은 판자 문 뒤쪽에서 들리는 그녀의 목소리에는 높낮이가 느껴지지 않았다.

"그래도 여전히 구멍이 보이네요, 레몬 씨."

사순절 첫날밤

The First Night of Lent

그래, 아일랜드 사람들의 모든 게 알고 싶단 말이지? 무엇이 그들의 운명을 만들어냈고 운명대로 움직이게 하느냐고? 그럼, 내 이야기를 들어봐. 내가 아는 아일랜드 사람은 평생 단 한 명뿐이지만 나는 그 사람을 144일 동안 겪었으니까. 한 걸음 더 가까이 들어가 보면 그 친구에게서 빗속에서 뚜벅뚜벅 걸어와 안개 속으로 사라져버리는 아일랜드 사람 전체를 볼 수 있을지도 몰라. 잠깐, 저길 봐. 그들이 오고 있어! 밖을 내다보라고. 그들이 지나가잖아!

이 아일랜드 사람의 이름은 닉이었다.

1953년 가을 내내 나는 더블린에서 시나리오 작업에 몰두했다. 매일 오후 전세 낸 택시가 리버 리피에서 50킬로미터 떨어진 조지 왕조풍의 거대한 회색 저택까지 나를 데려다주었다. 그곳은 영화 제작자이자 감독의 사냥용 별장이었다. 그곳에서 우리는 기나긴 가을과 겨울, 그리고 초봄까지 저녁마다 매일 내가 쓴 여덟 쪽 분량의 시나리오를 검토했다. 그러다 자정이 되면 로열 히버니언 호텔로 돌아갈 준비를 마치고 킬코크 마을의 교환수를 깨워 마을에서 가장 따뜻한 장소로 전화 연결을 부탁했다.

"히버 핀 술집입니까?" 전화가 연결되면 나는 이렇게 소리쳤다. "닉 있소? 닉을 좀 보내주시오."

지금도 내 마음에 그 광경이 떠오른다. 마을 젊은이들이 줄지어 앉아 바 너머의 얼룩진 거울을 얼어붙은 겨울 연못을 들여다보듯 하면서 그 아름다운 얼음장 밑 깊은 곳에 가라앉은 자신들의 모습을 새로 발견하듯 바라보는 광경이. 떠들썩한 와중에 나의 운전사 닉은 시무룩하게 입을 꾹 다물고 있다. 술집 주인 히버 핀이 그를 부르는 소리, 닉이 일어나며 대꾸하는 소리가 수화기 너머로 들려왔다.

"알았어! 벌써 문까지 갔다고!"

나는 일찍부터 '벌써 문까지 갔다고'라는 말이 히버 핀 술집의 아름답기 그지없는 분위기가 자아낸 섬세한 대화를 망치거나 품위를 욕보이는 기분 나쁜 과정이 아니라는 것을 알고 있었다. 오히려 공개적인 장소 중에서도 모두가 무시하고 꺼리는 텅 빈 문 쪽을 향해 정중하게 무게중심을 옮기는 점진적 해방이라고 할까? 그동안에도 기본적인 낱말이 조각조각 묶이고 분류되어 말이 되고 잠시 숨을 돌리거나 생각할 짬도 없이 이야기가 되어 오간다. 이런 대화는 다음 날 아침에 일어나 쉰 목소리로 탄성을 지를 때야 비로소 이해된다.

시간을 재보고 나는 닉의 한밤중 여행의 긴 부분(히버 핀 술집에 있는 시간)이 30분 걸린다는 것을 알게 되었다. 여행의 짧은 부분(술집에서 내가 기다리는 별장까지 오는 시간)은 겨우 5분이었다.

그 일이 일어난 것은 사순절이 시작되기 전날 밤이었다. 나는 술집에 전화를 걸고 닉이 오기를 기다렸다.

마침내 1931년형 시보레가 덜덜거리며 밤의 숲을 뚫고 왔다. 자동차는 지붕까지 닉처럼 검은 흙 색깔이었다. 자동차도 운전사도 헐떡이고 한숨을 쉬며 느릿느릿 점잖게 시골길을 달려왔다. 나는 달은 없지만 별은 밝게 빛나는 하늘 아래서 현관 계단을 내려갔다.

차창 너머로 깊이 가라앉은 어둠을 들여다보았다. 계기반은 몇 년 전부터 고장이 나 있었다.

"닉인가?"

"그럼 누구겠어요?" 그가 조용히 속삭였다. "몹시 따뜻한 저녁이군요."

기온은 섭씨 10도였다. 닉은 티퍼러리 해안선 너머 로마 쪽으로는 가까이 가본 적이 없었다. 모름지기 날씨란 상대적이었다.

"그래, 따뜻한 저녁이야." 나는 앞자리로 올라타고 끼익 소리를 내는 차 문을 녹이 튀어 오를 정도로 힘껏 닫았다. "닉,

잘 지냈어?"

"예. 아주 건강합니다요. 내일부터 사순절이지 않습니까?" 자동차가 숲길 위로 솟구쳤다가 가라앉았다가 했다.

"사순절이라…." 나는 곰곰이 생각해보았다. "이번 사순절에는 뭘 금기로 삼을 생각인가?"

"안 그래도 곰곰이 생각해 봤죠." 닉은 갑자기 담배를 빨았다. 발갛게 달아오른 주름진 얼굴이 담배 연기에 휩싸였다. "내 입에 물린 이 끔찍한 물건은 어떨까요? 금니만큼이나 비싸고 폐 속에 잔뜩 들러붙는 이 요망한 것 말이에요. 이걸 내려놓고 전부 합산해본다면 일 년 후면 어마어마한 양이 되겠죠. 그래서 이번 사순절 동안에는 이 추잡한 것을 가까이하지 않을 생각입니다. 뭐, 다음 일은 내 알 바 아니고요!"

"거, 잘 됐군!" 담배를 피우지 않는 나는 이렇게 말했다.

"예, 잘된 일이죠." 닉이 담배 연기 때문에 한쪽 눈을 찡그리며 말했다.

"행운을 비네."

"행운이 필요하죠." 닉이 속삭였다. "담배를 끊는 게 보통 힘든 일이 아니니까요."

우리는 신중하고 안정적인 운전으로 토탄 골짜기를 지나 안개를 뚫고 시속 50킬로미터의 느긋한 속도로 더블린을 향해 달렸다.

＊

굳이 강조하는 나를 이해해주길 바란다. 제정신에 작고 조용하고 버터와 우유를 생산하는 모든 나라를 통틀어 하늘 아래 닉은 가장 신중한 운전사다.

운전석에 앉자마자 돌연 편집광으로 변해버리는 로스앤젤레스나 멕시코시티, 파리의 운전사들에 비하면 닉은 순수할 뿐만 아니라 성인의 반열에 오를 만하다. 게다가 트로피니 지팡이 같은 상은 포기했지만 할리우드풍 선글라스를 끼고 미친 듯이 웃으며 베네토 가도를 달리다가 경주용 자동차 창밖으로 축제용 색띠처럼 브레이크 드럼 안감을 흔들어대는 맹목적인 인간들과 비교해봐도 그렇다. 폐허 같은 로마를 생각해보라. 거기 널린 쓰레기들은 호텔 창문 밑에서 밤새 오토바이를 타고 콜로세움의 사자 굴에 떨어진 기독교도처럼 비명을 질러대며 어두운 로마의 골목길을 누비고 다닌 수달 같은 녀석들이 남긴 흔적이다.

이제 다시 닉 이야기로 돌아가자. 그의 느긋한 손은 겨울 하늘 별자리에서 떨어지는 눈처럼 부드럽고 고요하게, 시곗바늘이 움직이듯 느릿느릿 핸들을 어루만진다. 그가 도로를 길들일 때 밤의 적막함 속으로 울려 퍼지는 안개가 드나드는 듯한 목소리를 들어보라. 그는 속삭이는 가속페달 위에 부드럽고 상냥하게 발을 얹고 절대로 시속 50킬로미터 아래로 속도를 떨어뜨리지 않고 그 이상으로 속도를 올리지도 않는다. 아아,

닉! 그가 운항하는 배는 시간마저 꾸벅꾸벅 조는 잔잔하고 상냥한 호수 위를 매끄럽게 미끄러진다. 보라. 비교해보라. 어느덧 시간이 흘러 그에게 은화 한 잎을 주고 그의 손을 따뜻하게 잡고 악수를 하면 그날의 여정은 끝이 난다.

"잘 가게, 닉." 나는 호텔 앞에 서서 말한다. "내일 만나세."

"감사합니다." 닉이 속삭인다.

그리고 그는 또 조용히 차를 몰고 간다.

＊

이후 스물세 시간 동안, 나는 잠을 자고 아침을 먹고 점심과 저녁까지 먹고 늦은 밤 자기 전에 한 잔을 한다. 엉망인 대본을 깔끔하게 고치면 시간은 토탄 골짜기의 안개와 빗속으로 사라져버리고 나는 또 한밤중에 조지 왕조풍 저택에서 나온다. 안개 속에서도 자동차가 어디 있는지 알고 점자를 더듬어 읽는 맹인처럼 계단을 더듬거리며 내려가면 자동차 문이 따뜻한 난로 같은 빛을 발하며 서 있다. 어둠 속에서 천식 환자처럼 쌔근거리는 커다란 엔진 소리가 들리고 '너무 흔해서 귀하지도 않은' 닉의 기침 소리도 들려온다.

"아, 오셨군요!" 닉이 말했다.

나는 대화를 나누기 좋은 앞자리로 올라타 문을 쾅 소리 나게 닫았다. "닉, 왔나?" 나도 웃으며 인사를 건넸다.

그런데 생각지도 못한 일이 일어났다. 자동차가 불길을 뿜는 대포 아가리에서 쏘아진 것처럼 부르릉 소리를 내며 출발하더니 마구 튀어 오르고 미끄러지며 우거진 덤불과 엉겨 붙은 나무그림자 사이로 난 오솔길을 탄환처럼 전속력으로 달려갔다. 나는 자동차 천장에 머리를 네 차례나 부딪쳤고 무릎을 와락 붙잡아야 했다.

닉! 나는 비명을 지를 뻔했다. 닉!

로스앤젤레스나 멕시코시티, 파리의 난폭한 운전사들이 떠올랐다. 나는 당황해 속도계를 들여다보았다. 80, 90, 100킬로미터. 우리는 자갈 폭풍을 일으키며 도로를 내달렸고 쏜살같이 다리를 건너 한밤의 킬코크 거리를 달려갔다. 시속 110킬로미터로 도심을 빠져나가 덜컹거리며 도로 위로 튀어 오를 때마다 아일랜드의 모든 풀이 귀를 접고 웅크리는 것 같았다.

닉! 나는 옆을 돌아보았다. 닉은 단 한 가지만 빼고 제자리에 평소와 다름없이 앉아 있었다. 그의 입술에는 여전히 불붙은 담배가 타고 있고 담배 연기 때문에 눈을 한쪽씩 차례로 깜박이고 있었다.

그러나 한 가지, 담배 뒤에 보이는 닉의 모습은 완전히 달라져 있었다. 마치 악한 닉이 검은손을 들어 원래 그를 쥐어짜고 불태워 완전히 다른 모습으로 만들어 놓은 것 같았다. 그는 운전대를 이리 돌리고 저리 돌리며 운전하고 있었다. 광포하게 교각 아래를 지나 터널을 빠져나갔고, 교차로 표지판에 부딪혀 표지판이 회오리바람 속 풍향계처럼 빙글빙글 돌게 했다.

닉의 얼굴에서 지성은 완전히 빠져나가 버렸고 양쪽 눈에 서렸던 부드러움과 철학적인 빛도 사라졌으며 입도 더는 온화하지도 평화롭지도 않았다. 맹목적인 탐사등처럼 끊임없이 전방을 노려보고 훑어보기만 하는, 껍질 벗긴 감자처럼 부글거리는 날 것의 표정이었다. 그의 손은 뱀처럼 빠르게 움직였고 커브를 돌 때마다 몸이 기우뚱했으며 어두운 낭떠러지를 만날 때마다 크게 튀어 올랐다.

이자는 닉이 아니다. 나는 생각했다. 닉의 형제나 아니면 그의 몸에 깃든 무서운 괴물이다. 혹은 파괴적인 병이나 재앙이 닥친 것이다. 가족에게 슬픈 일이 생겼거나 병에 걸렸거나. 그렇다. 틀림없다.

잠시 후 닉이 입을 열었는데, 목소리마저 달라져 있었다. 토탄 늪처럼 매끄럽고 잔디처럼 촉촉하고 차가운 빗속에서도 따뜻한 불을 쬐는 것처럼 온기가 넘쳤던, 부드러운 목소리가 아니었다. 지금 그의 목소리는 강철과 주석으로 만든 나팔처럼 내 귀를 날카롭게 때렸다.

"아, 그동안 잘 지내셨어요?" 닉이 소리쳤다. "지금은 어떠세요?"

자동차 역시 폭력적인 운전으로 고생하고 있었다. 자동차도 변화에 저항하고 있었다. 안 그래도 수명이 다해 여기저기 낡고 찌그러진 차가 이제 오로지 숨과 뼈마디 하나하나를 조심스럽게 대하며 죽을 날만 기다리는 초라한 거지처럼 제발 천천히 달려주기만을 바랐다. 그러나 닉은 그런 건 전혀 아랑

곳하지 않고 벼락이나 맞고 지옥에나 떨어지라는 듯 아예 산산이 부서지라 고사를 지내고 있었다. 지옥에서도 닉의 차가워진 손을 따뜻하게 데우려면 특별한 불꽃이 필요할 것이다. 닉이 몸을 기울이면 자동차도 기울고 생생한 연료가 배기구에서 불꽃을 내뿜었다. 닉의 몸도 내 몸도 자동차도 모두 함께 산산이 부서질 듯 후들후들 떨었고 거칠게 덜컹거렸다.

다행히 내 뼈가 가루가 되기 전에 나는 정신을 차렸다. 나는 어쩌다 이 괴로운 비행이 시작되었는지 알아보려고 지옥 바닥에서 뿜어져 나오는 불붙은 증기처럼 이글거리는 옆자리 남자를 살폈다. 어떤 실마리라도 찾아내려고 두 손까지 단단히 준비해두었다.

"닉." 나는 숨을 헐떡이며 말했다. "오늘이 사순절 첫날밤이야!"

"그래요?" 닉은 놀라며 말했다.

"그렇지." 나는 말했다. "자네가 사순절에 뭘 금기시하기로 했는지 기억하는데, 왜 담배를 물고 있는 거지?"

닉은 잠시 내 말뜻을 이해하지 못하는 눈치였다. 그러다가 마침내 시선을 떨구고 피어오르는 연기를 보더니 어깨를 으쓱했다.

"아, 그거요." 그가 말했다. "다른 것을 끊기로 했습죠."

그러자 갑자기 모든 것이 분명해졌다.

지난 144일 남짓한 밤에 나는 고풍스러운 조지 왕조풍 저택 문앞에서 '추위를 이기라고' 감독이 주는 스카치나 버번 같은 독한 술을 받아마셨다. 그런 다음 불에 덴 듯 독한 술에 데어 숯이 되어버린 입에서 여름철 밀이나 보리, 귀리 같은 숨을 토해내며 나를 기다리는 택시 쪽으로 걸어갔다. 내가 전화를 걸 때까지 긴긴밤을 히버 핀 술집에 죽치고 앉아 기다렸던 그 남자가 있는 곳까지.

이런 바보 같으니, 어떻게 그걸 까맣게 잊고 있었단 말인가!

히버 핀 술집에서 나무를 심고 열매를 거두듯 부지런히 오랜 시간 대화를 나누는 사람들 사이에서 닉 역시 제 몫의 씨를 뿌리거나 꽃을 심고 각자의 혀를 연장 삼아 거품이 이는 술잔을 들고 그 좋은 술을 입으로 가져가는 감미로움 속에 빠져들었던 것이다.

그 감미로움이 느릿느릿 내리는 부슬비처럼 끓어오르는 그의 신경을 촉촉이 달래주었고 온몸 마디마디에서 거친 불꽃을 쫓아주었다. 같은 빗줄기가 얼굴도 씻어내려 밀물처럼 몰려오는 지혜의 표식으로 플라톤과 아이스킬로스의 주름을 남기고 갔다. 수확의 감미로움은 그의 뺨을 발그레 달아오르게 했고 눈빛을 따뜻하게 데워주었으며 목소리는 안개가 낀 듯 부드러운 쉰 소리로 바꿔주었고, 가슴팍으로 뻗어가 심장 박동마저 평온한 박자로 늦춰주었다. 빗줄기는 그의 팔에도 내려와 몸서리치는 운전대를 단단히 붙잡은 손을 부드럽게 풀어주고 우리와 더블린 사이를 가로막은 안개를 뚫고 가는 동안 말총을 채운 운전석에 조용하고 차분하게 앉아 있게 해주었다.

게다가 내 혀끝에도 술기운이 묻어 있어 혈관이 뜨거운 증기로 들끓는 판국에 옆자리 친구가 어떤 정신상태인지 어떻게 알아챌 수 있었겠는가.

"아, 그거요. 다른 것을 끊기로 했습죠." 닉이 말했다.

마지막 퍼즐 조각이 맞춰졌다.

오늘 밤은 사순절의 첫날밤이었다.

내가 닉이 모는 차를 타고 갔던 무수한 밤 중 그가 술에 취하지 않은 날은 오늘이 처음이었다.

지금까지 백사십여 번의 밤 내내, 닉은 나의 안전을 위해 그토록 조심스럽고 편안하게 운전을 했던 것이 아니었다. 커다란 낫처럼 휘어진 굽잇길을 지날 때마다 그의 몸속 여기저기로 감미로운 술기운이 부드럽게 기울었기 때문이었다.

아아, 아일랜드 사람들이란! 도무지 이해할 수가 없었다. 닉이라고? 닉이 누구지? 대체 그는 어떤 사람이란 말인가? 어떤 닉이 진짜 닉이지? 어떤 닉이 누구나 아는 그 닉일까?

아예 생각을 말자!

내게는 단 하나의 닉만 있을 뿐이다. 아일랜드가 그 날씨와 물과 파종과 수확과 밀기울과 으깬 요리와 술과 병조림과 후하게 내온 음식과 여름철 낱알 색깔을 한 술집의 야단법석과 밤마다 밀밭과 보리밭의 밤바람을 쐬러 나온 사람들로 만들어낸 그 닉 말이다. 숲이나 늪지를 쏘다니다 보면 속삭임이 들려올지도 모른다. 그것이 닉이다. 그것이 닉의 치아, 닉의 눈, 심장, 느긋한 손이다. 아일랜드 사람들은 대체 어떤 사람들이냐고 당신이 묻는다면 나는 도로 저편 히버 핀 술집으로 향하는 모퉁이를 가리킬 것이다.

사순절의 첫날밤 우리는 눈 깜짝할 사이에 더블린에 도착했다! 길가에서 아직도 덜컹거리는 택시에서 내려 운전사의 손에 요금을 쥐여주었다. 나는 애원하는 심정으로 온갖 다정한 마음을 담아 이 멋진 남자의 기묘한 횃불 같은 얼굴을 들여다보았다.

"닉."

"예, 손님!" 그가 외쳤다.

"부탁이 하나 있네."

"뭐든 말씀하세요!" 그가 소리쳤다.

"거스름돈은 가져가게." 나는 말했다. "가서 가장 커다란 아일랜드 술을 사 오게. 그리고 내일 밤 나를 데리러 오기 전에 말이야, 닉. 그 술을 몽땅 마시고 오게. 해줄 수 있겠나? 제발 부탁이니 약속해주게!"

그는 곰곰이 생각해보았다. 그 사이 얼굴에 이글거리던 황폐한 불꽃이 잦아들었다.

"정말 너무 어려운 부탁을 하시는군요." 그가 말했다.

나는 그의 손에 억지로 돈을 쥐여주었다. 마침내 그는 돈을 주머니에 넣고 조용히 앞만 보았다.

"잘 가게, 닉. 내일 보세."

"하늘이 허락한다면요." 닉이 말했다.

그리고 그는 차를 몰고 떠났다.

길 떠날 시간

The Time of Going Away

그 생각은 사흘 밤낮 동안 자라났다. 낮이면 그 생각을 익어가는 복숭아처럼 머릿속에 넣고 다녔다. 밤이면 고요한 공중에 매달아 놓고 시골의 달빛과 별빛을 받으며 살을 찌우고 영양분을 마시게 했다. 그는 동이 트기 전의 고요 속에서 그 생각 주위를 돌아다녔다. 나흘째 아침 그는 보이지 않는 손을 뻗어 그것을 따 한입에 삼켜버렸다.

그는 부리나케 일어나 오래된 편지들을 몽땅 태워버리고 작은 가방에 옷가지만 몇 벌 챙겨 넣고 까만 양복을 입은 다음 까마귀 깃털처럼 번들거리는 검은색 넥타이를 맸다. 마치 상을 당한 사람 같았다. 등 뒤에 아내가 서서 언제라도 무대로 뛰어올라 공연을 중단시킬 수 있는 비평가의 눈빛을 하고 그의 작은 연극을 지켜보고 있었다. 그는 아내 곁을 지나가며 중얼거렸다. "실례할게."

"실례한다고?" 아내는 버럭 고함을 질렀다. "살금살금 기어 다니며 몰래 여행 계획이나 세우는 사람이, 할 말이 그게 다야?"

"계획한 게 아니야. 우연이었을 뿐이지." 그가 말했다. "사흘 전에야 징조를 느꼈거든. 난 곧 죽어."

"그런 소리 하지 마. 무섭단 말이야." 아내가 말했다.

그의 눈에 지평선이 어른거렸다. "피가 잘 돌지 않아. 뼈 마디마디에서도 다락방에 서 있을 때처럼 대들보가 삐걱거리고 먼지가 우수수 내려앉는 소리가 들린단 말이지."

"당신, 겨우 일흔다섯 살이야! 두 다리로 멀쩡히 서 있을 수도 있고 보고 듣고 먹고 잠도 잘 자잖아. 그런데 왜 그런 소리를 해?"

"대자연이 혀를 움직여 내게 속삭였거든." 노인이 말했다. "문명 탓에 인간은 자연스러운 자아로부터 너무 멀리 떨어져 살게 되었어. 저 미개인들을 보라고."

"싫어!"

"미개인들은 자신이 죽을 때를 예감한다는 걸 누구나 다 알지. 그들은 친구들을 찾아가 악수를 하고 가진 것들을 모두 나눠준 다음에…."

"미개인들 아내는 아무 말도 하지 않나 보지?"

"아내에게도 재산을 나눠주지."

"그렇겠지!"

"또 친구들에게도 나눠주고….”

"나라면 반대할 거야!”

"친구들에게는 조금 나눠주겠지. 그런 다음 카누를 타고 석양을 향해 노를 저어 갔다가 영영 돌아오지 않아.”

아내는 자르기 직전 제대로 말린 통나무를 살피듯 남편을 쳐다보았다. "그건 도망이야!”

"아니야, 아니라고, 밀드레드. 그건 죽음이야. 순수하고 단순한 죽음. 그들은 그걸 '길 떠날 시간'이라고 불러.”

"그렇게 떠난 바보들이 어떻게 되었는지 카누를 타고 따라가서 확인해본 사람이 있어?”

"당연히 없지.” 노인은 살짝 짜증스럽게 말했다. "그랬다간 모든 걸 망쳐버리게 될 거야.”

"다른 섬에 다른 부인이나 예쁜 친구들이라도 있다는 말이야?”

"아니지, 아니야. 남자는 피가 차가워지면 고독과 고요함이 필요해질 뿐이라고.”

"그 바보들이 정말로 죽었다는 것을 증명할 수만 있다면 나도 입을 다물지.” 아내는 한쪽 눈을 갸름하게 뜨고 말했다. "누구라도 그 머나먼 섬에서 뼈를 발견하기나 했대?”

"죽을 때가 임박했음을 감지한 동물들처럼 그들은 그저 석양을 향해 배를 저어 갈 뿐이야. 다음 일은 알고 싶지 않아.”

"아, 그러시겠지.” 노부인이 말했다. "당신 〈내셔널 지오그래픽〉에서 코끼리 뼈 무덤에 관한 기사를 읽은 거지?”

"뼈 무덤이 아니라 무덤이야!" 그가 외쳤다.

"뼈 무덤이나 무덤이나. 그 잡지들 내가 다 태워버렸는데, 당신 또 어디에 감추어 둔 거야?"

"여보, 밀드레드." 그는 여행 가방을 다시 붙잡으며 모질게 말했다. "내 마음은 이미 북쪽을 향해 있어서 당신이 뭐라고 하든 남쪽으로 돌아서진 않아. 내 마음은 원시의 영혼이 솟아나는 무한한 비밀의 샘을 향하고 있어."

"당신 마음은 그 늪지대를 헤집고 다니는 인간들이 만든 잡지 나부랭이에서 본 것을 향해 있겠지!" 그녀는 손가락을 들어 그를 가리켰다. "내가 다 잊어버린 줄 알아?"

그의 어깨가 축 늘어졌다. "그 이야기는 다시 꺼내지 말자, 제발⋯."

"그 털북숭이 매머드 이야기는 어때?" 아내가 말했다. "30년 전 러시아 툰드라 지역에서 얼어붙은 코끼리가 발견되었을 때 말이야. 당신하고 그 바보 늙은이 샘 허츠가 털북숭이 매머드 통조림을 만들어 세계 시장을 독점하겠다면서 시베리아로 떠나겠다고 했었지? 그때 당신이 뭐라고 했는지 내가 다 잊어버린 줄 알아? '1만 년 전 멸종해버린 털북숭이 시베리아 매머드의 1만 년 된 야들야들한 고기를 국립지리학회 회원들이 돈을 내고 산다고 생각해봐!' 당신은 그때 내가 받은 상처가 완전히 아물었다고 생각해?"

"또렷하게 기억하고 있어." 그가 말했다.

"사라진 오세오스 부족인가 뭔가를 찾겠다고 위스콘신 어딘가로 가서는 토요일 밤마다 술집에 처박혀 부어라 마셔라 하다가 채석장으로 떨어지는 바람에 다리가 부러져 사흘 내리 누워 있던 일도 내가 까맣게 잊은 줄 알겠지."

"당신 기억력은 완벽하군." 그가 말했다.

"그런데 이번에는 또 미개인이 어떻고 길 떠날 시간이 어째? 내가 말해주지. 지금은 길 떠날 시간이 아니라 집에 얌전히 앉아 있어야 할 시간이야! 나무 밑에서 입 벌리고 과일이 떨어지길 기다릴 때가 아니라 직접 가게까지 걸어가 과일을 구해와야 할 때라고. 왜 과일을 구하려고 가게까지 걸어가야 하냐고? 누군지 이름은 말하지 않겠지만, 우리 집의 누군가가 몇 년 전 자동차를 시계처럼 몽땅 분해해 놓고 마당에 그대로 버려두었기 때문이지. 내가 우리 집 정원에서 그 부품을 주워 모으기 시작한 지가 목요일이면 꼭 10년이 된다고. 10년 더 있으면 우리 집 자동차 잔해는 녹슨 고철 더미가 되어버리겠지. 저 창밖을 좀 보라고! 지금은 낙엽을 긁어모아 태울 때야. 장작을 패고 나무를 잘라 땔감을 마련할 때라고. 난로를 깨끗이 청소하고 덧문을 달 때야. 지붕을 새로 얹을 시간이야. 그 모든 게 싫어서 도망치려는 거라면 다시 생각해!"

그는 가슴에 손을 얹었다. "다가올 심판의 날을 맞이할 나의 자연스러운 심정을 당신이 믿어주지 않는다니 마음이 아프군."

"머리가 돌아버린 늙은이 손에 〈내셔널 지오그래픽〉 같은 게 들어가서 나야말로 마음이 아파. 당신은 그 잡지를 읽을 때마다 이상한 꿈에 빠지고 그 뒷수습은 언제나 내 차지지. 그 〈내셔널 지오그래픽〉하고 〈신비한 기계장치〉 만드는 놈들도 와서 봐야 해. 반쯤 만들다 만 상태로 우리 집 창고와 차고, 지하실에 처박혀 있는 보트며 헬리콥터며 박쥐 모양 날개가 달린 1인승 글라이더를 말이야. 아니, 그냥 보여주는 게 아니라 아예 싹 들고 가라고 하고 싶어!"

"계속 지껄여봐." 그는 말했다. "나는 당신 앞에 서 있는 흰색 돌멩이야. 망각의 파도 속으로 가라앉고 있지. 제발, 여보, 날 좀 평화롭게 죽게 해주면 안 될까?"

"망각의 길을 떠나려면 아직 멀었어. 불더미에서 당신이라는 차갑게 식은 돌멩이를 발견하려면 시간이 많이 남았다고."

"말도 안 되는 소리! 자기 죽음을 인정하는 게 한낱 허영이라는 말이야?" 그가 물었다.

"당신이야말로 그 말을 담배 씹듯이 하고 있잖아!"

"그만두자!" 그가 말했다. "내 재산은 전부 집 뒤 포치에 쌓아두었어. 당신이 구세군에 기부해."

"〈내셔널 지오그래픽〉도?"

"그래, 빌어먹을 〈내셔널 지오그래픽〉도! 이제 비켜줘!"

"죽으러 간다면서 옷이 가득한 여행 가방이 왜 필요해?"

"상관하지 마! 죽을 때까지 시간이 조금 걸릴지도 모르잖아. 마지막 인간적인 안락까지 다 벗어던져야겠어? 다정한 이별 풍경을 자아내야 할 순간에 씁쓸한 비난과 빈정거림과 의심만 바람 앞의 지푸라기처럼 날리고 있군."

"좋아." 그녀가 말했다. "어서 가서 숲에서 추운 밤을 보내봐."

"꼭 숲으로 갈 필요는 없지."

"일리노이주 사람이 죽으러 가는데 숲 말고 어디로 간단 말이야?"

"뭐, 그야….." 그는 얼버무렸다. "뭐, 고속도로로 나갈 수도 있잖아."

"아, 그러다가 차에 치인다는 말이군. 그건 깜박 잊고 있었네."

"아니, 그렇지 않아!" 그는 눈을 질끈 감았다가 다시 떴다. "도로에서 차가 없는 쪽을 따라 밤의 숲이든, 황무지든 머나먼 호수든 어디로든 갈 수 있어. 아무 데로나 갈 수 있다고."

"설마 카누를 빌려 타고 직접 노를 저어 가겠다는 말은 아니겠지? 파이어맨 부두에서 배가 뒤집혀 죽을 뻔한 일을 까맣게 잊은 건 아니지?"

"누가 카누를 탄다고 했어?"

"당신이 그랬잖아! 미개인들이 위대한 미지의 세계를 향해 배를 타고 노를 저어 간다며."

"그건 머나먼 남쪽 바다에서의 일이지! 여기 사람들은 걸어서 자연의 근원을 찾고 자연스러운 최후를 추구한다고. 나는 미시간 호수를 따라 북쪽으로 걸어갈 거야. 언덕을 넘고 바람을 맞고 커다란 파도와 싸우면서."

"오오, 윌리." 아내가 고개를 절레절레 흔들며 부드럽게 말했다. "아, 윌리, 윌리. 내가 뭘 해주면 좋을까?"

그는 목소리를 낮추었다. "그냥 내가 하고 싶은 대로 하게 내버려 둬."

"알았어." 그녀는 조용히 말했다. "알았다고." 그러자 그녀의 눈에서 눈물이 흘러나왔다.

"자, 그만 그만." 그가 말했다.

"오, 윌리…." 그녀는 한동안 남편을 바라보았다. "당신 정말로 죽음이 다가왔다고 믿는 거야?"

그는 아내의 눈에 비친 작지만 완벽한 자신의 모습을 보고 마음이 불편해져 시선을 돌렸다. "나는 밤새 사람을 실어오고 실어가는 우주의 파도를 생각했어. 이제 아침이 밝았으니 그만 가볼게. 안녕."

"안녕이라고?" 아내는 지금껏 그 말을 들어본 적이 없다는 듯한 표정을 지었다.

그의 목소리가 떨렸다. "물론, 당신이 끝까지 나를 붙잡는다면, 밀드레드…."

"아니야!" 아내는 기운을 차리고 코를 풀었다. "당신은 하고 싶은 대로 하는 사람이잖아. 내가 어떻게 말리겠어?"

"정말이야?"

"정말이지. 당신은 그런 사람이니까, 윌리." 아내가 말했다. "이제 그만 가. 두꺼운 외투를 입어. 밤은 추우니까."

"하지만…." 그가 말했다.

그녀는 달려가 남편의 외투를 가져오고 그의 뺨에 입을 맞춘 다음 남편이 곰처럼 그녀를 꼭 끌어안기 전에 얼른 뒤로 물러났다. 그는 난롯가의 커다란 팔걸이의자를 보면서 입을 달싹이며 서 있었다. 아내가 현관문을 활짝 열었다. "먹을 것은 좀 챙겼어?"

"먹을 건 필요 없지…." 그는 중얼거렸다. "가방에 햄 샌드위치랑 피클을 조금 넣었어. 그 정도면 되겠지…."

그리고 그는 문밖으로 나가 계단을 내려가 숲으로 향하는 오솔길을 걸어갔다. 그는 뒤를 돌아보고 뭐라고 말을 하려다가 그만두고 그저 손을 한 번 흔든 다음 다시 걷기 시작했다.

"여보, 윌리!" 아내가 불렀다. "너무 무리하지는 마! 처음부터 너무 많이 걷지 말라고! 지치면 앉아서 쉬어! 배가 고프면 먹고! 그리고…."

그녀는 문득 말을 멈추고 몸을 돌려 손수건을 꺼냈다.

잠시 후 그녀는 다시 오솔길 쪽을 내다보았다. 지난 1만 년 동안 아무도 지나가지 않은 길처럼 보였다. 텅 비어 있는 길을 보고 그녀는 집 안으로 들어가 문을 닫았다.

✳

밤 9시가 지나고, 9시 15분이 되자 별이 떴고 둥근 달이 보였다. 집 안의 등불이 커튼 너머로 딸기 빛을 뿌렸고 굴뚝은 혜성의 꼬리 같은 불을 길게 뿜어내며 따뜻한 한숨을 토해냈다. 굴뚝 밑으로 냄비며 팬이며 쇠붙이가 부딪는 소리가 들렸고 난로에는 커다란 수황색 고양이 같은 불꽃이 타올랐다. 부엌의 커다란 무쇠 화덕에 불꽃이 솟구치고 냄비 안이 부글부글 지글지글 끓어오르며 집 안 가득 수증기와 열기를 뿜어냈다. 이따금 노부인은 눈을 크게 뜨고 입을 크게 벌리고 이 집과 불길과 음식의 바깥 세계에 귀를 기울였다.

9시 30분, 집에서 멀리 떨어진 곳에서 뭔가 단단한 것이 탁탁탁, 탕탕탕 부딪는 소리가 들려왔다.

노부인은 몸을 반듯이 세우고 숟가락을 놓았다.

집 밖에서 탁탁탁 하는 둔탁한 소리가 달빛 아래 반복해서 들려왔다. 소리는 3, 4분 동안 계속되었다. 그동안 그녀는 그저 입매를 꾹 다물거나 주먹을 꼭 쥐는 것 말고는 거의 움직이지 않았다. 소리가 그치자 그녀는 얼른 화덕으로 달려가 휘휘 젓고 붓고 들고 나르며 식탁에 저녁 식사를 차렸다.

준비가 끝났을 때 창밖의 어둠 속에서 새로운 소리가 들려왔다. 발소리가 오솔길을 따라 천천히 올라오더니 묵직한 구둣발 소리가 현관문 앞에서 멈추었다.

그녀는 문 쪽으로 가서 문 두드리는 소리가 들리기를 기다렸다.

아무 소리도 들리지 않았다.

그녀는 꼬박 1분을 기다렸다.

바깥 포치에서 덩치 큰 그림자가 불편한 기색으로 왔다 갔다 하고 있었다.

마침내 그녀는 한숨을 내쉬며 문을 향해 날카롭게 외쳤다.

"윌리, 거기서 숨 쉬는 사람 당신이야?"

대답이 없었다. 문 뒤에는 수줍은 침묵만이 고여 있었다.

그녀는 문을 힘껏 열었다.

거기 노인이 믿을 수 없을 정도로 많은 양의 장작을 품에 안고 서 있었다. 장작더미 뒤에서 그의 목소리가 들려왔다.

"굴뚝에서 연기가 나기에 장작이 필요할 것 같았어."

그녀는 옆으로 비켜섰다. 그는 아내 쪽을 보지도 않고 집 안으로 들어가 난롯가에 장작을 조심스럽게 내려놓았다.

그녀는 포치를 내다보고 여행 가방을 집어 집 안에 들여놓고 문을 닫았다.

남편이 저녁 식탁에 앉는 것을 보았다.

그녀는 화덕 위의 수프를 저어 힘차게 부글거리는 소용돌이를 만들었다.

"오븐에 고기를 굽고 있어?" 그가 조용히 물었다.

그녀는 오븐 문을 열었다. 김이 솟아오르며 방 안을 가로질러 그의 몸을 감쌌다. 그는 눈을 감고 앉아 김을 쐬었다.

"뭔가 타는 냄새가 나는데?" 잠시 후 남편이 물었다.

그녀는 등을 돌린 채 기다렸다가 마침내 입을 열었다. "〈내셔널 지오그래픽〉이야."

남편은 아무 말도 하지 않고 천천히 고개를 끄덕였다.

따뜻하게 끓어오르는 음식이 식탁에 오르자 아내는 자리에 앉아 잠시 남편을 바라보았다. 그리고 고개를 절레절레 흔들었다. 또 남편을 바라보았다. 그리고 다시 한 번 고개를 흔들었다.

"기도하고 싶지 않아?" 그녀가 말했다.

"당신이 해."

그들은 밝은 불이 넘실거리는 난로 옆 따뜻한 방 안에 앉아 고개를 숙이고 눈을 감았다. 그녀가 빙긋 웃으며 기도를 시작했다.

"주여, 감사합니다…."

크리스마스 선물

The Gift

내일은 크리스마스다. 세 사람이 로켓 정거장까지 차를 타고 가는 와중에도 엄마 아빠는 그 걱정을 하고 있었다. 소년에게는 이번이 첫 번째 우주여행이었고 로켓을 타는 것도 처음이었다. 부모는 이 여행이 완벽하길 바랐다. 그래서 세관에서 무게 제한을 겨우 몇 그램 초과했다는 이유로 아들에게 줄 선물과 사랑스러운 흰색 초가 잔뜩 달린 작은 크리스마스트리를 지구에 두고 가야 했을 때, 크리스마스는 물론 부모의 사랑까지 빼앗긴 듯한 기분이 들었다.

소년은 터미널 대기실에서 부모를 기다리고 있었다. 우주여행국 직원을 설득하는 게 실패로 끝나고 아들을 향해 걸어가며 엄마와 아빠는 속삭였다. "이제 어떻게 하지?"

"할 수 없지, 뭘 어떻게 하겠어?"

"정말 엉터리 규칙이야!"

"우리 애가 크리스마스트리를 얼마나 원했는데!"

큰 소리로 사이렌이 울리자 사람들이 서로 밀치며 화성행 로켓에 올라탔다. 엄마 아빠는 맨 마지막에 탔다. 키가 작고 얼굴이 창백한 아들은 말없이 부모 사이에 앉았다.

"무슨 수를 내야지 안 되겠어." 아빠가 말했다.

"무슨 수요…?" 소년이 물었다.

그러자 로켓이 발사되어 어두운 우주를 향해 높이 날아올랐다.

로켓은 꽁무니에 불꽃을 달고 2052년 12월 24일 지구를 떠나 년(年)도 월(月)도 시(時)도 없는, 시간이라는 게 아예 없는 곳을 향해 날아갔다. 그들은 첫 번째 날의 남은 시간을 잠을 자며 보냈다. 지구 시간으로 뉴욕의 시계가 자정을 향해 갈 때 소년은 잠에서 깨어났다. "창밖을 내다보고 싶어요."

'창'은 다음 칸에 어마어마하게 크고 두꺼운 유리로 만들어진 것이 딱 하나 있었다.

"아직은 안 돼." 아빠가 말했다. "이따가 데려다줄게."

"우리가 지금 어디에 있는지, 어디로 가는지 보고 싶어요."

"이유가 있어서 그러니까 조금만 기다려라." 아빠가 말했다.

아빠는 깬 채로 누워 있었다. 이리저리 몸을 뒤척이며 빼앗긴 선물에 대해, 크리스마스 계절에 대해, 잃어버린 트리와 하얀 초에 대해 생각했다. 그러다 5분 전에 좋은 생각을 떠올리고 일어나 앉았다. 실행만 잘한다면 이번 우주여행은 정말이지 근사하고 즐거운 여행이 될 것이다.

"얘야. 30분만 있으면 크리스마스란다." 아빠가 말했다.

"어머나." 엄마는 아빠의 말에 당황했다. 사실 엄마는 아들이 크리스마스에 대해 잊어버리기를 내심 바랐다.

소년의 얼굴이 발그레 달아오르고 입술이 떨렸다. "알아요. 저는 곧 선물을 받게 되겠죠? 크리스마스트리도 생기고요? 아빠가 약속했잖아요."

"그럼, 그럼. 그것 말고 더 좋은 것도 있단다." 아빠가 말했다.

엄마가 입을 열었다. "하지만…."

"정말이야." 아빠가 말했다. "정말이라니까. 그것 말고 훨씬 더 좋은 것이 있어. 잠깐 기다려라. 아빠가 곧 돌아올게."

아빠는 약 20분쯤 자리를 떠났다 돌아왔다. 돌아오는 길에 아빠는 미소를 짓고 있었다. "거의 다 됐어."

"아빠 시계를 제가 갖고 있어도 돼요?" 소년이 물었다. 아빠가 시계를 건네자 소년은 시계를 손에 꼭 쥐고 불길과 침묵과 느낄 수 없는 움직임 속에서 똑딱똑딱 흘러가는 시간을 느끼고 있었다.

✳

"이제 크리스마스예요! 크리스마스라고요! 제 선물은 어디 있어요?"

"자, 이제 가자." 아빠는 소년의 어깨를 붙잡고 객실을 나갔다. 그는 아들을 데리고 복도를 지나 경시로를 올라갔고 엄마도 뒤를 따라갔다.

"대체 무슨 일인지 모르겠네." 엄마가 계속 중얼거렸다.

"금방 알게 될 거야. 자, 다 왔다." 아빠가 말했다.

세 사람은 커다란 객실의 닫힌 문 앞에서 멈춰 섰다. 아빠는 규칙대로 문을 세 번 두드리고 잠시 후 두 번 더 두드렸다. 문이 열리면서 객실 불이 꺼지고 속삭이는 소리가 들렸다.

"들어가라, 아들아." 아빠가 말했다.

"캄캄해요."

"아빠가 손을 잡아줄게. 당신도 어서 들어와."

세 사람이 객실 안으로 들어가자 문이 닫히면서 방 안은 한층 더 어두워졌다. 앞에 거대한 유리 눈 같은 창문이 어렴풋이 보였다. 창의 크기는 높이 1미터, 가로 2미터 정도로 그곳을 통해 우주가 내다보였다.

소년은 헉하고 숨을 들이켰다.

뒤에서 아빠 엄마도 놀란 숨을 들이마셨다. 어두운 방에서 몇몇 사람이 노래를 부르기 시작했다.

"메리 크리스마스, 아들." 아빠가 말했다.

방 안에서 들리는 노래는 먼 옛날의 익숙한 캐럴이었다. 소년은 천천히 앞으로 다가가 차가운 유리창에 얼굴을 갖다 댔다. 거기 서서 우주와 끝없이 펼쳐진 깊은 밤을 하염없이 바라보았다. 그곳에는 수십억의 수십억 배가 넘는 사랑스러운 하얀 초가 반짝반짝 타오르고 있었다.

월요일의 큰 충돌사고

The Great Collision of Monday Last

남자는 벼락이라도 맞은 사람처럼 히버 핀 술집의 활짝 열
린 문을 지나 비틀거리며 들어왔다. 얼굴과 윗옷과 찢어진 바
지는 온통 피투성이였고 비틀거리는 걸음으로 신음을 했다.
술집 안의 손님들은 남자를 보고 놀라 모두 얼어붙어 버렸다.
한동안 레이스 모양 맥주잔에 부드럽게 거품 이는 소리만 들
려왔다. 뒤돌아본 손님 중 일부는 얼굴이 하얗게 질렸고 누구
는 발그레했으며 어떤 사람은 힘줄이 불거지고 닭볏처럼 새
빨갛게 달아오르기도 했다. 한 줄로 늘어선 눈꺼풀이 일제히
깜박였다.

　　낯선 남자는 엉망이 되어버린 옷차림으로 눈을 부릅뜬 채
입술을 덜덜 떨며 비틀거렸다. 술을 마시던 손님들은 주먹을
불끈 쥐었다. 그들은 속으로 외쳤다. 그래요! 어서 말해봐요!

대체 무슨 일이 있었던 거요?

낯선 사내는 허공을 향해 윗몸을 쑥 내밀었다.

"충돌사고였습니다." 그는 속삭였다. "도로에서 충돌사고가 있었어요."

그리고 무릎을 푹 꺾으며 고꾸라졌다.

"충돌사고라고!" 십여 명의 남자들이 우르르 그에게 몰려들었다.

"켈리!" 술집 주인 히버 핀이 바를 훌쩍 뛰어넘으며 외쳤다. "어서 도로로 나가 봐! 부상자를 보살펴야겠어. 자, 다들 조심하고! 조, 자넨 의사를 불러와."

"잠깐만!" 누군가 나지막이 말했다.

술집의 어두운 구석, 철학자가 명상하기에 안성맞춤인 은밀한 칸에서 검은 얼굴의 사나이가 사람들 쪽을 보고 있었다.

"의사 선생님!" 히버 핀이 외쳤다. "거기 계셨군요!"

의사와 남자들이 어둠 속으로 뛰어나갔다.

"충돌사고가….." 바닥에 쓰러진 남자가 입술을 씰룩이며 말했다.

"자, 조심조심, 여러분." 히버 핀과 두 사람이 부상자를 바위에 가만히 눕혔다. 남자는 나무판에 세련된 상감기법으로 새겨넣은 죽은 얼굴처럼 아름다웠다. 프리즘 거울이 끔찍한 참상을 몇 곱절로 부풀려 보여주었다.

밖으로 나간 사람들은 바깥 계단에서 흠칫 걸음을 멈추었다. 그들은 바다가 아일랜드를 어둠 속으로 집어삼켜 눈앞에 보이는 거라곤 온통 바닷물뿐인 것처럼 충격을 받았다. 15미터 높이의 거대한 안개가 파도처럼 별도 달도 삼켜버렸다. 사람들은 눈을 깜박이다 마구 욕을 퍼부으며 어둠 속으로 뛰어들었다.

문간을 지나 밝은 쪽에 한 젊은이가 서 있었다. 그는 아일랜드 사람처럼 얼굴이 붉지도 창백하지도 않았고 우울하지도 쾌활하지도 않았다. 미국인이 틀림없었다. 실제로도 그랬다. 그런 그가 이런 야단법석 마을 일에 끼어들고 싶어 하지 않는 것도 당연했다. 아일랜드에 도착한 후로 그는 언제나 애비 극장*의 무대 한가운데에서 살고 있다는 느낌을 떨쳐낼 수가 없었다. 지금도 그는 어느 길로 가야 할지 알지 못한 채 그저 서둘러 몰려가는 사람들의 뒤꽁무니만 물끄러미 쳐다볼 뿐이었다.

"하지만 도로에서 자동차 소리를 못 들었는걸요." 미국인은 살짝 저항해 보았다.

"못 들었다고?" 한 노인이 거의 으스대는 말투로 말했다. 그는 관절염 때문에 계단 맨 위에 서서 휘청거리며 사람들이 몰려간 하얀 파도를 향해 소리쳤다. "이봐, 교차로 쪽으로 가봐! 거기가 사고가 가장 잦은 곳이니까!"

"교차로로 가자!" 먼 곳에서도 가까운 곳에서도 발소리가 울렸다.

* 아일랜드를 대표하는 더블린의 국립극장

"하지만 전 충돌 소리를 못 들었어요." 미국인이 다시 말했다.

노인은 경멸하듯 코웃음을 쳤다. "우린 원래 엄청난 소동도 커다란 충돌 소리도 잘 내지 않아. 하지만 저쪽에 가보면 자네도 충돌사고 현장을 볼 수 있을걸. 어서 가봐. 뛰지는 말고! 오늘 같은 밤은 악마가 판을 치니까. 앞도 보지 않고 달렸다간 켈리 녀석과 부딪칠지도 몰라. 켈리는 허파가 으스러지도록 잘 달리는 녀석이니까. 아니면 피니랑 부딪칠지도 모르지. 그 녀석은 너무 취해서 길도 잘 못 찾고, 눈앞에 뭐가 있는지 아예 신경을 쓰지 않으니까! 혹시 손전등이나 램프 가진 거 있소? 그거 없으면 아무것도 보이지 않을걸. 자, 어서 가봐. 뛰지 말고."

미국인은 더듬거리며 안개를 헤치고 자기 자동차 쪽으로 가 손전등을 찾아낸 다음 히버 핀 술집 너머 어둠 속으로 갔다. 앞쪽에서 들려오는 구둣발 소리와 떠들썩한 소리를 길잡이로 삼았다. 백 미터쯤 떨어진 곳에서 사람들이 모여 속삭이고 있었다. "조심해요!" "아, 차마 볼 수가 없군." "안 돼, 그 사람 몸을 흔들지 마시오!"

미국인은 찌부러든 뭔가를 들쳐메고 안개 속에서 불쑥 튀어나오며 뜨거운 김을 뿜어내는 한 무리의 사람들과 부딪치면서 옆으로 나동그라졌다. 업혀가는 사람의 피투성이 납빛 얼굴이 언뜻 보였다. 누군가 치고 지나가는 바람에 손전등이 바닥으로 떨어졌다.

사람들은 본능적으로 머나먼 히버 핀 술집의 위스키 빛깔 조명을 찾아 마치 영구차가 익숙한 항구를 찾아가듯 그쪽으로 몰려갔다.

뒤쪽에서 어렴풋한 형체들이 나타나더니 소름 끼치는 곤충처럼 덜그럭 소리가 들렸다.

"거기 누구요?" 미국인이 외쳤다.

"우리요! 자전거를 가지고 왔소." 누군가 갈라진 목소리로 말했다. "소문을 들었겠지만, 충돌사고가 있었소."

손전등이 그들의 모습을 비추었다. 미국인은 깜짝 놀랐다. 순간 손전등의 전원이 나갔다.

그러나 곧 마을 젊은이 두 명이 아무 일도 아니라는 듯 느긋하게 터벅터벅 걸어오는 게 보였다. 그들은 전조등과 후미등이 빠져버린 오래된 검은 자전거 두 대를 끌고 있었다.

"뭐라고 했소…?" 미국인이 물었다.

그러나 두 젊은이는 사고가 난 자전거를 끌고 유유히 사라져버렸다. 안개가 두 사람의 모습을 감췄다. 미국인은 불 꺼진 손전등을 든 채 텅 빈 도로에 홀로 남았다.

히버 핀 술집 문을 열고 들어서자 이른바 두 구의 '시체'는 바 위에 눕혀져 있었다.

"바 위에 눕혀 놓았지." 미국인이 들어서자 노인이 뒤를 돌아보며 설명했다.

사람들이 나란히 서 있었다. 술을 마시기 위해서가 아니었다. 사람들이 길을 막아서고 있어서 의사는 안개 자욱한 도로에서 앞도 보이지 않는 길을 내달린 두 시체 중 한 사람에서 또 한 사람으로 가려면 몸을 모로 하고 사람들 틈을 비집고 들어가야 했다.

"한 사람은 팻 놀란이야." 노인이 속삭였다. "지금은 딱히 하는 일이 없지. 또 한 사람은 메이누스에서 온 피비라는 사람인데, 주로 사탕과 담배를 팔았어." 그는 목소리를 높였다. "두 사람은 죽었소, 의사 선생?"

"아, 좀 조용히 해주시겠어요?" 의사는 등신대 대리석 조각상 두 개를 한꺼번에 완성하느라 분주한 조각가 같았다. "자, 부상자 한 사람은 바닥에 내려놓읍시다!"

"바닥은 무덤이오." 히버 핀이 말했다. "바닥에 닿는 순간 죽고 말 거요. 그나마 지금 위치는 우리 입김으로 공기라도 따뜻하잖소. 그냥 그 자리에 놔둡시다."

"저기요." 미국인은 혼란을 느끼며 조용히 말했다. "내 평생 이런 사고는 들어본 적이 없습니다. 자동차가 없었다는 게 확실합니까? 자전거를 타고 가다 이 지경이 되었다고요?"

"그렇소!" 노인이 소리쳤다. "이봐, 젊은이. 땀을 뻘뻘 흘리며 페달을 밟으면 시속 60킬로미터는 달릴 수 있어. 긴 내리막길이라면 90이나 95킬로미터도 낼 수 있을걸. 여기 두 사람도 아마 그랬겠지. 게다가 전조등도 없고 후미등도 없었으니…."

"이런 걸 금지하는 법이 없나요?"

"정부가 무슨 수로 간섭을 해? 여기 두 사람은 등도 켜지 않은 채 이 마을에서 저 마을로 날아가듯 내달렸겠지. 마치 죄악이라도 쫓아오는 것 마냥 부리나케. 두 사람은 반대 방향에서 달려왔지만 아마 같은 차선에서 달리고 있었을 거야. 항상 반대 차선으로 달리는 게 더 안전하다고들 하거든. 하지만 여기 젊은이들을 좀 보라고. 관청에서 말하는 말도 안 되는 규칙에 완전히 넘어가고 말았잖아! 왜 그랬을까? 모르겠어? 한 사람은 규칙을 기억했지만 다른 사람은 기억하지 못했던 거지! 차라리 관청에서 아무 말도 하지 않았더라면 나았을 거야! 그래서 이 두 사람은 다 죽어가는 거라고!"

"죽어간다고요?" 미국인이 눈을 부릅떴다.

"이봐, 생각을 좀 해보라고, 젊은이! 킬코크에서 메이누스로 가는 길을 전속력으로 내달리는 혈기왕성한 두 젊은이 사이에 무엇이 있었겠어? 안개! 온통 안개뿐이었지! 두개골이 충돌하는 것을 막아주는 유일한 것은 안개밖에 없었어. 그러니 저 두 사람이 교차로에서 부딪쳤을 때 어떤 모습이었을지 한 번 상상해보라고. 볼링장에서 볼링핀이 튀어 올라 서로 부딪칠 때와 똑같았겠지! 쾅! 다정한 단짝 친구가 만나듯이 3미터 높이에서 요란하게 머리를 부딪치고 공기를 진동시킨 다음 두 대의 자전거가 수고양이 두 마리처럼 맞붙었을 거야."

"설마 이 두 사람이……."

"설마라고? 작년 한 해만 해도 아일랜드 자치구 전역에서 치명적인 충돌사고가 일어나지 않았던 날은 단 하룻밤도 없었어!"

"그렇다면 매년 아일랜드에서 3백 명이 넘는 사람들이 자전거 충돌사고로 목숨을 잃는다는 말인가요?"

"딱하지만 사실이야."

"나는 밤에는 절대로 자전거를 타지 않아." 히버 핀이 시체를 흘낏 보며 말했다. "걸어 다녀."

"하지만 걸어 다녀도 자전거에 치일 수는 있지!" 노인이 말했다. "자전거를 타고 가든 걸어서 가든 상대방에게 파멸을 안겨주는 얼간이들이 있기 마련이거든. 그들은 상대가 손을 흔들며 인사를 건네기도 전에 깔아뭉개버리지. 어쨌거나 멀쩡했던 사내들이 완전히 망가지거나 반쯤 망가지거나 평생 두통을 안고 살아가는 경우를 수없이 목격했어." 노인은 눈꺼풀을 부르르 떨며 눈을 질끈 감았다. "이런 생각 해 본 적 없소? 인간이란 그토록 정교한 동력장치를 다룰 주제가 못 된다는 생각 말이오."

"매년 3백 명이나 죽다니." 미국인은 어리둥절해 보였다.

"그 숫자에는 보름마다 수천 명씩 생기는 '보행자 부상'은 포함되지도 않았어. 그런 사람들은 욕을 퍼부으며 자전거를 늪에 처박아버리고 정부 보조금을 받아 거의 반 주검 상태의 몸을 손보며 산다오."

"그런데 언제까지 여기 서서 이야기나 나누고 있어야 합니까?" 미국인은 부상자들을 무기력하게 바라보며 말했다. "병원은 없습니까?"

"달이 없는 밤이면 들판 한가운데를 가로질러 가는 게 가장 좋습니다. 빌어먹을 도로는 위험해서 안 돼요! 내가 50년

넘게 살아 있는 것도 다 그 덕분이랍니다." 히버 핀이 말했다.

"아아…." 사람들은 불안하게 몸을 뒤척였다.

의사는 사람들이 안절부절못하는 것을 보고 자기가 너무 오래 말을 아끼고 있었다는 것을 깨닫고, 몸을 바르게 펴고 숨을 토해낸 다음 사람들의 이목을 집중시켰다.

"자아, 여러분."

술집 안은 순식간에 조용해졌다.

"이쪽 분은…." 의사가 한쪽을 가리켰다. "타박상과 열상, 그리고 2주일 정도 고통스러운 두통이 계속될 거요. 하지만 이쪽 젊은이는…." 의사는 얼굴을 찌푸리며 훨씬 더 안색이 창백한 남자를 바라보았다. 피투성이 얼굴은 핏기가 하나도 없이 하얗게 질려 당장에라도 최후의 의식을 치를 준비가 된 것처럼 보였다. "뇌진탕입니다."

"뇌진탕!"

조용한 바람이 일었다가 침묵 속으로 가라앉았다.

"지금이라도 빨리 메이누스 병원으로 옮긴다면 목숨을 건질 수는 있을 겁니다. 혹시 누가 자동차를 내주시겠소?"

사람들이 일제히 미국인을 쳐다보았다. 그는 사건의 바깥쪽에서 서성이다가 가장 깊숙하고 내밀한 핵심으로 끌려 들어가면서 가벼운 현기증을 느꼈다. 그는 히버 핀 술집의 앞쪽을 떠올리고 얼굴을 붉혔다. 거기에는 열일곱 대의 자전거와 한 대의 자동차가 서 있었다. 그는 재빨리 고개를 끄덕였다.

"됐소! 자원자가 나섰소. 자, 서둘러 부상자를 옮깁시다.

가만히! 저 친절한 분의 자동차로 옮겨요!"

사내들은 부상자의 몸을 들어 올리려고 손을 뻗었다가 미국인의 기침 소리에 그 자리에 얼어붙었다. 미국인이 모두를 향해 손을 술잔 모양으로 구부려 입으로 가져가 기울이는 시늉을 해 보였다. 다들 깜짝 놀라 숨을 죽였다. 미국인의 몸짓이 끝나기도 전에 바 위로 술 거품이 흘렀다.

"도로를 위해 건배!"

그러자 덜 다친 부상자까지 갑자기 살아나 치즈 같은 얼굴로 뭐라 뭐라 중얼거리며 술잔에 살짝 손을 댔다.

"이봐, 친구… 여기… 말 좀 해주게…."

"왜 그러나? 응? 뭐라고?"

그러자 부상자의 몸이 바에서 아래로 내려지면서 초상을 치를 가능성은 사라졌다. 이제 술집에는 미국인과 의사, 살아난 젊은이, 그리고 조용히 생각에 잠겨 있는 두 사람만 남았다. 바깥에서는 이 커다란 충돌사고로 중상을 입은 사람을 자원자의 자동차에 싣는 소리가 들려왔다.

의사가 말했다. "술잔을 비우시죠, 미스터… 누구시더라?"

"맥가이어입니다." 미국인이 말했다.

"오, 아일랜드 사람인 게로군!"

그렇지 않다고 미국인은 생각하며 무감각한 얼굴로 술집을 둘러보고 어느새 정신을 차린 부상자를 바라보았다. 부상자는 사람들이 돌아와 자기 곁에 둘러 서주기를 기다리며 피로 얼룩진 바닥을 내려다보고 있었다. 두 대의 자전거는 소극장 촌극의 소품처럼 문 가까운 곳에 기대어 서 있었다. 바깥의 어두운 밤은 도무지 믿어지지 않는 짙은 안개에 둘러싸여 사람들이 각자 목청과 분위기에 맞게 균형 잡힌 목소리로 억양과 울림을 이루며 주고받는 이야기에 귀를 기울이고 있었다. 아니, 그렇지 않아. 맥가이어라는 이름을 가진 미국인은 생각했다. 거의 아일랜드 사람일는지는 몰라도 확실히 아일랜드 사람은 아니야.

"의사 선생님." 미국인은 바에 돈을 올려놓으며 불쑥 물었다. "자동차끼리도 부딪치거나 부서지기도 합니까?"

"우리 마을에서는 볼 수 없습니다!" 의사가 코웃음을 치며 동쪽을 향해 고개를 끄덕였다. "그런 걸 좋아한다면 더블린이야말로 최고의 장소죠!"

함께 술집을 가로질러 나오면서 의사는 미국인의 팔을 붙들었다. 마치 운명을 바꿀 비밀을 알려준다는 듯한 태도였다. 의사가 팔을 붙잡고 그의 귀에 대고 부드럽게 속삭일 때, 미국인은 아까 마신 스타우트 맥주가 무게 추처럼 좌우로 흔들리는 것을 느꼈다.

"저기, 맥가이어 씨. 아일랜드에서는 자동차를 운전할 일이 거의 없었을 겁니다. 내 말을 잘 들으세요. 안개를 뚫고 메이누스를 향해 달릴 때는 그저 빨리 가는 게 좋습니다. 굉음을 울리면서 말이오! 그래야 자전거를 타고 가는 사람이든 소들이든 겁을 먹고 옆으로 길을 비켜줄 거요. 천천히 몰았다간 그것들이 기어가듯 갈 테고 그러다가 자기도 모르게 몇십 명을 죽이게 될지 모른단 말이오! 또 한 가지. 자동차가 다가오면 전조등을 꺼야 합니다. 등을 끈 채 조용히 스쳐 지나가는 게 안전합니다. 빌어먹을 등을 켜놓으면 눈이 부셔서 죄 없는 사람을 도저히 알아볼 수 없을 지경까지 뭉개버리게 될 겁니다. 알겠습니까? 두 가지를 명심하세요. 첫째 속도를 낼 것, 둘째 앞에 자동차가 어렴풋이 보이거든 등을 끌 것!"

문앞에서 미국인은 고개를 끄덕였다. 뒤쪽에서 또 한 사람의 부상자가 의자에 편안하게 앉아 흑맥주를 마시며 이런저런 생각과 준비를 하면서 이야기를 나누는 소리가 들렸다.

"글쎄 말입니다, 집에 돌아오는 길에 신나게 내리막길을 내달려 교차로 근처까지 왔는데, 그때…."

바깥에서는 또 다른 충돌사건 부상자가 자동차 뒷좌석에 올라타 신음하고 있었다. 미국인이 운전석에 올라타자 의사가 마지막 충고를 건넸다.

"언제나 모자를 쓰세요, 젊은 양반. 밤길을 걷고 싶다면 도로에서는 꼭 모자를 써야 합니다. 모자를 쓰면 켈리든 모런이든 성격이 불같고 태생부터 머리가 단단한 녀석이 반대편에서 전속력으로 달려와 부딪친다고 해도 끔찍한 편두통은 피할 수 있어요. 걸어 다니더라도 이런 자들을 만나면 위험한 법이랍니다. 알겠지만, 아일랜드에는 보행자를 위한 법규도 있어요. 야간에는 반드시 모자를 쓸 것! 이게 규칙 제1조요!"

미국인은 아무 생각 없이 좌석 밑으로 손을 집어넣어 바로 그날 더블린에서 산 갈색 트위드 모자를 꺼내 머리에 썼다.

모자 매무시를 고치며 어둠 건너편에서 끓어오르는 듯 짙은 안개를 응시했다. 그는 앞에서 기다리는 빈 고속도로를 향해 귀를 기울였다. 고요하고, 고요하고, 또 고요했지만 어쩐지 고요하지만은 않았다. 수백 킬로미터가 넘는 아일랜드의 낯선 도로에서 수천 개의 교차로가 수천 개의 안개에 휩싸여 있는 것을 보았다. 그 안개 속을 트위드 모자를 쓰고 회색 머플러를 두른 수천 명의 유령이 기네스 흑맥주 냄새를 풍기며 노래를 부르고 고함을 지르며 공중을 나는 듯 달려가는 모습을 보았다.

그는 눈을 깜박였다. 유령들이 사라졌다. 도로는 텅 비고 어두컴컴한 모습으로 그를 기다리고 있었다.

깊은숨을 한번 들이마시고 눈을 질끈 감으며 맥가이어라는 이름의 미국인은 스위치에 열쇠를 넣고 돌린 다음 시동장치를 밟았다.

작은 생쥐 부부

The Little Mice

"정말 이상해." 내가 말했다. "저 작은 멕시코 부부 말이야."

"무슨 뜻이야?" 아내가 물었다.

"달그락 소리 조차도 안 들리잖아." 내가 말했다. "귀를 기울여보라고."

우리 집은 아파트 사이에 깊이 묻힌 집으로 거기에 반쪽짜리 집이 덧붙여져 있었다. 아내와 내가 이 집을 샀을 때 우리는 거실 한쪽 바람벽에 붙여 지은 그 집을 세놓았다. 지금은 이 바람벽에 귀를 대고 엿들어봐도 우리 심장 뛰는 소리만 들렸다.

"부부가 집에 있는 건 알겠어." 내가 속삭였다. "하지만 그 사람들이 여기 이사 오고 3년 동안 냄비 떨어지는 소리 한 번, 말소리 한 번, 심지어 전등 켜는 소리조차 들어본 적이 없어.

맙소사, 저 사람들은 대체 저기서 뭘 하는 거지?"

"그런 생각은 한 번도 해본 적이 없는데?" 아내가 말했다. "듣고 보니 특이하긴 하네."

"전등을 딱 하나만 켜고 사나 봐. 그 집 거실에는 늘 똑같이 어둑어둑한 25와트짜리 전구만 켜져 있거든. 지나가면서 그 집 현관을 살짝 들여다보면 남자는 팔걸이의자에 앉아 무릎에 두 손을 올려놓고 말 한마디 하지 않고 있어. 여자도 다른 팔걸이의자에 앉아 아무 말 없이 남자를 보고 있고. 꼼짝도 하지 않아."

"언뜻 보면 아무도 없는 것 같긴 해." 아내가 말했다. "그 집 거실이 좀 어두워? 그런데 조금 더 자세히 들여다보면 눈이 어둠에 익숙해지면서 사람들이 앉아 있는 모습이 서서히 드러나더라."

"언젠가는 말이야." 내가 말했다. "그 집에 불쑥 뛰어들어가 불을 켜고 소리를 질러야겠어. 세상에, 나도 저 사람들 침묵을 견딜 수가 없는데, 본인들은 어떻게 견디지? 그 사람들 설마, 말은 할 줄 알겠지?"

"매달 집세를 내러 오면서 '안녕하세요' 하고 인사를 해."

"또 다른 말은?"

"'안녕히 계세요'라고 하지."

나는 고개를 절레절레 흔들었다. "골목에서 만나면 빙그레 웃고는 그냥 가버리더라고."

아내와 나는 저녁 시간이면 자리에 앉아 책을 읽기도 하

고 라디오를 듣거나 대화를 나누었다. "저 집에도 라디오가
있을까?"

"라디오도 텔레비전도 전화기도 없던걸. 책도 잡지도 신문
도 없었어."

"말도 안 돼!"

"너무 흥분하지 마."

"알았어. 하지만 어두운 방에 앉아서 2년이고 3년이고 말
한마디 하지 않고 라디오도 듣지 않고 책을 읽거나 심지어
먹지도 않는다니, 어떻게 그래? 그 집에서 고기 굽는 냄새든
달걀프라이 냄새도 맡아본 적이 없어. 제길, 그 사람들 자러
가는 소리조차 들어본 적이 없다니, 나조차도 못 믿을 지경
이야."

"어쩌면 우리를 속이려고 그러는 건지도 모르지."

"그렇다면 대성공이군!"

나는 동네를 한 바퀴 산책하러 나갔다. 멋진 여름 저녁이었
다. 돌아오는 길에 그 집 현관문 안쪽을 슬쩍 들여다보았다.
캄캄한 침묵이 드리워져 있었고 묵직한 사람의 형체가 앉아
있는 게 보였으며, 작은 푸른빛 백열등이 켜져 있었다. 나는
담배 한 대를 다 피울 때까지 꽤 오래 서 있었다. 이제 그만 돌
아서려는 찰나 남자가 문간에 서서 덤덤하고 포동포동한 얼굴
로 밖을 내다보는 게 보였다. 그는 꼼짝도 하지 않고 그 자리
에 서서 나를 보고 있었다.

"안녕하세요." 내가 말했다.

아무런 대답도 없었다. 잠시 후 그는 몸을 돌려 어두운 집 안으로 들어가 버렸다.

＊

아침에 몸집이 작은 그 멕시코인은 7시에 혼자 집 밖으로 나와 집 안에서 보였던 것처럼 여전히 침묵을 지키며 서둘러 골목길을 빠져나갔다. 8시에는 여자가 나와 땅딸막한 몸에 검은 코트를 두르고 미장원에서 손질한 파마머리에 어울리는 검은 모자를 쓰고 조심스럽게 걸어갔다. 벌써 몇 년 동안 두 사람은 이런 식으로 말없이 따로 일하러 갔다.

"저 사람들 어디서 일하지?" 아침을 먹으며 아내에게 물었다.

"남자는 US 철강회사 용광로에서 일한대. 여자는 어느 양장점 2층에서 바느질을 한다는군."

"고된 일을 하고 있군."

나는 내가 쓴 소설 몇 페이지를 타자하고 한 번 읽어본 다음 잠깐 쉬었다가 조금 더 타자했다. 오후 5시에 작은 멕시코인 여자가 집으로 돌아와 현관문을 열고 서둘러 안으로 들어가더니 문을 단단히 잠그는 게 보였다.

남자는 정확히 6시에 서둘러 돌아왔다. 그러나 뒷문 앞에 이르자 속도가 갑자기 느려졌다. 그는 마치 통통한 생쥐처럼 방충망 문을 조용히 박박 긁으며 기다렸다. 마침내 여자가 나와 남자를 안으로 들였다. 그 사이 그들의 입이 움직이는 것을 보지 못했다.

저녁 식사 시간에도 소리 하나가 들리지 않았다. 지글지글 기름 끓는 소리도 없었다. 접시 달그락거리는 소리도 없었다. 아무 소리도 들리지 않았다.

작은 푸른색 등이 켜지는 게 보였다.

"늘 저렇더라고." 아내가 말했다. "남자가 집세를 내러 올 때도 너무 조용히 문을 두드려서 내 귀에는 잘 들리지도 않아. 어쩌다 창밖을 내다보면 거기 남자가 우두커니 서 있는 식이라니까. 문을 '갉아먹듯이' 서서 얼마나 오래 기다렸는지 난들 알겠어?"

이틀 밤이 지난 아름다운 7월의 저녁, 작은 멕시코인 남자가 뒤쪽 포치로 나오더니 정원을 손질하는 나를 향해 말했다. "당신은 미쳤어!" 그는 내 아내에게 돌아섰다. "당신도 미쳤어!" 그는 통통한 손을 조용히 내저으며 말했다. "나는 당신들이 싫어. 너무 시끄러워. 나는 당신들이 정말 싫어. 이 미치광이들!"

그러곤 작은 집으로 들어가 버렸다.

✳

8월, 9월, 10월, 11월. 이제 우리가 '작은 생쥐 부부'라고 부르는 그들은 어두컴컴한 보금자리에서 조용히 살아갔다. 언젠가 아내가 집세 영수증과 함께 낡은 잡지 몇 권을 건넨 적이 있다. 그는 미소를 짓고 고개를 한 번 숙이며 잡지를 정중하게 받았다. 그러나 말은 한마디도 하지 않았다. 한 시간 후 아내는 남자가 마당의 소각로에 그 잡지들을 집어넣고 성냥을 긋는 것을 보았다.

다음 날 남자는 집세 석 달 치를 미리 냈다. 틀림없이 이렇게 하면 우리 얼굴을 12주에 한 번만 보면 된다고 생각했을 것이다. 거리에서 마주치기라도 하면 그는 있지도 않은 친구에게 인사를 하는 척 재빨리 반대편으로 건너갔다. 여자도 비슷하게 당황한 얼굴로 어색한 미소를 지으며 고개만 까딱하고 달아나버렸다. 여자와는 20미터 안쪽으로 가까이 가본 적이 없었다. 부부의 집 배관을 고쳐야 할 때가 왔을 때도 그들은 우리에게 아무 말도 하지 않고 조용히 배관공을 데려왔다. 배관공은 보아하니 손전등 하나만 들고 수리를 한 모양이었다.

"이런 엿 같은 일이 있나." 골목에서 마주쳤을 때 배관공이 내게 말했다. "소켓마다 전등이 하나도 끼워져 있지 않은 집은 처음 봤어요. 전구가 다 어디 갔느냐고 물었더니, 세상에 날 보고 그저 씩 웃고 있지 않겠어요?"

나는 그날 밤 침대에 누워 작은 생쥐 부부에 대해 생각했다. 그들은 어디에서 왔을까? 아, 그래, 멕시코라고 했지. 멕시코 어디쯤일까? 농촌의 작은 마을, 강가 어디쯤일까? 틀림없이 대도시나 도시는 아닐 것이다. 밤이면 별이 뜨고 빛과 어둠이 정상적으로 찾아오는 곳, 언제 달이 뜨고 지고 해가 뜨고 지는지 알 수 있는 곳이었겠지. 그러나 그들은 지금 고향에서 멀리멀리 떨어진 도시에서 살면서 남자는 종일 용광로 앞에서 땀을 흘리고 여자는 구부정한 몸으로 불안하게 재봉틀을 밟고 있다. 그러다 요란한 도시를 지나 덜컹거리며 지나가는 전차와 붉은 앵무새처럼 소리를 질러대는 술집을 피해 이 집으로 돌아온다. 그 새된 소리들을 뚫고 서둘러 그들의 집 거실로, 그 푸른 불빛 아래로, 안락한 의자로, 침묵 속으로 돌아온다. 나는 종종 생각했다. 늦은 밤 어두운 내 집 침실에서 손을 뻗으면 흙벽돌로 만든 벽이 만져지고 귀뚜라미 울음소리와 달빛 아래 흘러가는 강물 소리와 누군가 희미한 기타 소리에 맞춰 나지막이 부르는 노랫소리가 들려올 것만 같다고.

*

12월 어느 날 저녁 늦게 옆 아파트에 불이 났다. 불꽃이 하늘 위로 훨훨 타오르고 벽돌이 산사태처럼 무너져내렸다. 불꽃이 그 조용한 생쥐 부부가 사는 집 지붕으로 마구 떨어졌다.

나는 그 집 문을 쾅쾅 두드렸다.

"불이야!" 나는 소리쳤다. "불이 났어요!"

그들은 푸르스름한 전등이 켜진 거실에 꼼짝도 하지 않고 앉아 있었다.

나는 세차게 문을 두드렸다. "안 들려요? 불이 났다고요!"

소방차가 도착해 아파트를 향해 마구 물을 뿜어댔다. 벽돌이 더 떨어졌다. 벽돌 네 개가 작은 집 지붕에 구멍을 냈다. 나는 지붕으로 올라가 작은 불길을 밟아 끄고 다시 기어 내려왔다. 얼굴에 검댕이 묻고 두 손에 상처가 났다. 작은 생쥐 부부의 집 문이 열렸다. 조용한 멕시코인 부부가 움직임 없이 꼿꼿한 자세로 문간에 서 있었다.

"안으로 좀 들어갈게요!" 나는 소리쳤다. "지붕에 구녕이 났어요. 불꽃이 댁네 침실에 떨어졌을지도 몰라요!"

나는 문을 활짝 열고 그들을 밀치며 들어갔다.

"안 돼!" 남자가 으르렁거렸다.

"아아!" 작은 여자는 고장 난 장난감처럼 빙글빙글 맴을 돌며 뛰었다.

나는 손전등을 들고 안으로 들어갔다. 작은 남자가 내 팔을 잡았다.

그의 입에서 어떤 냄새가 훅 끼쳐왔다.

그때 내 손전등이 집 안 전체를 훑어내렸다. 복도에 세워져 있는 수백 개의 포도주병과 부엌 선반에 늘어선 이백여 개의 술병, 거실 선반에 늘어선 수십 개의 술병, 그리고 침실 옷장과 선반까지 들어찬 수많은 술병에 빛이 부딪치며 반짝거렸다. 침실 천장에 뚫린 구멍과 셀 수 없이 늘어서서 반짝거리는 술병 중에서 어느 쪽이 더 놀라웠는지는 나도 잘 모르겠다. 몇 병이나 되는지 짐작조차 할 수 없었다. 마치 맞아 죽고, 버림받고, 먼 옛날 어떤 병에 걸려 죽은 거대한 딱정벌레떼가 반짝이며 침공한 것 같은 모습이었다.

침실로 들어가자 작은 남자와 여자가 내 뒤쪽 문간에 서 있
는 게 느껴졌다. 그들의 거친 숨결이 들려왔고 시선도 느껴졌
다. 나는 손전등을 반짝이는 술병으로부터 거두고 이 집을 찾
아온 진짜 목적에 맞게 조심스럽게 누런 천장에 뚫린 구멍을
비추었다.

　　작은 여자가 울기 시작했다. 그녀는 조용히 울었다. 한동안
아무도 움직이지 않았다.

　　다음 날 아침 그들은 떠났다.

　　그들이 가는 줄도 몰랐던 아침 6시에 부부는 벌써 거의 빈
것처럼 보이는 가벼운 짐가방을 들고 골목 중간쯤을 지나가고
있었다. 나는 그들을 불러세웠다. 말을 걸었다. 그들은 오랜
친구나 다름없다고도 했다. 아무것도 달라지지 않을 거라고
말했다. 그들은 화재와도, 구멍 뚫린 지붕과도 아무런 상관이
없다고 말했다. 그들은 죄 없는 구경꾼에 불과하다고 나는 주
장했다! 지붕은 내가 직접 고칠 것이고 그들에겐 어떤 비용도
부담시키지 않겠다고 했다. 그러나 그들은 내 쪽을 쳐다보지
도 않았다. 내가 말하는 동안 부부는 그 집과 눈앞의 골목 어
귀만을 보고 있었다. 내가 말을 마치자 두 사람은 이제 가야
할 시간이라고 합의를 본 듯 골목을 향해 고개를 한 번 끄덕이
고 다시 걸음을 옮겼다. 그러다 내게서 도망치듯 전차와 버스
와 자동차가 오가는 시끄러운 길들이 미로처럼 뻗은 큰길 쪽
으로 달리기 시작했다. 그들은 뒤 한 번 돌아보지 않고, 자랑
스러운 듯 고개를 쳐들고 서둘러 가버렸다.

✳

　우연히 그들을 다시 만났다. 크리스마스 무렵의 어느 저녁, 노을진 거리를 조용히 달리는 작은 남자를 보았다. 순전히 개인적인 호기심 때문에 남자의 뒤를 쫓아갔다. 그가 길을 꺾으면 나도 꺾었다. 마침내 우리가 한때 같이 살았던 동네에서 다섯 블록 떨어진 곳에서 그는 어느 작은 하얀 집 문을 조용히 긁었다. 문이 열렸다가 닫히고 자물쇠가 걸리는 모습이 보였다. 도시의 집들 위로 밤이 내려앉자 조그만 거실에 파란 안개 같은 전등이 켜지는 게 보였다. 보았다고 생각했지만, 아마 나의 상상이었을 것이다. 거기 두 개의 그림자가 있었다. 남자는 방 한구석의 그 특별한 의자에 앉았고 여자는 자기 의자에 앉았을 것이다. 어둠 속에 그렇게 앉아 의자 뒤쪽 바닥에 세워둔 술병을 집어 들었을 것이다. 소리 하나 내지 않고 둘 사이 한마디도 주고받지 않고, 오직 침묵만이 드리웠을 것이다.
　나는 다가가 문을 두드리지 않았다. 그저 지나갔다. 거리를 따라 걸으며 앵무새처럼 시끄러운 소리를 질러대는 술집을 향해 귀를 기울였다. 나는 신문 한 부와 잡지 한 권, 그리고 25센트짜리 책을 한 권 샀다. 그리고 온 집 안에 불을 밝히고 식탁에 따뜻한 음식이 기다리는 내 집으로 돌아갔다.

석양의 바닷가

The Shore Line at Sunset

톰은 파도에 무릎까지 잠겨서는 물에 떠내려온 나뭇조각을 하나 들고 귀를 기울였다.

늦은 오후 해안 고속도로에 면해 있는 집은 고요했다. 옷장을 뒤지던 소리도, 여행 가방 잠그는 소리도, 꽃병이 깨지던 소리도, 마지막으로 쾅 소리 나게 문을 닫던 소리도 전부 사라졌다.

치코는 하얀 모래밭에 서서 철망으로 만든 체를 흔들며 사람들이 잃어버리고 간 동전을 수확하고 있었다. 잠시 후 그는 톰 쪽을 보지도 않고 말했다. "그냥 가라고 해."

매년 있는 일이었다. 일주일이나 한 달쯤 그들의 집 창가에는 음악이 흘러나왔고, 현관 난간에는 새로 심은 제라늄 화분이 놓였으며, 문과 계단을 모조리 새로 페인트칠했다. 빨랫줄

에 널린 옷들도 알록달록한 어릿광대 바지에서 시드 드레스
나 집 뒤쪽에서 부서지는 하얀 파도 무늬가 그려진 수제 멕시
코 드레스로 바뀌었다. 집 안쪽에 걸린 그림도 마티스 복제품
에서 이탈리아 르네상스 시대 모조품으로 바뀌었다. 이따금
눈을 들어보면 여자 혼자 밝은 노란색 깃발 같은 머리카락을
바람에 말리는 모습이 보였다. 그 깃발이 검은색일 때도 있었
고 빨간색일 때도 있었다. 하늘을 배경으로 보이는 여자의 키
가 클 때도 있고 작을 때도 있었다. 그러나 여자가 한 번에 한
명 이상인 적은 단 한 번도 없었다. 그리고 끝내는 오늘 같은
날이 찾아왔다….

톰은 휴가를 즐기고 떠나버린 사람들이 남긴 수십억 개의
발자국을 체로 거르는 치코 옆 잡동사니 더미에 물에서 건져
온 나뭇조각을 얹었다.

"치코. 우리 여기서 뭘 하는 거지?"

"라일리*처럼 살고 있잖아!"

"난 라일리처럼 살기 싫은데, 치코?"

"일이나 해!"

톰은 지금부터 한 달 후의 집 모양을 그려보았다. 화분에
는 먼지가 내려앉을 것이고 벽에는 액자가 걸렸던 네모난 흔
적이 생길 것이고, 바닥에는 모래가 카펫처럼 깔릴 것이다.
빈방마다 바람 속 조개껍데기처럼 메아리가 칠 것이다. 그리

---

* 팻 루니의 1880년대 노래 'Is That Mr. Reilly'에 등장하는 부유한 인물

고 매일 밤 그와 치코는 각자 방에 떨어져 앉아 끝없이 펼쳐
진 바닷가에 흔적도 남기지 않고 멀리 사라지는 파도 소리를
듣게 될 것이다.

톰은 알아차리기 힘들 정도로 살짝 고개를 끄덕였다. 그는
일 년에 한 번씩 드디어 천생연분을 찾았다고 생각하며, 결혼
을 작정하고 근사한 여자를 집으로 데려왔다. 하지만 그가 데
려온 여자들은 톰이 사람을 잘못 봤으며, 자신은 그가 원하는
역할을 해낼 수 없다면서 동이 트기도 전에 몰래 도망쳐버렸
다. 그러나 치코가 데려온 여자들은 진공청소기처럼 끔찍한
소리를 내며 여기저기 돌아다니다가 마지막에는 보푸라기 하
나 남기지 않고 집 안을 진주 빼낸 조개 꼴로 만들어 놓고 가방
을 싸 가지고 서둘러 달아나버렸다. 마치 치코가 무척 귀여워
해 입을 벌리고 이빨 수를 하나하나 세어본 애완견들 같았다.

"올해는 여자가 모두 네 명이었어."

"알았어, 심판." 치코가 씩 웃었다. "샤워실 가는 길이나
알려줘."

"치코…." 톰은 아랫입술을 살짝 깨물었다가 계속 말했다.
"생각해 봤는데, 우리 그만 갈라서는 게 어떨까?"

치코는 그저 톰을 물끄러미 보기만 했다.

"내 말은 말이야." 톰이 재빨리 덧붙였다. "어쩌면 우린 각
자 혼자 사는 편이 더 나을지도 몰라."

"놀랐잖아." 치코가 큼직한 손으로 철망을 붙들고 천천히
말했다. "아직도 모르겠어, 친구? 너랑 나는 서기 2000년이

와도 여기 살고 있을 거야. 아마 햇볕 아래 나란히 누워 뼈를 말리는 한 쌍의 미친 바보 늙은이가 되어 있을걸. 우리에겐 아무런 일도 일어나지 않아, 톰. 너무 늦어버렸어. 그러니까 앞으론 아무 말도 하지 마."

톰은 마른침을 꿀꺽 삼키고 치코를 물끄러미 바라보았다. "나는 여길 떠날까 생각 중이야. 다음 주쯤에."

"닥쳐! 닥치라고! 가서 일이나 해!"

치코는 화가 나서 모래를 마구 헤집었고 덕분에 43센트를 건졌다. 10센트짜리 은화와 1센트짜리 동전, 5센트짜리 니켈이었다. 슬롯머신에 불이 전부 켜진 것처럼 치코는 철망 안에서 반짝이는 동전들을 멍하니 들여다보았다.

톰은 전혀 움직이지 않고 숨을 죽이고 있었다.

두 사람 모두 뭔가를 기다리는 것 같았다.

그리고 그 뭔가가 정말로 일어났다.

"여기요… 여기요… 여기요…!"

저 멀리 바닷가 모래밭에서 어떤 목소리가 들려왔다.

두 사람은 천천히 고개를 돌렸다.

"여기요… 여기요… 여기요…!"

한 소년이 200미터 정도 떨어진 바닷가에서 손을 마구 흔들며 이쪽으로 달려오고 있었다. 목소리에 담긴 어떤 느낌 때문에 톰은 온몸이 오싹해졌다. 그는 팔짱을 끼고 기다렸다.

"여기요!"

소년은 숨을 헐떡이며 달려와 바닷가를 가리켰다.

"여자가, 어떤 이상한 여자가 북쪽 바위 옆에 누워 있어요!"

"여자라고!" 치코는 불쑥 말하고 웃음을 터뜨렸다. "말이 되는 소리를 해라!"

"이상한 여자라니, 그게 무슨 뜻이냐?" 톰이 물었다.

"모르겠어요." 소년이 눈을 크게 뜨고 외쳤다. "얼른 가보세요! 정말 굉장히 이상해요!"

"물에 빠졌다 나왔다는 말이냐?"

"어쩌면요! 물에서 나왔겠죠. 바닷가에 누워 있어요. 직접 가서 보세요. 정말… 이상해요…." 소년의 목소리가 잦아들었다. 그는 눈을 들어 다시 북쪽을 쳐다보았다. "물고기 꼬리 같은 게 달렸어요."

치코는 웃음을 터뜨렸다. "저녁 먹기 전에는 그런 소리 하지 마라."

"정말이에요!" 소년은 이제 펄쩍펄쩍 뛰며 소리쳤다. "거짓말 아니에요! 제발 부탁이에요. 빨리 가봐요!"

소년은 앞으로 내달렸다가 아무도 따라오지 않는 것을 알고 당황한 얼굴로 뒤를 돌아보았다.

톰은 자기도 모르게 입을 달싹였다. "녀석이 농담이나 하려고 이렇게 먼 곳까지 달려오진 않았을 거야. 그렇지, 치코?"

"더 시시한 일로, 더 먼 곳까지 달려가는 사람도 많아."

톰은 걷기 시작했다. "가보자, 꼬마야."

"고마워요, 아저씨. 정말 고마워요!"

소년은 앞서 달려갔다. 톰은 20미터 정도 바닷가로 올라가

다 뒤를 돌아보았다. 치코가 눈을 비스듬히 뜨고 어깨를 으쓱하더니 진저리난다는 듯 손에 묻은 모래를 털어내고 뒤를 따라왔다.

그들은 해가 지는 바닷가를 따라 북쪽으로 걸어갔다. 두 사람 모두 비바람에 탈색된 피부와 햇볕에 색이 바랜 눈동자 주변에 자잘한 주름이 잡혀 있었고, 두피가 보이도록 바짝 깎은 머리 때문에 희끗희끗한 머리카락이 보이지 않아 나이보다 젊어 보였다. 부드러운 바람을 받은 바다가 느릿한 리듬으로 부풀어 올랐다 가라앉았다.

"만약에 말이야." 톰이 말했다. "만약에 북쪽 바위까지 갔는데 꼬마 말이 사실이면 어떡하지? 정말 뭔가가 파도에 떠밀려 온 거라면?"

그러나 치코가 뭐라고 대답하기도 전에 톰은 앞서서 가버렸다. 그의 마음은 투구게와 성게, 불가사리, 해초, 조약돌이 널려 있는 바닷가를 향해 내달리고 있었다. 그가 바다에 사는 것들을 입에 올릴 때마다 그것들의 이름은 숨을 쉬며 몰려오는 파도와 함께 돌아왔다. 파도는 속삭였다. 낙지, 대구, 돔발상어, 놀래기, 잉어, 바다코끼리…. 파도는 속삭였다. 가자미, 해마, 흰돌고래, 흰고래, 범고래, 물개…. 깊은 소리를 내는 이 이름들을 들을 때마다 이것들은 대체 어떻게 생겼을까 궁금했다. 어쩌면 죽기 전에 이것들이 소금기 가득한 초원에서 솟구쳐 올라 안전한 바닷가의 한계선을 넘어오는 모습을 결코 보지 못할지도 모르지만, 그것들은 엄연히 존재했다. 그 이름들은 수천 가지 다른 것들과 함께 그림으로 남았다. 그런 그림을 볼 때마다 1만5천 킬로미터를 날아가는 군함새가 되어 두 눈으로 온전한 크기의 바다를 볼 수 있다면 얼마나 좋을까 생각했다.

"빨리 와요!" 소년이 다시 달려와 톰의 얼굴을 들여다보았다. "가버렸을지도 몰라요!"

"흥분하지 마라, 꼬마." 치코가 말했다.

그들은 북쪽 바위 가까이에 도착했다. 또 다른 남자아이가 서서 아래를 내려다보고 있었다.

＊

톰은 모래 위에 있는 그것을 똑바로 보기가 어쩐지 두려웠다. 곁눈질로 벌써 그것을 보아버렸지만, 일부러 거기 서 있는 소년의 얼굴에 시선을 고정했다. 소년은 얼굴이 하얗게 질려 있었고 숨도 쉬지 않는 것처럼 보였다. 이따금 생각난 듯이 숨을 쉬기는 했지만, 시선은 꼼짝도 하지 않고 아래쪽을 향해 있었다. 그러나 소년의 눈동자는 모래 위의 그것을 너무 많이 봐서 초점을 잃고 텅 빈 시선이 되어버린 것 같았다. 소년은 어리둥절한 표정으로 운동화가 물에 잠겨도 움직이지 않고 그걸 알아채지도 못했다.

톰은 소년에게서 모래 위로 시선을 옮겼다.

곧 톰의 얼굴도 소년의 얼굴과 같아졌다. 양손이 몸 양쪽에서 똑같은 곡선을 그리며 움직였고, 입이 천천히 벌어지더니 반쯤 열린 채 닫힐 줄을 몰랐으며, 연한 빛깔의 눈은 너무 뚫어지게 보느라 색깔이 한층 더 연해진 것 같았다.

해가 지며 수평선 바로 위에 걸쳐 있었다.

"거대한 파도가 밀려왔다 갔거든요." 첫 번째 소년이 말했다. "그런데 이 여자가 나타났어요."

그들은 거기 누워 있는 여자를 내려다보았다.

여자의 머리카락은 아주 길었고 거대한 하프 줄처럼 모래밭에 펼쳐져 있었다. 파도가 몰려와 그 줄을 휩쓸고 지나가며 물 위로 띄웠다가 가라앉혔는데, 그때마다 다른 모양의 부채와 윤곽이 생겼다. 머리카락 길이는 1.5미터에서 2미터 정도 되었고, 지금은 라임 색깔이 되어 젖은 모래 위에 엉겨 붙어 있었다.

여자의 얼굴은….

남자들은 넋을 잃고 허리를 숙였다.

여자의 얼굴은 하얀 모래 조각 같았다. 크림색 장미꽃잎이 여름철 빗방울을 머금은 것처럼 여자의 하얀 얼굴에 물 몇 방울이 반짝이고 있었다. 여자의 얼굴은 푸른 하늘에 눈부신 흰빛으로 떠오른 낮달 같았다. 얼굴은 우윳빛 대리석 같았지만, 관자놀이께에 희미하게 보랏빛 핏줄이 비쳐 보였다. 두 눈을 덮은 눈꺼풀은 연한 물빛 가루를 발라놓은 것 같았는데 그 아래 숨은 눈이 눈꺼풀의 연한 조직을 뚫고 자신을 내려다보고 또 내려다보는 남자들을 뚫어지게 응시하고 있을 것만 같았다. 활짝 핀 바다 장미처럼 살짝 홍조를 띤 입술은 굳게 닫혀 있었다. 여자의 목은 가늘고 희었다. 역시 하얗고 작은 가슴은 밀물과 썰물과 또 밀물이 반복되는 동안 파도에 덮였다가 밖으로 드러나길 되풀이했다. 가슴 위 젖꼭지는 붉었고 온몸은 깜짝 놀랄 만큼 하얘서 마치 모래 위에 희고 푸른 조명이 비치는 것 같았다. 물결에 쓸려 여자의 몸이 움직일 때마다 살결이 진주 표면처럼 반짝였다.

하반신은 흰색에서 연한 푸른색으로 바뀌었다가 다시 에메랄드 빛깔로, 그러다가 다시 이끼와 라임색으로, 다시 번득이는 섬광과 금 단추를 단 듯한 진한 초록색으로 바뀌며 빛과 어둠이 마구 섞여 샘물처럼 굽이쳐 흐르다가 끝부분에 이르러서는 모래 위에 거품과 보석이 쫙 펼쳐진 것처럼 하늘하늘한 부채 모양이 되었다. 상반신은 크림색 물과 맑은 하늘로 만들어진 새하얀 진주의 여인이었고 하반신은 물과 뭍이 만나는 경계선에 누워 끊임없이 몰려오는 물결을 맞으며 절반은 자신의 고향을 향해 늘어뜨리고 있었는데, 이 두 부분은 흠도 없고 이음매도 알아볼 수 없을 정도로 감쪽같이 연결되어 있었다. 여자는 바다였고 바다는 여자였다. 주름도 꿰맨 자국도 없었다. 마술이라는 게 존재한다면 이 마술은 두 부분을 완벽하게 이어서 한쪽의 피가 다른 쪽으로 흘러 반대편에 흘렀을 얼음 같은 물과 섞이게 했을 것이다.

"도움을 구하러 달려가려고 했거든요." 첫 번째 소년이 목소리를 억누르며 말했다. "그런데 친구가 여자는 이미 죽었으니까 도움을 구하러 가봐야 소용이 없다고 했어요. 정말로 죽었어요?"

"이 여자는 처음부터 살아 있었던 적이 없어. 확실해." 치코가 말했다. 모두의 눈이 갑자기 자신에게 쏠리자 치코는 계속 말했다. "영화 촬영하는 데서 쓰고 남은 거야. 강철 뼈대에 액체 고무로 살을 붙인 거라고. 소품이야, 소품. 인형."

"아니에요! 진짜예요!"

"찾아보면 어딘가 상표도 붙어 있을 거다." 치코가 말했다. "여길 좀 볼까?"

"하지 마요!" 첫 번째 소년이 외쳤다.

"괜찮아." 치코가 여자의 몸을 뒤집으려고 손을 댔다가 갑자기 멈추었다. 그는 안색이 확 바뀌며 그 자리에 무릎을 꿇었다.

"왜 그래?" 톰이 물었다.

치코는 앞으로 내밀었던 자신의 손을 바라보았다. "내 생각이 틀렸어." 그의 목소리가 점점 희미해졌다.

톰이 여자의 손목을 잡아보았다. "맥박이 뛰고 있어."

"네 심장 뛰는 소리를 잘못 들은 게 아니고?"

"아, 모르겠어… 어쩌면… 어쩌면…."

여자는 달빛 같은 진주, 파도 같은 크림색 상반신과 머나먼 고대의 거무튀튀한 녹색 동전이 바람과 물결의 변화에 따라 자르르 미끄러지는 것만 같은 하반신을 하고 거기 누워 있었다.

"분명히 속임수가 있을 거야!" 치코가 버럭 외쳤다.

"아니야, 아니라고!" 톰 역시 갑작스럽게 웃음을 터뜨리며 말했다. "속임수 같은 건 없어! 오, 맙소사. 정말 대단하지 않아? 이렇게 굉장한 느낌은 난생처음이야!"

그들은 천천히 여자 주위를 걸었다. 파도가 여자의 하얀 손에 닿자 손가락이 희미하고 부드럽게 물결쳤다. 마치 파도를 손짓해 부르는 것 같았다. 그 파도가 또 다른 파도를 부르고 또 다른 파도가 밀려와 손가락을 들어 올리고 손목과 팔과 머리와 이윽고 몸까지 들어 올려 이 모든 것을 다시 바다로 되돌려보내려고 애쓰는 것만 같았다.

"톰." 치코가 입을 열었다가 닫았다. "네가 가서 우리 트럭을 몰고 올래?"

톰은 움직이지 않았다.

"내 말 안 들려?" 치코가 말했다.

"들었어. 하지만…."

"하지만, 뭐? 이걸 가져다 어디에 팔아치울 수도 있잖아. 대학이든 해변 수족관이든… 아니면 우리가 직접 장소를 만들 수도 있지 않겠어? 이봐." 그는 톰의 팔을 잡아 흔들었다. "방파제까지 트럭을 몰고 와. 150킬로그램짜리 조각얼음도 사오고. 뭐든 물에서 건져낸 건 얼음이 필요한 법이니까."

"그런 생각은 못 해봤는데."

"생각이란 걸 좀 해! 얼른 다녀와!"

"난 모르겠어, 치코."

"무슨 소리야? 이 여자는 진짜잖아." 그는 소년들을 보았다. "너희도 이 여자가 진짜라고 했지? 그럼 우리가 여기서 우물쭈물할 필요가 뭐가 있어?"

"치코." 톰이 말했다. "얼음은 네가 직접 사오는 게 좋겠어."

"난 여기 서서 이 여자가 다시 파도에 휩쓸려 들어가지 않게 지켜봐야 하잖아."

"치코." 톰이 말했다. "어떻게 말해야 할지 모르겠는데, 난 널 위해 얼음을 사다 주고 싶지가 않아."

"그래? 그럼 내가 직접 다녀오지. 얘들아, 여기에 모래를 쌓아 올려서 파도를 좀 막고 있어라. 내가 5달러씩 줄게. 어서!"

수평선까지 닿은 저녁 햇빛에 소년들의 옆얼굴은 청동빛이 도는 분홍색으로 빛났다. 치코를 바라보는 아이들의 눈빛도 청동빛이었다.

"아, 정말!" 치코가 말했다. "용연향을 찾는 것보다 훨씬 나은 일이라고!" 치코는 가까운 모래 언덕 꼭대기로 달려가 외쳤다. "어서 시작해!" 그리고 가버렸다.

이제 북쪽 바위 옆의 외로운 여자 곁에는 톰과 두 소년만 남았다. 해는 서쪽 수평선 아래로 벌써 4분의 1이나 잠겨 있었다. 모래와 여자는 분홍빛이 감도는 황금색이 되었다.

"여기 작은 줄이 나 있어요." 두 번째 소년이 속삭였다. 소년은 손톱 끝으로 가만히 자기 턱밑에 줄을 긋는 시늉을 했다. 그리고 여자를 향해 고갯짓했다. 톰은 허리를 숙여 여자의 희고 단단한 턱밑 양쪽에 희미한 줄이 새겨져 있는 것을 보았다.

아가미 혹은 아가미가 있었던 자국으로 아주 작고 거의 보이지 않는 줄이었는데, 지금은 눈에 띄지 않을 만큼 굳게 닫혀 있었다.

톰은 여자의 얼굴과 하프 줄처럼 모래밭에 펼쳐진 거대한 머리채를 보았다.

"아름다워." 톰이 말했다.

소년들은 알지도 못하면서 고개를 끄덕였다.

뒤쪽 모래 언덕에서 갈매기 한 마리가 후드득 날아올랐다. 소년들은 깜짝 놀라 뒤를 돌아보았다.

톰은 자기도 모르게 떨고 있었다. 소년들도 떠는 게 보였다. 자동차 경적이 울렸다. 그들은 갑작스레 두려움을 느끼며 눈을 깜박였다. 그들은 고속도로 쪽을 올려다보았다.

파도가 몰려와 맑고 하얀 물결로 여자의 몸을 감쌌다.

톰은 고개를 까딱여 소년들을 옆으로 비키게 했다.

파도가 여자의 몸을 2센티미터 정도 해변 쪽으로 밀었다가 다시 5센티미터 바다 쪽으로 끌어당겼다. 다음 파도가 밀려와 여자의 몸을 5센티미터 밀었다가 15센티미터 바다 쪽으로 끌어당겼다.

"이러다가…." 첫 번째 소년이 말했다.

톰은 고개를 저었다.

세 번째 파도가 여자의 몸을 들어 올려 바다 쪽으로 60센티미터나 끌어당겼다. 다음 파도는 몸을 30센티미터 더 조약돌 위로 끌어내렸고 그다음 파도는 2미터 아래로 끌고 갔다.

첫 번째 소년이 소리를 지르며 여자 뒤를 쫓아 뛰었다.

톰이 달려가 소년의 팔을 붙잡았다. 소년의 얼굴에 무기력감과 두려움, 슬픔이 뒤섞였다.

한동안 파도가 밀려오지 않았다. 톰은 여자를 바라보며 생각했다. 여자는 실제다. 여자는 진짜다. 여자는 내 것이다. 그러나… 여자는 죽었다. 아니더라도 이대로 여기 머무르면 곧 죽을 것이다.

"그냥 내버려두면 안 돼요." 첫 번째 소년이 말했다. "안 된다고요. 이대로는 안 돼요!"

다른 소년이 여자와 바다 사이로 걸어 들어갔다. "여자를 어떻게 할 거죠?" 소년은 알고 싶다는 듯이 톰을 바라보았다. "여기 이대로 놔둘 거예요?"

첫 번째 소년은 생각을 해보려고 했다. "우리가 어떻게든… 우리가…." 그는 말을 멈추고 고개를 절레절레 흔들었다. "아, 진짜!"

두 번째 소년이 옆으로 비켜서서 여자가 바다로 향하는 길을 터주었다.

다음 파도는 컸다. 크게 밀려왔다가 밀려가자 모래만 남았다. 그 하얀 것은 가버렸다. 검은 다이아몬드도 커다란 하프 줄도.

그들은 바다 끄트머리에 서서 멍하니 바라보았다. 한 남자와 두 소년은 뒤쪽 모래 언덕 위로 트럭이 올라오는 소리가 들릴 때까지 그렇게 멍하니 앞만 보고 있었다.

태양도 완전히 가라앉았다.

모래 언덕을 달려오는 발소리와 누군가 외치는 소리가 들렸다.

✳

그들은 큼직한 타이어가 달린 가벼운 트럭을 타고 조용히 어두워지는 바닷가를 따라 돌아갔다. 두 소년은 트럭 짐칸의 조각얼음 자루 위에 앉았다. 한참 후 치코가 창밖으로 침을 뱉으며 반쯤 혼잣말로 욕을 하기 시작했다. 그의 욕은 그칠 줄을 몰랐다.

"얼음이 150킬로그램이야. 자그마치 150킬로그램이라고! 이걸 다 어째? 게다가 나는 온몸이 흠뻑 젖어버렸어! 내가 물속에 뛰어들어 헤엄을 치며 찾아다니는 동안에도 넌 꼼짝도 하지 않았어! 이 바보! 멍청이! 넌 하나도 변하지 않았어! 맨날 아무것도 하지 않고 그저 가만히 서서, 정말이지 아무것도 하지 않고 멀뚱멀뚱 보고만 있지!"

"그러는 너는 뭘 했는데?" 톰이 지친 목소리로 앞을 보며 말했다. "너도 평소와 똑같았어. 하나도 달라지지 않았어. 전혀 달라지지 않았다고. 네 모습이나 똑바로 봐."

그들은 두 소년을 바닷가 집에 내려주었다. 나이가 어린 쪽이 바람에 날려 잘 들리지 않는 소리로 중얼거렸다. "제기랄, 아무도 믿어주지 않겠지."

두 남자는 다시 바닷가를 따라 트럭을 몰고 가다가 이윽
고 멈추었다.

치코는 2, 3분 동안 두 주먹을 무릎 위에 올려놓고 가만히
앉아 기다리다가 이내 콧방귀를 뀌었다.

"빌어먹을. 차라리 잘됐어." 그는 깊은숨을 들이켰다. "지
금부터 20년 혹은 30년이 지나서 어쩌면 이런 일이 생길지도
몰라. 재미있게도. 한밤중에 전화가 울리는 거야. 아까 두 녀
석 중 한 놈이 어른이 되어서 어디 술집에서 건 장거리 전화
겠지. 놈은 오밤중에 전화를 걸어서 묻는 거야. 그 일, 사실
이었죠? 그렇죠? 녀석은 이렇게 묻겠지. 정말 있었던 일이죠?
1958년에, 정말로 일어난 일 맞죠? 그러면 우린 한밤중에 침
대 가장자리에 걸터앉아 말하겠지. 그럼, 그렇고말고. 1958년
에 우리에게 정말로 일어난 일이지. 그럼 녀석들은 말하겠지.
고마워요. 그러면 우린 말하지. 천만의 말씀. 오래전 일인걸.
그리고 우리는 잘 자라고 인사를 나누겠지. 그리고 녀석들은
한 2, 3년 동안은 전화를 걸지 않을 거야."

두 남자는 컴컴한 현관 계단에 앉아 있었다.

"톰."

"응?"

치코는 잠시 기다렸다가 말했다.

"톰, 다음 주에 떠나지 않을 거지?"

묻는 말이 아니었다. 조용한 명령이었다.

톰은 잠시 생각해보았다. 손가락 사이에서 담뱃불이 꺼졌

다. 그리고 지금은 절대 떠날 수 없다는 것을 깨달았다. 내일도, 모레도, 그 다음 날도 그는 바닷가에 내려가 온통 초록빛과 흰빛의 불같은 물 속에서, 기이한 파도 아래 골짜기 속 어두컴컴한 굴에서 헤엄을 칠 것이다. 내일, 또 내일, 또 내일에도.

"응, 치코. 난 여기 머무를 거야."

이제 남북으로 수천 킬로미터나 뻗은 바닷가의 구불구불한 경계선에는 은빛 거울이 펼쳐져 있다. 그 거울은 건물 하나, 나무 한 그루, 고속도로 하나, 자동차 한 대, 심지어 그 자신조차도 비추지 않았다. 거울은 오직 조용한 달 하나만을 비추었다. 달빛이 순식간에 수십억 개의 유리 조각으로 산산이 부서지더니 바닷가에 고루 퍼져 반짝였다. 어느덧 바다는 어두컴컴한 암흑으로 돌아가 거기 앉아 있는 두 남자를 깜짝 놀라게 할 또 다른 거울을 준비하고 있었다. 두 사람은 기다리면서 눈 한 번을 깜박하지 않았다.

영원히 비가 내린 날

The Day It Rained Forever

호텔은 온종일 태양이 지붕을 불태우는 사막 하늘의 한가운데에 속이 비어 버린 마른 뼈처럼 서 있었다. 밤새 태양의 흔적이 먼 옛날 산불의 환영처럼 모든 객실을 휘젓고 다녔다. 땅거미가 지고 밤이 이슥해진 다음에는 빛도 열을 발했으므로 호텔 안은 전등도 모두 끈 상태였다. 투숙객들은 서늘한 공기를 찾아 눈앞이 보이지 않는 복도를 손으로 더듬어 걸어 다니는 쪽을 더 좋아했다.

어느 특별한 날 저녁, 호텔 주인 테를 씨와, 냄새도 외모도 오래되어 말라비틀어진 담뱃잎 같은 투숙객 스미스 씨와 프렘리 씨가 길쭉한 모양의 베란다에 나와 앉아 있었다. 그들은 삐걱거리는 철제 흔들의자에 앉아 바람이라도 불러오려는 듯 어둠 속에서 숨을 헐떡이며 의자를 앞뒤로 흔들고 있었다.

"테를 씨? 언젠가는… 에어컨을… 설치할 수 있다면… 정말 근사하겠지요?"

테를 씨는 한동안 눈을 질끈 감고 흔들의자를 타고 있었다.

"그런 데에 쓸 돈이 없답니다, 스미스 씨."

장기 투숙객 두 사람의 얼굴이 붉게 달아올랐다. 그들은 지난 21년간 단 한 푼도 내지 않았다.

한참 후 프렘리 씨가 땅이 꺼지라 한숨을 쉬었다. "아아, 어째서 우리는 모든 걸 그만두고 짐을 싸서 여기를 떠나 제대로 된 도시로 갈 생각을 하지 않는 걸까요? 찜통에 들어간 것처럼 땀을 줄줄 흘리고 기름에 튀겨지는 듯한 이 생활을 당장 그만두고 말입니다."

"유령 마을의 다 죽어가는 호텔을 누가 사겠소?" 테를 씨가 나직이 말했다. "아니, 아니요. 마음을 굳게 먹고 기다려야 합니다. 1월 29일, 그 위대한 날을 말이오."

세 사람은 천천히 의자 흔들기를 멈추었다.

1월 29일.

일 년 중에 단 하루, 봇물 터지듯이 비가 내리는 날.

"얼마 남지 않았소." 스미스 씨가 손바닥 위의 따뜻한 여름 달처럼 생긴 황금 회중시계를 들여다보았다. "이제 2시간 하고 9분만 더 있으면 1월 29일이오. 그런데 1만 킬로미터 이내에 구름 한 점 보이지 않는군요."

"내가 태어난 후로 1월 29일이면 어김없이 비가 내렸소!" 테를 씨는 자기 목소리가 너무 커서 깜짝 놀라 멈추었다. "올해는 하루 정도 늦어진대도 하느님 옷자락을 물고 늘어지지는 않을 거요."

프렘리 씨는 마른 침을 삼키고 저 멀리 사막 너머 언덕을 좌우로 둘러보았다. "저기…, 이곳에 다시 금광 붐이 일어날까요?"

"금이 남아 있을 리가 없지." 스미스 씨가 말했다. "게다가, 내 장담컨대, 비도 안 올 거요. 내일도 모레도 글피도 비는 오지 않아요. 올해는 비가 안 옵니다."

세 노인은 꿈쩍도 하지 않고 앉아 불로 지져서 둥근 구멍을 내놓은 것 같은 커다란 노란 달을 응시했다.

한참 후 그들은 힘겹게 다시 의자를 흔들기 시작했다.

✳

첫새벽의 열기를 머금은 뜨거운 바람이 바싹 마른 뱀의 허물처럼 불어와 달력을 마구 흔들어 호텔 프런트 사방으로 흩어버렸다.

세 남자는 모자걸이처럼 말라붙은 어깨 위로 멜빵을 추스르며 맨발로 아래층에 내려와 아무것도 없이 맹한 하늘을 올려다보았다.

"오늘은 1월 29일인데…."

"단 한 방울의 은혜도 베풀지 않으시는군."

"아직 시간이 이르지 않소."

"내 나이는 그렇게 이르지 않소."

프렘리 씨는 몸을 돌려 가버렸다.

그는 아직 잠에서 덜 깨어난 채 복도를 지나 갓 구운 빵처럼 뜨거운 침대로 돌아가는 데 5분이 걸렸다.

정오에 테를 씨가 방 안을 들여다보았다.

"프렘리 씨?"

"빌어먹을 사막의 선인장, 그게 바로 우리 꼴이요!" 프렘리 씨는 침대에 누워 헐떡거리며 말했다. 그의 얼굴은 당장에라도 칠하지 않은 널빤지 바닥의 번쩍거리는 먼지 속으로 떨어질 것만 같았다. "아무리 빌어먹을 선인장이라도 이 엿 같은 불구덩이에서 또 한 해를 보내려면 물 한 모금은 먹어야 할 것 아니요? 내 미리 말하는데, 다시는 움직이지 않을 거요. 들려오는 소리라곤 저 지붕 위를 돌아다니는 새들 소리밖에 없다면 나는 여기 꼼짝 않고 누워 죽겠소!"

"사설은 그만두고 어서 우산이나 준비해두시오." 테를 씨가 말하고 발끝으로 걸어 방을 나갔다.

땅거미가 질 무렵 우묵한 지붕에서 희미하게 후드득 소리가 들려왔다.

침대에서 프렘리 씨의 구슬픈 목소리가 들려왔다.

"테를 씨, 그건 비가 아니잖소! 당신이 호스로 지붕에 물을 뿌리는 소리요! 마음 써줘서 고맙지만 당장 그만두시오."

후드득 소리가 멈추었다. 아래쪽 정원에서 한숨 소리가 들렸다.

잠시 후 테를 씨는 호텔 옆에서 달력이 먼지 속을 위아래로 펄럭이며 날아다니는 것을 보았다.

"빌어먹을 1월 29일!" 어떤 목소리가 들려왔다. "열두 달을 더! 또 열두 달을 기다려야 한다니!"

스미스 씨가 문간에 서 있었다. 그는 안에서 못쓰게 되어 버린 여행 가방 두 개를 들고나와 현관에 털썩 내려놓았다.

"스미스 씨!" 테를 씨가 외쳤다. "30년이나 있어 놓고 이제 와서 나간다니, 말이나 됩니까?"

"아일랜드는 한 달에 20일은 비가 온다지요." 스미스 씨가 말했다. "거기서 일자리를 구해서 비가 오면 모자를 벗고 입을 벌리고 뛰어다니고 싶소."

"못 갑니다!" 테를 씨는 미친 듯이 뭔가를 생각하다가 손가락을 튕겨 소리를 냈다. "당신은 내게 9천 달러를 빚졌잖소!"

스미스 씨는 움찔했다. 그의 눈에 뜻밖의 상처가 떠올랐다.

"미안합니다." 테를 씨는 시선을 돌렸다. "진심으로 한 소리는 아닙니다. 그런데 당신은 시애틀에 가는 편이 낫지 않소? 거기는 일주일에 비가 5센티미터는 내린답니다. 돈은 생기면 주세요. 안 줘도 상관없고요. 하지만 부탁 하나만 들어주십시오. 제발 오늘 자정까지만 기다려보세요. 그때는 어쨌든 서늘해질 겁니다. 도시를 향해 가려면 차라리 밤이 좋을 거요."

"자정까지 기다려봐야 아무 일도 일어나지 않을 거요."

"믿음을 가져요. 모든 게 끝장나도 뭔가는 일어날 거라고

믿어야 합니다. 나와 함께 여기 서서, 앉아 있지 않아도 좋아
요. 그냥 여기 서서 비를 생각해봅시다. 이게 내 마지막 부탁
이요."

사막에서 갑자기 작은 먼지 회오리바람이 불었다가 가라
앉았다. 스미스 씨의 눈이 해가 지는 지평선을 훑어보았다.

"무엇을 생각하라고요? 아아, 비, 그래 비였지. 비야 어서
와라, 이렇게 하면 됩니까?"

"뭐든지요. 뭐든 좋아요!"

스미스 씨는 낡은 여행 가방 두 개를 양옆에 놓고 서서 한
동안 움직이지 않았다. 5, 6분이 지나갔다. 어둠 속에서 두 사
람의 숨소리 말고는 아무 소리도 들리지 않았다.

마침내 스미스 씨가 아주 단호하게 허리를 숙여 가방 손잡
이를 잡았다.

바로 그때 테를 씨의 눈이 깜박였다. 그는 귓가에 손을 모
으고 몸을 앞으로 내밀었다.

스미스 씨는 가방에 손을 댄 채 그대로 얼어붙었다.

저 멀리 언덕 사이에서 어떤 술렁임이, 희미하게 땅이 울리
는 소리가 들려왔다.

"폭풍이 온다!" 테를 씨가 속삭였다.

소리는 점점 커졌다. 언덕에서 희끄무레한 구름이 피어올
랐다.

스미스 씨는 까치발을 하고 섰다.

2층의 프렘리 씨는 부활한 나사로처럼 벌떡 일어나 앉았다.

무엇이 다가오는지 보려고 테를 씨의 눈이 점점 더 크게 벌어졌다. 그는 표류하던 배의 선장이 라임과 얼음처럼 차가운 흰색 코코넛 과육의 향기를 머금은 열대의 산들바람을 처음으로 느꼈을 때처럼 현관 난간을 향해 몸을 내밀었다. 희미한 바람이 뜨거운 흰 굴뚝의 연도 위를 스치듯이 아프도록 말라붙은 그의 콧구멍 위를 어루만지고 지나갔다.

"왔어요!" 테를 씨가 외쳤다. "저기 왔어요!"

구름이, 천둥이, 요란한 폭풍이 마지막 언덕을 넘어 불처럼 뜨거운 먼지 바람을 일으키며 이쪽으로 몰려왔다.

20일 만에 처음으로 자동차 한 대가 날카롭게 울부짖으며, 덜컹거리며, 골짜기 아래로 달려오고 있었다.

테를 씨는 감히 스미스 씨의 얼굴을 볼 수가 없었다.

스미스 씨는 방 안에 있는 프렘리 씨를 생각하며 위를 올려다보았다.

프렘리 씨는 창가에 서서 자동차가 호텔 앞으로 달려와 그만 숨이 끊어지는 것을 내려다보았다.

자동차는 최후의 순간처럼 이상한 소리를 토해냈다. 자동차는 불타오르는 유황 길을 오래도록 달려 수천만 년 전 바닷물이 빠져나가고 소금밭만 남은 평원을 가로질러 왔다. 솔기마다 식인종의 머리카락처럼 엉킨 실이 풀려나온 캔버스 천 지붕이 큼직한 눈꺼풀처럼 뒤로 젖혀져 아예 박하 껌처럼 뒷좌석에 철썩 들러 붙어버린 1924년형 키셀 자동차는 하늘로 영혼을 올려보내려는 듯 최후의 몸부림을 쳤다.

운전석의 노부인은 호텔과 세 노인 쪽을 바라보며 참을성 있게 기다렸다. 마치 "미안합니다. 내 친구가 아파요. 오래 알고 지낸 사이라 저는 이 친구의 임종을 지켜야 한답니다."라고 말하는 것 같았다. 그렇게 그녀는 자동차 안에 앉아서 희미한 경련이 잦아들고 모든 뼈마디가 이완되며 최후의 과정이 끝났음을 알릴 때까지 기다리고 있었다. 그렇게 자동차에 귀를 기울이며 꼬박 30초를 앉아 있었다. 그 모습은 어딘가 몹시 평화로운 데가 있어서 테를 씨와 스미스 씨는 자기도 모르게 노부인을 향해 천천히 몸을 기울였다. 마침내 그녀는 그들을 보고 우아한 미소를 지으며 손을 들어 인사했다.

프렘리 씨는 자기도 모르게 창문 밖으로 손을 내밀어 부인을 향해 인사하다가, 스스로 깜짝 놀랐다.

현관에서 스미스 씨가 중얼거렸다. "이상하군. 폭풍이 아니었어. 그런데 실망스럽지가 않아. 이유가 뭘까?"

테를 씨는 진입로로 내려가 자동차를 향해 갔다.

"우린 착각하고 있었습니다. 당신이… 그러니까…." 그는 말꼬리를 흐렸다. "아, 저는 테를이라고 합니다. 조 테를입니다."

그녀는 그와 악수를 하고 수천 킬로미터 떨어진 곳의 눈이 녹아 해와 바람에 정화되어 먼 길을 흘러온 물처럼 티 없이 맑고 깨끗한 연푸른색 눈으로 그를 쳐다보았다.

"미스 블랑슈 힐굿이에요." 그녀는 나직이 말했다. "그린넬 대학을 졸업한 미혼의 음악교사입니다. 아이오와주 그린시티에서 30년간 고등학교 합창부와 학생 오케스트라를 지휘했고, 20년간 피아노, 하프, 성악 개인지도를 했어요. 한 달 전 은퇴하고 지금은 연금으로 살아가고 있지요. 새 출발을 위해 캘리포니아로 가는 길이랍니다."

"미스 힐굿. 여기서 다른 곳으로 가시진 않겠지요?"

"어떻게 해야 할지 모르겠네요." 그녀는 두 남자가 호기심을 가지고 자동차를 훑어보는 모습을 보았다. 그녀는 류머티즘에 걸린 할아버지 무릎에 앉은 아이처럼 안절부절못하고 있었다.

"자동차 바퀴는 울타리를 만들고, 브레이크 드럼은 저녁 식사를 알리는 종으로 쓸 수 있습니다. 나머지 부품은 정원의 훌륭한 장식품이 되겠네요." 테를 씨가 말했다.

프렘리 씨가 2층에서 소리를 질렀다. "죽었습니까? 아, 자동차가 죽었느냐고요. 여기서 봐도 알겠군요. 그런데 저녁 식사 시간이 지나지 않았습니까?"

테를 씨가 노부인에게 손을 내밀었다. "미스 힐굿, 여기는 조 테를 사막 호텔로 하루 26시간 영업 중이랍니다. 사막 도마뱀도 로드러너 새도 2층으로 올라가기 전에 프런트에서 접수를 하지요. 당신은 하룻밤 무료로 푹 쉬세요. 아침이 오면 우리가 포드 자동차로 도시까지 모셔다드리겠습니다."

그녀는 테를 씨의 도움을 받아 자동차에서 내렸다. 주인이 가버리는 것에 항의라도 하듯 엔진이 부르릉거렸다. 그녀는 작은 소리를 내며 조심스럽게 문을 닫았다.

"친구 하나가 떠났지만, 아직 다른 친구가 저와 함께 있답니다. 테를 씨, 그녀도 데려다주지 않겠어요?"

"그녀라니요?"

"아, 미안해요. 전 사물을 사람으로 생각하는 버릇이 있답니다. 자동차는 남자예요. 저를 여기저기 데려다주니까요. 하지만, 하프라면 여자가 아닐까요?"

그녀는 자동차 뒷좌석을 향해 고개를 끄덕였다. 거기 하프 케이스가 바람을 헤치고 나가는 고대의 소용돌이 장식 배의 이물처럼 하늘을 향해 기울어져 있었다. 그것은 운전석에 허리를 세우고 앉아 혼잡한 도시나 고요한 사막으로 차를 몰고 가는 어떤 운전자보다 높이 솟아 있었다.

"스미스 씨." 테를 씨가 말했다. "도와주시오."

그들은 거대한 하프케이스의 끈을 풀고 매우 조심스럽게 그것을 들어 올렸다.

"거기 뭐가 있소?" 위층에서 프렘리 씨가 외쳤다.

스미스 씨는 비틀거렸다. 미스 힐굿이 깜짝 놀랐다. 하프케이스가 두 남자의 팔 아래서 기우뚱했다.

케이스 안에서 희미하게 음악 소리가 흘러나왔다.

그 소리는 위층의 프렘리 씨에게도 들렸다. 그가 물어본 것에 대한 대답이 거기 들어 있었다. 그는 입을 벌리고 노부인과 두 노인과 케이스 안에 든 친구가 비틀거리며 굴속 같은 1층 현관으로 사라지는 모습을 지켜보았다.

"조심해요!" 스미스 씨가 말했다. "어떤 바보 같은 놈이 여기 짐을 놔두었어!" 그는 문득 말을 멈추었다. "어떤 바보 같은 놈이냐고? 바로 나잖아!"

두 사람은 서로 마주 보았다. 그들은 더 이상 땀을 흘리고 있지 않았다. 어디선가 바람이 불어왔다. 부드러운 바람이 그들의 옷깃을 스치고 지나가 먼지 속에 흩어진 달력을 가만히 펄럭였다.

"내 짐이었어…." 스미스 씨가 말했다.

그리고 다 함께 안으로 들어갔다.

"포도주를 더 드시겠어요, 미스 힐굿? 지난 몇 년 동안 식탁에 포도주가 오른 적이 없었답니다."

"그럼 아주 조금만 주세요."

그들은 단 한 자루의 촛불 옆에 앉았다. 촛불 하나가 방 안을 오븐처럼 달구었고 근사한 은그릇과 금가지 않은 접시를 반짝반짝 비추었다. 그들은 따뜻한 포도주를 마시고 음식을 먹으며 이야기를 나누었다.

"미스 힐굿, 어떻게 살았는지 이야기를 들려주세요."

"평생 베토벤부터 바흐와 브람스까지 섭렵하느라 무척 바쁜 삶이었어요. 정신을 차려보니 어느새 스물아홉 살이 되어 있더군요. 다시 정신을 차려보니 마흔 살이었고요. 어제는 일흔한 살이더군요. 예, 남자들도 있었어요. 남자들은 열 살이면 노래를 그만두고 열두 살이면 나는 것을 포기하죠. 저는 늘 생각했어요. 우리는 어떤 식으로든 하늘을 날려고 태어났다고요. 그래서 저는 남자들이 핏속에 지상의 무거운 쇳덩이를 품고 발을 질질 끌고 가는 것을 참을 수가 없었어요. 4백 킬로그램보다 덜 나가는 남자를 만난 적이 없어요. 그들은 검은 정장을 입고 장의차처럼 덜컥거리며 다닌답니다."

"그래서 당신은 날았습니까?"

"물론 제 마음속에서요, 테를 씨. 최후를 장식하는 데 60년이 걸렸죠. 그동안 내내 피콜로며, 플루트, 바이올린을 붙잡고 있었어요. 땅에 냇물과 강이 있듯이 악기들은 하늘에 흐름을 만드니까요. 저는 모든 지류를 타고 다녔고 헨델부터 슈트라우스에 이르기까지 모든 신선한 물의 숨결을 마셨답니다. 그렇게 먼 길을 돌고 돌아 여기까지 왔군요."

"어떻게 그것들과 헤어질 마음을 먹었습니까?" 스미스 씨가 물었다.

"지난주에 돌이켜보니 이런 생각이 들더군요. 이런, 넌 혼자서 날고 있구나. 네가 아무리 높이 날아올라도 그린시티 사람 누구도 신경 쓰지 않아. 고작 '멋지다, 블랑슈'나 '학부모회의에서 연주회 고마웠어요, 미스 힐굿' 소리나 듣지. 아무도 너의 음악에 귀를 기울이지 않아. 오래전 내가 시카고나 뉴욕에 관해 이야기하면 사람들은 나를 놀리고 비웃었어요. '그린시티에 있으면 가장 커다란 개구리가 될 수 있는데 뭐하러 더 큰 연못으로 가 작은 개구리가 되려고 해?' 그래서 저는 주저앉았죠. 그사이 내게 충고한 사람들은 그 도시를 떠나버렸거나 아니면 죽었어요. 죽어서 떠난 사람도 있었고요. 남은 이들은 여전히 귀를 틀어막았죠. 그러다 지난주 드디어 용기를 내서 자신에게 말했답니다. 잠깐! 언제부터 개구리에게 날개가 생겼지?"

"그래서 서쪽으로 여행을 떠나셨군요?" 테를 씨가 말했다.

"영화에 출연하거나 달빛 아래서 오케스트라 연주를 하려고요. 어디든 제 음악을 진심으로 들어줄 사람을 위해 연주하고 싶어요."

그들은 따뜻한 어둠 속에 앉아 있었다. 그녀는 말을 마쳤다. 바보 같은 짓이었는지는 모르지만 전부 말해버렸다. 그리고 다시 조용히 자기 의자에 몸을 기댔다.

위층에서 누군가 기침을 했다.

미스 힐긋은 그 소리를 듣고 일어났다.

＊

잠시 후 프렘리 씨는 들러붙은 눈꺼풀을 떼어내고 흩어진 자신의 침대 옆에 쟁반을 놓으려고 허리를 굽힌 여인의 모습을 알아보았다.

"지금까지 아래층에서 무슨 이야기를 했습니까?"

"나중에 다시 와서 전부 말해줄게요." 미스 힐긋이 말했다. "지금은 드세요. 샐러드가 맛이 좋아요." 그녀는 방을 나가려고 몸을 돌렸다.

그가 재빨리 말했다. "여기 묵을 겁니까?"

그녀는 문간에 서서 어둠 속에서 땀에 젖은 그의 얼굴에 어떤 표정이 떠올랐는지 살펴보려고 했다. 프렘리 씨 쪽에서는 그녀의 입도 눈도 보이지 않았다. 그녀는 말없이 조금 더 서 있다가 계단 쪽으로 향했다.

"내 말이 잘 들리지 않았나 보군." 프렘리 씨가 말했다.

그러나 그는 그녀가 들었다는 것을 알고 있었다.

미스 힐굿은 아래층 로비를 가로질러 걸어가 가죽가방 위쪽의 자물쇠를 손으로 더듬어 찾았다.

"저녁 식삿값을 내야겠어요."

"무료입니다." 테를 씨가 말했다.

"아니, 내겠어요." 그녀는 그렇게 말하고 가방을 열었다.

가방에서 갑자기 황금빛이 흘러나왔다.

의자에 앉은 두 남자가 활기를 띠었다. 그들은 실눈을 뜨고 몸집이 작은 노부인이 거대한 하트 모양 물체 옆에 서 있는 것을 보았다. 그녀의 머리 위로 우뚝 솟은 하프는 반짝이는 매발톱꽃 모양 받침대 위에 서 있었고, 기둥에 새겨진 영양의 눈을 한 차분한 그리스풍 얼굴은 미스 힐굿처럼 그들을 차분히 바라보고 있었다.

두 남자는 재빨리 놀란 표정을 주고받았다. 곧 무슨 일이 벌어질지 아는 얼굴이었다. 그들은 힘겹게 숨을 쉬며 서둘러 로비를 가로질러 걸어가 뜨거운 벨벳을 씌운 긴 의자 양쪽 끝에 앉아 축축한 손수건으로 얼굴을 훔쳤다.

미스 힐굿은 의자를 끌어당겨 앉아 황금빛 하프를 부드럽게 어깨에 기대고는 줄에 손을 가져다 댔다.

테를 씨는 불처럼 뜨거운 공기를 한숨 들이마시고 기다렸다.

갑자기 사막의 바람이 바깥 현관으로 불어닥쳐 간밤의 그들처럼 철제 흔들의자를 밤 연못에 떠 있는 배처럼 흔들어댔다.

프렘리 씨의 못마땅한 목소리가 위층에서 들려왔다. "거기 아래층은 무슨 일이야?"

바로 그때 미스 힐굿이 손을 움직였다.

그녀의 손가락은 어깨 근처 활 모양 부분에서 시작해 기둥 위에 서 있는 그리스 여신의 보이지 않는 아름다운 시선 쪽으로 움직였다 되돌아왔다. 그녀는 잠시 손을 멈추고 하프 소리가 불로 구운 듯한 로비의 공기를 뚫고 빈방들로 울려 퍼지게 놔두었다.

행여 프렘리 씨가 소리를 질렀다고 해도 아무도 듣지 못했을 것이다. 테를 씨도 스미스 씨도 그늘 속에서 벌떡 일어나 온 마음을 빼앗긴 채 자신의 심장이 내달리는 소리와 충격을 받아 폐로 몰려오는 공기 소리 말고는 아무 소리도 들을 수가 없었다. 눈을 크게 뜨고 입을 크게 벌리고, 말하자면 완전히 정신을 잃은 채 그들은 두 여인을 물끄러미 쳐다보았다. 한 여인은 황금 기둥 위에 서 있는 앞이 보이지 않는 당당한 뮤즈이고, 또 한 여인은 가만히 눈을 감고 작은 손을 앞으로 내밀고 앉아 있는 노부인이었다.

소녀 같군. 두 사람은 아무 생각이나 떠올렸다. 작은 소녀가 창밖으로 손을 내민 것 같아. 왜 손을 내밀었을까? 당연히, 당연히 그것 때문이지!

비를 느끼려고.

소나기의 첫 울림이 저 멀리 둑길과 지붕의 홈통으로 사라졌다.

위층의 프렘리 씨는 누군가 귀를 잡아당기기라도 한 듯 침대에서 벌떡 일어났다.

미스 힐긋은 하프를 켰다.

그녀가 연주한 곡은 그들이 전혀 모르는 곡이었지만, 긴 생을 사는 동안 가사든 가락이든 수천 번은 들어본 곡이었다. 그녀의 손가락이 움직일 때마다 어두운 호텔 안에 비가 후드득 떨어졌다. 비는 열린 창을 통해 시원하게 쏟아져 들어왔고 바싹 구워진 뜨거운 현관 바닥을 씻어내렸다. 비는 지붕에도 떨어졌고 뜨거운 모래 위에도 쐭쐭 소리를 내며 떨어졌다. 녹슨 자동차에도 텅 빈 마구간에도 정원의 죽은 선인장에도 떨어졌다. 비는 창을 씻어내리고 먼지를 가라앉히고 빗물받이통을 채우고 문간에 빗방울을 엮어 만든 발을 쳤다. 사람이 지나갈 때마다 딸랑 소리가 날 것만 같았다. 그러나 무엇보다도 비는 경쾌한 감촉과 서늘한 기운을 테를 씨와 스미스 씨에게 퍼부었다. 두 노인은 비의 보드라운 무게와 압력에 짓눌린 듯 차츰 허리를 숙이더니 다시 의자에 앉았다. 빗줄기가 끊임없이 얼굴을 찌르고 솟구쳐 두 사람은 눈을 감고 입을 다물고 손을 들어 비를 막았다. 그들은 거기 앉아 천천히 머리를 뒤로 젖히고 빗줄기에 얼굴을 맡겼다.

한바탕 폭우가 잠시 이어졌다가, 손가락이 하프 줄에서 떨어지면 잦아들더니, 마지막으로 두어 차례 심하게 퍼부으며 휘몰아쳤다가 그쳤다.

수십억 개의 빗방울이 번갯불을 맞고 그대로 얼어붙은 사진처럼 마지막 화음이 공중에서 멈추었다. 그리고 번개가 사라지자 마지막 빗방울도 조용히 어둠 속으로 떨어졌다.

미스 힐긋이 하프 줄에서 손을 뗐다. 눈은 여전히 감은 채였다.

테를 씨와 스미스 씨는 눈을 뜨고 로비 건너편의 두 여인을 보았다. 기적과도 같이 둘 다 폭풍우를 전혀 맞지 않고 바싹 마른 모습이었다.

그들은 몸을 떨었다. 무슨 말을 하려는 듯 앞으로 몸을 기울였다. 그러나 뭘 어찌해야 좋을지 몰라 당황한 것 같았다.

그때 호텔 위층에서 무슨 소리가 들렸고, 그 소리 덕분에 뭘 어떻게 하면 좋을지 알게 되었다.

그 소리는 지친 새가 힘없이 날개를 퍼덕이는 것처럼 희미하게 아래층으로 내려앉았다.

두 남자는 고개를 들어 귀를 기울였다.

프렘리 씨의 소리였다.

프렘리 씨는 자기 방에서 박수갈채를 보내고 있었다.

5초 정도가 지나서야 테를 씨는 그 소리를 깨닫고 스미스 씨의 옆구리를 찌른 다음 먼저 손뼉을 치기 시작했다. 두 사람은 우레와 같은 박수를 보냈다. 메아리가 호텔의 빈방을 떠돌며 울려 퍼졌고 벽으로 거울로 창으로 부딪치며 밖으로 달아나려 했다.

이 새로운 폭우가 느닷없이 찾아왔다는 듯 미스 힐굿이 눈을 떴다.

이제 남자들이 연주할 차례였다. 그들은 열광적으로 손뼉을 쳤다. 마치 손 안에 폭죽을 가득 쥐고 터뜨리는 것 같았다. 프렘리 씨가 소리를 질렀지만 아무도 듣지 못했다. 손가락이 부어오르고 숨이 가빠질 때까지 계속해서 손뼉을 쳤다. 그들은 마침내 무릎 위에 손을 내려놓았다. 다들 가슴이 터질 듯이 뛰었다.

이윽고 스미스 씨가 아주 천천히 일어나 눈은 여전히 하프를 보면서 밖에 나가 하프케이스를 가져왔다. 그는 로비 계단 발치에 서서 한동안 미스 힐굿을 바라보았다. 그리고 계단의 첫째 단 구석에 있는 그녀의 유일한 짐을 흘낏 보았다. 하프케이스와 그녀를 번갈아 보다가 뭔가를 묻는 듯 눈썹을 추켜 올렸다.

미스 힐굿은 자신의 하프를 보았다가 하프케이스를 보았다가 다시 테를 씨를 보고 마지막으로 스미스 씨를 보았다.

그녀는 고개를 한 번 끄덕였다.

스미스 씨는 허리를 굽혀 자신의 짐가방을 한쪽 겨드랑이에 끼고 어두운 계단을 느릿느릿 오르기 시작했다. 그 사이 미스 힐굿은 다시 어깨에 하프를 대고 연주를 시작했다. 그녀가 그의 움직임에 맞추어 연주했는지 그가 그녀의 연주에 맞추어 움직였는지는 두 사람 다 알지 못했다.

스미스 씨는 계단 중간에서 프렘리 씨를 만났다. 그는 빛바 랜 가운을 입고 천천히 아래로 내려오고 있었다.

두 사람은 거기 서서 로비 구석에 있는 한 남자와 반대편 구 석에 있는 두 여인을 바라보았다. 어렴풋한 빛과 움직임 말고 는 아무것도 없었다. 두 사람 다 똑같은 생각을 했다.

이제 그들 생의 매일 밤, 하프 켜는 소리가, 시원하게 떨어 지는 빗소리가 들리겠지. 더는 정원용 호스로 지붕에 물을 뿌 리지 않아도 된다. 그저 포치에 앉아, 침대에 누워, 들으면 된 다. 떨어지고, 떨어지고, 또 떨어지는 그 소리를.

스미스 씨가 계단을 올라갔다. 프렘리 씨는 계단을 내려 갔다.

하프여, 하프여. 귀를 기울이고 들어라!

50년의 가뭄은 끝났다.

기나긴 비의 시대가 왔다.

번데기가 된 사나이

Chrysalis

록웰은 방에서 풍기는 냄새가 싫었다. 그것은 머피가 마시는 맥주 냄새도 아니었고 씻지 않은 하틀리의 몸에서 풍기는 피로의 냄새도 아니었다. 침대 위에 나체로 뻣뻣하게 누워 있는 스미스의 차가운 초록색 몸이 피우는 톡 쏘는 듯한 곤충의 냄새였다. 거기에 작은 방 한 귀퉁이에서 번들거리는 이름 모를 기계의 기름 냄새도 섞여 있었다.

스미스라는 사내는 시체였다. 록웰은 초조하게 의자에서 일어나 청진기를 챙겨 들었다. "난 병원으로 돌아갈 거야. 전쟁이 몰려오고 있어. 너도 이해하지, 하틀리? 스미스는 죽은 지 여덟 시간이나 되었잖아. 더 알고 싶은 게 있으면 차라리 검시관을 부르….."

하틀리가 앙상한 뼈만 남은 손을 덜덜 떨며 내밀자 록웰은 말을 멈추었다. 하틀리는 손을 들어 시체를 가리켰다. 시체의 살갗은 바삭거리는 딱딱한 초록색 껍질로 단단하게 굳어 있었다. "다시 청진기를 대봐, 록웰. 딱 한 번만, 제발."

록웰은 내키지 않았지만, 그저 한숨을 내쉬며 다시 자리에 앉아 청진기를 대보았다. 하틀리는 동료 의사이므로 예의를 갖춰 대해야 했다. 그러니 차가운 초록색 살갗에 청진기를 대고 듣는 시늉이라도 하는 수밖에.

조명이 어둑한 작은 방이 갑자기 폭발하는 것만 같았다. 차가운 초록색 맥박이 고동쳤다. 맥박 소리가 주먹질이라도 하듯이 록웰의 귀를 세게 쳤다. 가로누운 시체에 닿아 있는 자신의 손가락까지 움찔움찔하는 게 눈으로 보였다.

맥박 소리였다.

시체의 어둠 속 깊은 곳에서 심장이 한 번 뛰었다. 마치 심해에서 들려오는 메아리 같았다.

스미스는 숨을 쉬지 않았고 미라 상태로 죽어 있었다. 그런데 죽어버린 몸 한가운데에 심장이 살아 있었다. 살아서 아직 태어나지 않은 작은 아기처럼 움직이고 있었다!

록웰의 외과 의사다운 깡마른 손가락이 빠르게 움직였다. 그는 고개를 숙였다. 빛 아래 보이는 그의 검정 머리카락 사이사이 잿빛 머리칼이 보였다. 얼굴은 균형이 잘 잡히고 이목구비가 질서정연한 미남이었다. 나이는 약 서른다섯 정도. 그는 매끄러운 뺨 위로 흐른 땀이 차갑게 식을 때까지 몇 번이고 청진기로 심장 소리를 들었다. 맥박이라니, 믿을 수가 없었다.

35초에 한 번씩 심장이 뛰고 있었다.

스미스가 호흡을 한다니, 4분에 한 번씩 숨을 쉰다면 누가 믿을까? 폐의 움직임은 감지되지 않았다. 체온은 어떨까?

6도였다.

하틀리가 웃음을 터뜨렸다. 그러나 흡족해서 웃는 웃음은 아니었다. 그보다는 방향을 잃고 헤매는 메아리에 더 가까웠다. "역시 살아 있어." 그는 지친 기색으로 말했다. "정말로 살아 있어. 나도 여러 번 속아 넘어갈 뻔했지. 심장 박동을 빠르게 해보려고 아드레날린을 주사했지만, 효과가 없었어. 스미스는 이런 상태로 12주 동안 지냈어. 이러니 더 이상 이자를 비밀로 해둘 수가 없었어. 그래서 너한테 전화한 거야, 록웰. 정말이지 이자는 기괴해."

그 불가능성을 생각하고 록웰은 온몸으로 설명할 길 없는 흥분을 느꼈다. 스미스의 눈꺼풀을 들어 올려봤지만 할 수가 없었다. 눈꺼풀은 외피로 덮였다. 입술도 마찬가지였다. 콧구멍도 그랬다. 스미스가 숨을 쉴 방법은 없었다.

"하지만 숨을 쉬고 있어." 록웰의 목소리는 잔뜩 억눌려 있었다. 멍하니 있다가 청진기를 떨어뜨렸는데, 다시 주워드는 손이 덜덜 떨고 있었다.

＊

하틀리의 길쭉하고 여윈 몸이 초조하게 진료대 쪽으로 다가왔다. "스미스는 내가 널 부르는 걸 원치 않았어. 하지만 난 널 불렀지. 스미스가 그러지 말라고 경고까지 했는데 말이야. 불과 한 시간 전의 일이야."

록웰이 검은 눈을 부릅떴다. "스미스가 어떻게 너한테 경고를 해? 움직일 수도 없는데?"

하틀리의 면도날처럼 날카롭게 불거진 뼈, 단단한 턱, 갸름하게 뜬 회색 눈이 불안하게 씰룩거렸다. "스미스는 생각을 하거든. 나는 그가 무슨 생각을 하는지 알아. 그는 네가 자기를 이 세상에 노출할까 걱정해. 게다가 나를 몹시 미워하지. 왜냐고? 내가 그를 죽이고 싶어 하니까. 자, 이걸 봐." 하틀리는 얼룩이 묻은 구깃구깃한 외투 주머니를 뒤져 푸른색 권총을 꺼냈다. "머피, 이걸 가져가. 내가 불쾌하기 짝이 없는 스미스의 시신에 총을 쏴버리기 전에 이걸 가져가."

머피의 두툼하고 붉은 얼굴에 두려움이 왈칵 일어났다. 그는 뒷걸음질을 치며 말했다. "나는 권총 싫어. 록웰, 네가 가져가."

록웰은 수술용 메스처럼 날카롭게 외쳤다. "권총 치워, 하틀리. 석 달 내리 한 환자만 돌보니 심리상태가 정상일 리가 있겠어? 잠을 좀 자는 게 좋겠어." 그는 혀끝으로 입술을 축였다. "그런데 스미스는 어떤 병에 걸렸던 거지?"

하틀리의 몸이 휘청거렸다. 그는 천천히 입을 열었다. 선 채로 깜박 잠이 들었던 록웰이 정신을 차렸다. "병에 걸린 게 아니야." 하틀리가 가까스로 말했다. "어떻게 된 일인지는 나도 모르겠어. 스미스가 원망스러워. 새로 동생이 생긴 걸 원망하는 꼬마가 된 기분이야. 이 사람은 가망이 없어. 그러니 록웰 네가 나를 좀 도와줘야겠어. 도와줄 거지?"

"물론이지." 록웰은 웃었다. "내 연구실이 외딴곳에 있으니 그리로 데려가는 게 좋겠어. 스미스야말로 역사상 가장 믿을 수 없는 의학 현상이 아니겠어? 이런 식으로 활동하는 시신이 어디 있어!"

록웰은 더 이상 말할 수 없었다. 하틀리가 록웰의 복부 한복판을 향해 권총을 겨누었던 것이다. "잠깐, 잠깐. 설마 스미스를 숨겨주려는 건 아니겠지? 날 도와줄 거라고 했잖아. 스미스는 위생적이지 않아. 위험하기까지 하다고! 그를 죽여야 해! 나는 알아, 그가 얼마나 위험한 존재인지!"

록웰은 눈을 깜박였다. 하틀리는 정신신경증을 앓는 게 분명했다. 그가 도대체 무슨 말을 하는지 알 수가 없었다. 록웰은 어깨를 펴고 마음에 냉철함과 차분함을 되찾았다. "어디 한번 스미스를 쏴봐. 내가 살인죄로 신고할 테니까. 넌 정신적으로나 육체적으로나 과로했어. 그만 권총을 치워."

그들을 서로 노려보았다.

록웰은 조용히 앞으로 걸어가 권총을 붙잡고 다 이해한다는 듯 하틀리의 어깨를 다독이고는 무기를 머피에게 건넸다. 머피는 권총이 자기를 물어뜯기라도 할 것처럼 바라보았다. "머피, 병원에 전화해서 일주일 휴가를 내겠다고 알려. 어쩌면 더 길어질 수도 있다고 해. 내 연구실로 가서 연구할 게 있다고 전해줘."

머피의 살진 붉은 얼굴에 매서운 표정이 일었다. "이 총은 어쩌고?"

하틀리가 이를 악물고 대답했다. "총은 네가 가지고 있어. 언젠간 총을 쓰고 싶을 때가 올 거야."

＊

록웰은 역사상 가장 기적적인 인간을 자신이 소유하고 있다고 온 세상을 향해 외치고 싶었다. 스미스는 햇빛이 밝게 비치는 사막의 연구실 진료대에 한마디 말도 없이 누워 있었다. 잘생긴 얼굴은 어떤 열띤 표정도 없이 초록색으로 굳어 있었다.

록웰은 조용히 방 안으로 들어가 초록색 가슴에 청진기를 댔다. 청진기의 금속이 닿으면서 딱정벌레 껍질에 부딪히는 소리가 났다.

머피가 옆에 서서 방금 마신 맥주 냄새를 풍기며 미심쩍은 얼굴로 시신을 내려다보았다.

록웰은 주의 깊게 귀를 기울였다. "구급차를 타고 오는 동안 시체가 난폭하게 흔들렸을 거야. 기회가 있었대도 별 소용 없었겠지만…."

록웰이 갑자기 비명을 질렀다.

머피가 묵직한 몸을 옆으로 움직였다. "무슨 일이야?"

"무슨 일이냐고?" 록웰은 황망한 표정으로 주위를 둘러보았다. 그는 한 손을 주먹으로 꼭 쥐었다. "스미스가 죽어가고 있어!"

"그걸 어떻게 알아? 하틀리는 스미스가 죽은 척한다고 했어. 이번에도 스미스는 널 속이고 있을지도 몰라."

록웰은 분주하게 움직이며 시신에 약물을 주사했다. 목소리를 한껏 높여 욕을 퍼부으며 아무 약이나 닥치는 대로 넣었다. 여기까지 오는 데 얼마나 큰 공을 들였는데, 이제 와서 스미스를 잃을 수는 없었다. 안 된다. 적어도 지금은 아니다.

스미스의 몸속 깊은 곳에서 뭔가 덜덜 떨며 삐걱거리고 비틀거리더니 액체가 미친 듯이 흐르는 소리가 들리다가 이내 희미하게 화산이 터지는 듯한 소리가 났다.

록웰은 침착하려고 애썼다. 스미스는 자신이 맡은 환자다. 그에게는 정상적인 처치가 아무런 효과가 없다. 이제 어쩌지? 뭘 하지?

록웰은 스미스를 뚫어지게 바라보았다. 딱딱해진 스미스의 살갗에 햇빛이 와 부딪쳤다. 뜨거운 햇빛이었다. 빛이 청진기 끝에서 튀어 올랐다. 태양이었다. 그가 지켜보는 사이 구름이 하늘을 가로지르며 해를 가렸다. 방 안이 어두워졌다. 스미스의 몸도 흔들림을 멈추었다. 화산 폭발도 사라졌다.

"머피, 블라인드를 쳐! 해가 나타나기 전에 어서!"

머피는 지시대로 따랐다.

스미스의 심장이 굼뜨게 움직이기 시작했다.

"스미스에겐 햇빛이 좋지 않은 모양이야. 뭔가를 방해하는 것 같아. 이유는 모르지만, 그런 것 같아." 록웰은 긴장을 풀었다. "아아, 나는 스미스를 잃고 싶지 않아. 누구에게도 뺏기고 싶지 않아. 그는 특별해. 뭔가가 있어. 사람들은 절대로 하지 못할 일을 하고 있어. 그게 뭘까, 머피?"

"글쎄, 뭘까?"

"스미스는 고통스러워하지 않아. 그렇다고 죽어가지도 않아. 하틀리가 뭐라고 하든 그는 죽지 않는 편이 더 좋겠어. 지난밤 여기 연구실로 데려오려고 스미스를 들것에 싣다가 문득 깨달았지. 스미스는 나를 좋아한다고 말이야."

"허! 처음엔 하틀리가 그러더니 이번엔 너까지! 스미스가 너한테 그렇게 말했어?"

"아니, 스미스는 아무 말도 하지 않았어. 하지만 저 딱딱한 피부 아래 의식이 전혀 없는 건 아니야. 그는 의식이 있어. 그래, 바로 그거야! 그는 의식이 있어."

"간단하게 사실만 말하자면 그는 돌처럼 굳어가고 있어. 그러다 곧 죽겠지. 음식 섭취를 하지 않은지도 몇 주일이나 되었어. 하틀리가 그렇게 말했잖아. 처음엔 정맥주사로 급식했는데 피부가 점점 딱딱해지는 바람에 주삿바늘이 들어가지 않았다고."

＊

　끼익 소리가 나며 작은 방의 문이 천천히 열렸다. 록웰은 화들짝 놀랐다. 몇 시간 자고 나서 날카로운 기운이 한껏 누그러진 하틀리였다. 그러나 회색 눈동자에는 여전히 적대적인 눈빛이 실려 있었다. "네가 방을 나가기만 하면 내가 곧바로 스미스를 파괴할 거야. 알겠어?" 하틀리가 문간에 서서 말했다.

　"한 발짝도 다가오지 마." 록웰은 솟구치는 짜증을 억누르며 하틀리 옆으로 걸어갔다. "이제 넌 이 방에 올 때마다 무기가 있는지 없는지 검사를 받아야 해. 솔직히 난 널 믿을 수가 없거든." 무기는 없었다. "왜 처음부터 햇빛 이야기를 하지 않았지?"

　"뭐?" 하틀리가 천천히 말했다. "아! 그렇지. 깜박 잊었어. 몇 주 전에 스미스를 다른 곳으로 옮기려고 했는데 햇빛을 받으니 정말로 죽어가기 시작하더군. 그래서 옮기려던 생각도 그만두었지. 스미스는 희미하게나마 자신에게 어떤 일이 생길지 알고 있었던 것 같아. 그래서 미리 계획을 세워둔 것 같아. 확신할 수는 없지만, 그는 몸이 완전히 굳어버리기 전에 게걸스럽게 먹었어. 아직 말할 수 있을 때도 12주 동안은 자신을 절대 옮기지 말라고 경고했지. 햇빛을 좋아하지 않고, 햇빛을 쐬면 일을 망칠 거라고 하더라고. 처음엔 농담이라고 생각했는데, 농담이 아니었어. 그는 짐승처럼 먹어댔어. 굶주린 들짐승처럼 먹더니 무의식 상태에 빠지고는 결국 이 상태가 되었지."

하틀리가 나지막하게 욕을 뱉었다. "차라리 햇볕에 오래 두어 죽게 놔두지 그랬어."

머피가 110킬로그램이나 되는 몸집을 움직였다. "저기, 우리도 스미스 병에 걸리면 어쩌지?"

하틀리는 시신을 내려다보았다. 그의 동공이 작아졌다. "스미스는 병에 걸린 게 아니야. 시신을 보면 퇴화하는 게 보이지 않아? 암 같은 거야. 다만 암에 걸린 건 아니고 그 경향성만 물려받은 거지. 일주일 전까지만 해도 스미스가 두렵거나 밉지 않았어. 그러다 그가 콧구멍과 입이 막힌 상태로도 호흡하고 존재하며 살아간다는 것을 깨달았지. 어떻게 그런 일이 있을 수 있을까? 절대로 있어서는 안 되는 일이잖아."

머피의 목소리가 떨렸다. "너도 나도 록웰도 전부 초록색으로 변하고 온 나라에 전염병이 창궐하면 어쩌지? 그러면 우린 어떡해?"

"그러면." 록웰이 대답했다. "만약 내 생각이 틀렸다면 나는 죽겠지. 그러나 나는 조금도 걱정되지 않아."

록웰은 다시 스미스를 향해 몸을 돌리고 하던 일을 계속했다.

＊

종이 하나. 종이 하나. 종이 두 개. 종 두 개. 열두 개의 종. 백 개의 종. 만 개의 종. 백만 개의 종이 짤랑짤랑 금속 두드리는 소리를 낸다. 그 많은 종이 울부짖으며 비명을 지르며 귀를 때리고 고막을 찢으며 일시에 태어난다!

짤랑짤랑, 큰 소리 작은 소리, 높은 테너 낮은 베이스로 합창한다. 거대한 추가 종 몸체를 두드리며 격렬하게 공기를 찢는다!

그 모든 종이 한꺼번에 울려대도 스미스는 여기가 어디인지 곧바로 알 수가 없었다. 눈꺼풀이 단단히 붙어 있어서 보이지 않았고 입술이 한데 붙어버려서 말도 할 수 없다는 것을 알고 있었다. 귀도 꽉 막혀 있었지만, 종소리가 계속 귀를 때려댔다.

그는 볼 수 없었다. 그러나 사실은 볼 수 있었다. 눈이 안쪽의 두개골을 향해 있는 것처럼 작고 어두운 붉은 동굴 안에 와 있는 기분이었다. 스미스는 혀를 움직여보려고 했다. 혀를 움직여 소리를 지르려다가 혀가 없다는 것을 깨달았다. 혀가 있던 자리에는 혀이기를 원하는 가려운 자리만 남았다.

혀가 없었다. 이상하다. 왜지? 스미스는 종소리를 멈춰보려고 했다. 그러자 종소리가 멈추고 고요가 은총처럼 차가운 담요로 그의 몸을 감쌌다. 무슨 일이 벌어지고 있었다. 분명히 벌어지고 있었다.

스미스는 손가락을 움직여보려고 했지만 할 수 없었다. 발하나도 다리 하나도 발가락 하나도 머리도, 모든 것이 그랬다. 어떤 것도 움직이지 않았다. 상반신도 팔다리도 콘크리트로 만든 관 속에 얼어붙어 있는 것처럼 꼼짝도 할 수가 없었다.

잠시 후 자신이 더 이상 숨을 쉬고 있지 않다는 사실을 깨달았다. 왈칵 공포가 몰려왔다. 어쨌든 페로는 숨을 쉬지 않았다.

"나에겐 폐가 없으니까!" 그는 속으로 소리를 질렀다. 그 정신의 비명은 물속 깊이 가라앉아 거미줄로 뒤엉켜 단단히 굳더니 어두컴컴한 붉은 파도 속을 자울자울 떠다녔다. 어둡고도 붉은 파도는 깜박깜박 졸면서 비명을 감싸 안더니 먼 곳으로 떠내려갔다. 이제 스미스는 조금 더 편하게 쉴 수 있었다.

두렵지 않아. 스미스는 생각했다. 나는 적어도 내가 무엇을 알지 못하는지는 알고 있어. 그 이유까지는 몰라도 내가 두려워하지 않는다는 것을 알고 있어.

혀가 없고 코가 없고 폐가 없네.

그렇지만 곧 돌아오겠지. 그래, 돌아올 거야. 무슨 일인가가 벌어지고 있어.

딱딱한 껍질이 되어버린 몸의 숨구멍을 통해 공기가 스며들어왔다. 마치 빗줄기가 그의 몸 곳곳을 뚫고 들어와 생명을 불어넣는 것 같았다. 수십억 개의 아가미를 통해 호흡하면서 산소와 질소와 수소와 이산화탄소를 들이마시고 그것들을 모두 이용하고 있었다. 궁금하다. 그의 심장은 아직도 뛰고 있을까?

그렇다. 심장은 뛰고 있었다. 아주 천천히, 느리게, 느릿느릿. 붉고 희미하게 속삭이며 물결이, 강물이 그의 주변을 천천히, 느리게, 느릿느릿 흘러갔다. 그토록 멋지게.

아주 편안하게.

날이 가고 몇 주가 흐르면서 퍼즐 조각은 더 빨리 맞춰졌다. 머피가 거들었다. 은퇴한 외과 의사인 머피는 오랫동안 록웰의 조수로 일했다. 큰 도움은 못 되어도 좋은 동료였다.

록웰은 머피가 스미스를 두고 초조하게 통명스러운 농담을 많이 한다는 사실을 깨달았다. 아마 마음을 가라앉히려는 노력일 것이다. 그러던 어느 날 머피가 하던 일을 멈추고 잠시 뭔가를 곰곰이 생각해보더니 천천히 말했다. "이봐, 방금 깨달았어! 스미스는 살아 있어! 죽어야 하는데, 살아 있다고! 오오, 맙소사!"

록웰은 웃음을 터뜨렸다. "아니, 그걸 이제 알았어? 그동안 내가 뭘 연구하고 있다고 생각한 거야? 다음 주에는 엑스레이 기계를 가져와서 스미스의 딱딱한 껍질 안에 뭐가 있는지 살펴봐야겠어." 록웰은 피하주사 바늘을 찔렀다. 주삿바늘은 딱딱한 껍질에 막혀 부러지고 말았다.

록웰은 또 다른 바늘로 계속해보다가 마침내 성공했고, 피를 뽑아 현미경으로 관찰했다. 몇 시간 후 그는 혈청검사자료를 머피의 붉은 코 아래 들이밀며 말했다.

"세상에, 말도 안 돼. 스미스의 피에는 살균력이 있어. 여기에 연쇄 구균 군집을 떨어뜨렸더니 8초 후 균이 전멸했어! 우리에게 알려진 모든 병균을 스미스의 몸에 주사하면 스미스는 그 병균을 모두 파괴하고 그걸 먹으며 살아갈 거야!"

몇 시간 안에 또 다른 발견들이 줄을 이었다. 록웰은 잠을 이룰 수가 없었다. 밤마다 뒤척이며 거창한 생각들을 이리저리 떠올리고 잇달아 가설을 세웠다. 예를 들면….

하틀리는 스미스가 앓는 동안 최근까지 매일 많은 양의 혈액과 음식을 주입했다. 그런데 그 음식 중 배설된 것은 하나도 없었다. 전량 몸속에 저장되었는데 다량의 지방으로 축적된 것이 아니라 완벽하게 비정상적인 용액 상태로 저장되었다. 이 의문의 액체가 스미스의 혈액에 고밀도로 포함되어 있었다. 용액 30밀리리터만 있으면 한 사람이 사흘 동안 충분히 먹을 수 있었다. 이 의문의 용액은 몸 안을 돌아다니다가 필요할 때가 되면 알아서 일했다. 지방보다 훨씬 요긴하게 쓰였다. 훨씬 더!

록웰은 자신의 발견에 흥분했다. 스미스는 몇 달 동안 활용할 수 있는 용액을 몸 안에 저장해두었다. 이른바 자급자족이었다.

록웰의 설명을 들은 머피가 서글프게 자신의 올챙이배를 쓰다듬었다. "나도 이런 식으로 먹을 것을 저장해둘 수 있으면 참 좋겠네."

그게 전부가 아니었다. 스미스는 공기도 거의 필요하지 않았다. 그나마 공기도 피부를 통한 삼투압 과정으로 얻었고 분자 하나까지 남김없이 사용했다. 낭비는 없었다.

"게다가 결국 스미스의 심장은 뛰지 않게 될 거야, 영원히!" 록웰이 말했다.

"그러면 그는 죽는 거잖아." 머피가 말했다.

"너나 나라면 그렇겠지. 하지만 스미스라면? 한번 생각해 봐, 머피. 종합해서 말하자면 스미스의 몸에는 자기정화형 혈류가 있어. 몇 달 동안 영양을 자체 보충하고 쇠약 상태도 거의 일어나지 않아. 분자 하나까지 남김없이 사용하며 자가진화하니까 모든 미생물에 치명적인 폐기물도 전혀 생기지 않을 거야. 이걸 두고 하틀리는 퇴화라고 한 거야!"

그러나 하틀리는 록웰이 발견한 내용을 전해 듣고도 여전히 초조해했다. 그는 아직도 스미스가 퇴화하고 있으며 위험하다고 주장했다.

머피가 조심스럽게 자기 생각을 말했다. "그런데 이게 다른 모든 세균을 전멸시키는 초강력 전염병이 아니라고 어떻게 단정할 수 있지? 말라리아도 때론 매독을 치료하는 데 사용되잖아. 그렇다고 말라리아가 모든 균을 정복하는 새로운 간균은 아니지."

"좋은 지적이야." 록웰이 말했다. "그런데 우린 지금 아프지 않잖아."

"우리 몸에 잠복해 있을지도 모르지."

"구식 의사의 전형적인 답변이군. 사람에게 어떤 일이 벌어지든지 정상적인 기준에서 벗어나면 아프다고 말해. 의사들은 각 환자를 진단하고 꼬리표를 붙이지 않으면 만족하지 못하지. 나는 스미스가 건강하다고 생각해. 네가 두려워할 만큼 아주 건강하지." 록웰이 말했다.

"넌 미쳤어." 머피가 말했다.

"그럴지도 모르지. 하지만 나는 스미스에게 의학적인 처치가 필요하다고는 생각하지 않아. 그는 자가구제를 실행 중이야. 넌 스미스가 퇴화 중이라고 믿겠지만, 나는 그가 성장 중이라고 말하고 싶어."

"스미스의 피부를 좀 봐." 머피가 불평했다.

"늑대의 가죽을 쓴 양이지. 바깥은 딱딱하고 바삭거리는 표피지만 안쪽은 질서정연하게 재성장하며 변화하고 있어. 왜일까? 곧 알아낼 수 있을 거야. 스미스의 몸 안에서 벌어지는 변화가 너무도 격렬해 보호할 껍데기가 필요한 거지. 그런데 하틀리, 물어볼 게 있어. 솔직하게 대답해줘. 혹시 어렸을 때 곤충이나 거미 같은 것들을 두려워했어?"

"그랬지."

"그랬군. 공포증이야. 넌 스미스를 상대로 곤충 공포증을 일으키고 있어. 이제야 왜 그렇게 스미스의 변화를 혐오하는지 이해가 되는군."

＊

이어지는 몇 주 동안 록웰은 스미스가 어떻게 살아왔는지 자세히 알아보고 다녔다. 그는 스미스가 일하다가 '병'에 걸린 전자공학 연구소를 찾아갔다. 또 스미스가 '병'에 걸리고 처음 몇 주 동안 하틀리의 보살핌을 받았던 방도 면밀하게 조사했다. 그곳에 있는 기계류나 방사능과 관련한 것들을 죄다 살폈다.

록웰은 연구소를 떠나 있는 동안 스미스를 단단히 가둬두었고, 하틀리가 이상한 행동을 할지도 몰라 머피에게 문앞을 지키게 했다.

스미스의 스물세 해의 삶은 단순했다. 전자공학 연구소에서 5년 동안 실험을 했고 살면서 심하게 아팠던 적도 없었다.

날이 지날수록 록웰은 연구소 근처의 메마른 강바닥을 혼자서 오래오래 산책했다. 그 시간 동안 머릿속을 떠도는 믿을 수 없는 가설을 조각조각 맞추고 구체화했다.

그러던 어느 날 오후 록웰은 연구소 밖에서 밤에만 피는 재스민 꽃 옆에서 걸음을 멈추었다. 그는 빙그레 웃으며 손을 뻗어 높은 가지에서 어두운 빛으로 번들거리는 어떤 것을 집어냈다. 그는 그것을 주머니에 넣고 다시 연구소 안으로 들어갔다.

록웰은 베란다에 나가 있는 머피를 안으로 불러들였다. 머피가 방으로 들어오고 뒤이어 하틀리도 불만 가득한 얼굴로 따라왔다. 세 사람은 건물의 생활공간에 둘러앉았다.

록웰이 말했다.

"스미스는 병에 걸린 게 아니야. 세균은 그의 몸에 살 수 없어. 그렇다고 그의 몸에 죽음의 요정이 깃든 것도 아니고 괴상한 괴물에게 점령당한 것도 아니야. 내가 이런 말을 늘어놓는 것은 모든 가능성을 짚어보기 위해서야. 나는 스미스에 대한 모든 정상적인 진단을 거부하겠어. 그리고 가장 쉽게 받아들일 수 있는 중요한 가능성을 하나 제안할게. 그는 지연형

유전자 돌연변이야."

"돌연변이라고?" 머피가 어이없다는 듯 웃었다.

록웰이 검게 번들거리는 어떤 것을 주머니에서 꺼냈다.

"정원 덤불에서 이걸 발견했어. 내 가설의 완벽한 예시야."
그는 손 안에서 그것을 빙글빙글 돌렸다. "스미스의 증상을
연구하고 그가 다녔다는 연구소를 살펴보고 몇 가지를 고려
하고 나서 나는 확신했어. 이건 변태야. 탄생 후 일어나는 퇴
화와 변화와 돌연변이 과정이지. 이걸 만져봐. 이게 바로 스
미스야."

그는 하틀리에게 그것을 건넸다.

"이건 애벌레의 번데기잖아." 하틀리의 말에 록웰이 고개
를 끄덕였다.

"그래, 번데기야."

"설마 스미스가 지금, 번데기라는 말은 아니지?"

"확실히 번데기야." 록웰이 대답했다.

＊

록웰은 저녁의 어둠 속에서 스미스의 시신을 내려다보았
다. 하틀리와 머피는 한쪽 구석에서 귀를 세우고 조용히 앉아
있었다. 록웰이 스미스를 살짝 건드렸다. "태어나 70년 정도
를 살다가 죽는 것 말고 우리 삶에 다른 게 있다고 생각해보
자고. 인간이라는 존재에 한 번 이상의 커다란 단계가 있다고

생각해봐. 스미스는 인류 최초로 그 단계를 밟고 있어. 애벌레를 보면 그 자체로 정적인 상태 같지만, 언젠가는 나비로 변하지. 왜일까? 어떤 이론으로도 그 이유를 확실히 설명할 수는 없어. 어쨌든 그 과정은 진보야. 변화할 수 없을 것으로 생각한 어떤 것이 스스로 움직여 중간단계, 즉 전혀 알아볼 수 없는 번데기 상태가 되었다가 나비로 변하지. 밖에서 보면 번데기는 꼭 죽은 것 같아. 엉뚱한 방향으로 보여. 스미스도 우리에게 엉뚱한 방향을 보여줬어. 밖에서 보면 죽은 사람이지. 하지만 안쪽은 용액이 회오리치며 분명한 목적을 가지고 왕성하게 돌아다니잖아. 유충은 모기가 되고 애벌레는 나비가 되는데 스미스는 무엇이 될까?"

"스미스가 번데기라고?" 머피가 큰 소리로 웃었다.

"그래."

"인간은 그런 식으로 변하지 않아."

"관두자. 이 진화단계는 머피 네가 이해하기엔 너무 거창하니까. 내 말에 반박하려거든 이 시신부터 살펴봐. 이 피부며 눈이며 호흡상태며 혈류를 살펴보고 하라고. 스미스는 겉이 딱딱한 상태로 동면하기 위해 몇 주 동안 음식물을 섭취했어. 왜 그렇게 많이 먹었을까? 왜 몸 안에 의문의 용액이 필요했을까? 변태를 위해서가 아니라면 왜 그랬겠어? 그리고 이 모든 원인은 방사능이었어. 스미스가 일한 전자공학 연구소의 장비에서 다량의 방사능이 검출됐어. 계획적이었는지 우연이었는지는 몰라. 다만 방사능이 그의 핵심 유전자구조를 건드렸어. 수천 년 동안 작동할 계획이 없었던 인간의 진화 구조를 일부 건드린 거야. 어쩌면."

"언젠가는 모든 인간이 그렇게 될 거라고 생각해?"

"구더기는 계속 썩은 연못에 머무르지 않아. 유충도 계속 흙 속에만 있지 않지. 애벌레도 배춧잎에 마냥 있지만은 않고. 다들 변화하며 파도를 타고 멀리멀리 번져 가잖아. 우리 인간의 다음 단계는 뭘까? 우리는 여기서 어디로 갈까? 이 질문에 대한 대답이 바로 스미스야. 우리는 우주의 텅 빈 벽을 마주하고 있어. 그 우주에서 살아갈 운명에 처해 있단 말이야. 그런데 지금 인간은 우주에 맞설 준비가 전혀 되어 있지 않잖아. 최소한의 노력만으로도 인간은 지쳐버리고 과로는 인간의 심장을 짓누르고 몸에 병을 안겨주지. 어쩌면 스미스는 '우리는 왜 사는가'라는 철학자들의 질문에 대답할 준비가 되어 있을지도 몰라. 그가 우리에게 새로운 목적을 줄 수도 있지. 아아, 우리는 간장 종지만 한 행성에서 서로 잡아먹을 듯이 싸우는 쩨쩨한 벌레에 불과해. 인간은 계속해서 미약하고 나약한 상태로 여기 머무를 생각이 없겠지만, 아직은 더욱 위대한 지식의 비밀까지 캐내지는 못했어. 하지만, 인간을 변화시킨다면? 완벽한 인간을 만들어낸다면? 쩨쩨한 정신을 제거하고 완벽한 심리, 신경, 생리 상태를 스스로 통제할 수 있는 초인이 된다면? 명백하고도 예리하고 사고할 수 있고 지칠 줄 모르는 혈류가 있고 외부 음식 없이도 몇 달은 살 수 있고 어떤 기후에도 적응할 수 있으며 어떤 질병도 없앨 수 있는 육체가 생긴다면? 육신의 고통이라는 굴레에서 벗어나 더는 자신의 육체가 부서질까 봐서 꿈꾸기를 두려워하는 가난하고 속 좁은 사람이 아니게 된다면? 그러면 인간은 비로소 전쟁을 벌일 준비를 하겠지. 유일하게 가치가 있는 전쟁, 바로 새롭게 태어난 인간과 완전히 혼란스러운 우주 사이의 전쟁 말이야!"

＊

록웰은 잠깐 숨을 멈추고 거칠게 갈라진 목소리에 쿵쾅거리는 심장을 안고 긴장 상태로 스미스를 내려다보았다. 그는 번데기 위에 두 손을 대고 눈을 감았다. 스미스 안에 깃든 힘과 추동력, 어떤 믿음이 손을 통해 물결쳤다. 내 말이 옳다. 내 말이 옳아. 그는 자기 생각이 옳음을 알았다. 그는 눈을 뜨고 그늘 속의 그림자처럼 어른거리며 앉아 있는 머피와 하틀리를 쳐다보았다.

몇 초간의 정적을 깨뜨리며 하틀리가 쿵쿵 코담배를 피웠다. "나는 그 가설을 믿지 않아."

머피도 입을 열었다. "스미스의 몸속에 그저 젤리만 가득 차지 않았다는 걸 어떻게 알 수 있지? 엑스레이라도 찍어 봤어?"

"아니, 그런 위험한 짓은 할 수 없었어. 햇빛이 그랬던 것처럼 그의 변화를 방해할지도 모르잖아."

"그가 초인이 되고 있다면, 어떤 모습일까?"

"기다려봐야지."

"스미스는 지금 우리 이야기를 듣고 있을까?"

"들을 수 있는지 없는지 아직은 몰라도 한 가지는 분명해. 우린 어쩌다가 비밀을 공유하게 되었어. 스미스의 애초 계획에 나와 머피의 개입은 없었어. 초인은 사람들이 자기 정체를 아는 것을 좋아하지 않겠지. 인간은 비열하게 질투하고 시샘할 테니까. 스미스는 자기 정체가 드러나면 안전하지 않을 것까지 알고 있었어. 어쩌면 너도 그래서 스미스를 증오하는 건지도 모르고, 하틀리."

다들 귀를 세우고 침묵에 빠졌다. 아무 소리도 들리지 않았다. 록웰의 관자놀이에서 맥박 뛰는 소리만 들렸다. 더 이상 스미스가 아닌 스미스가, 스미스라고 표시되어 있을 뿐 그 안에 무엇이 들어 있는지는 아무도 모르는 그릇이 거기 있었다.

"네 말이 사실이라고 치자." 하틀리가 입을 열었다. "그렇다면 더더욱 그를 없애야 해. 그가 이 세상에 미칠 힘을 생각해보라고. 내가 생각한 대로 그 엄청난 힘이 그의 두뇌까지 영향을 미친다면 그는 탈출하자마자 우릴 죽이려 들 거야. 우린 그의 비밀을 아는 유일한 사람들이니까. 우리가 엿보았다는 사실을 싫어하겠지."

록웰은 느긋하게 받았다. "나는 조금도 두렵지 않아."

하틀리는 입을 다물었다. 방 안에는 그의 호흡 소리만 거칠고 크게 울렸다.

록웰이 진료대를 돌아 나오며 손짓했다.

"자, 다들 자러 가는 게 좋겠어."

✳

　하틀리가 탄 자동차가 가느다란 빗줄기 사이로 사라졌다. 록웰은 연구실 문을 닫고 머피에게 오늘 밤은 아래층에 있는 스미스 방앞의 침대에서 자라고 지시했다. 그는 위층 침실로 올라갔다.

　록웰은 옷을 벗고 잠시 지난 몇 주 사이에 벌어진 믿을 수 없는 일들을 모두 떠올렸다. 초인이라니. 확실하다. 그 효율성이며 힘이며….

　그는 침대로 올라갔다.

　언제일까? 스미스는 언제쯤 번데기에서 나올까? 도대체 언제?

　비가 연구소 지붕 위로 조용히 떨어졌다.

✳

　머피는 빗소리와 지축을 흔드는 천둥소리 한가운데에 누워서 묵직한 숨을 쉬며 잠들어 있었다. 어디선가 삐걱하고 문 열리는 소리가 들렸지만, 머피는 계속 자고 있었다. 바람이 복도를 휩쓸고 지나갔다. 머피는 투덜거리며 몸을 뒤척였다. 문이 조용히 닫히고 바람이 멈추었다.

　푹신한 카펫 위를 조용히 밟고 가는 발소리가 들렸다. 무언가를 의식하고 조심하며 준비된 느린 발걸음이었다. 발소리라고? 머피는 눈을 깜박이다 부릅떴다.

어슴푸레한 빛 속에서 어떤 형체가 자기를 내려다보고 있었다.

위층 복도에 하나만 켜놓은 전등이 머피의 침대 근처에 노란빛을 한줄기 드리웠다.

짓뭉개신 곤충에서나 날 법한 냄새가 공중에 퍼졌다. 손 하나가 움직였다. 목소리가 말을 시작했다.

머피는 비명을 질렀다.

희미한 빛 아래서 움직인 손은 초록색이었다!

초록색.

"스미스!" 머피는 소리를 지르며 침대 아래로 묵직한 몸을 던졌다.

"스미스가 걷고 있어! 걸을 수 없는데 걷고 있어!"

머피의 몸집에 깔려 문이 벌컥 열렸다. 그 사이로 비바람이 정신없이 들이닥쳤다. 머피는 마구 지껄이며 폭풍우 속으로 뛰어갔다.

복도에 서 있던 형체는 움직이지 않았다. 위층에서 문 하나가 열리더니 록웰이 계단을 뛰어 내려왔다. 빛 아래 드러났던 초록색 손이 형체 뒤로 사라졌다.

"거기 누구야?" 록웰이 우뚝 멈춰 섰다.

형체가 빛 속으로 걸어 나왔다.

록웰이 눈을 갸름하게 뜨고 형체를 보았다.

"하틀리! 여기서 뭐 하는 거야?"

"무슨 일이 벌어지고 있어." 하틀리가 말했다. "넌 머피를 찾아와. 바보처럼 중얼거리며 빗속으로 뛰쳐나갔어."

✳

록웰은 혼자 생각을 해보다가 재빨리 하틀리를 훑어보고 복도를 내달려 차가운 바람 속으로 나갔다.

"머피! 머피! 어서 돌아와, 이 바보야!"

달리는 록웰의 몸 위로 빗방울이 떨어졌다. 그는 연구소에서 100미터 정도 떨어진 곳에서 혼자 중얼거리는 머피를 발견했다.

"스미스가… 스미스가… 걷고 있어…."

"말도 안 되는 소리! 그건 하틀리였어."

"초록색 손을 봤어. 손이 움직였다고."

"꿈을 꾼 거야."

"아니야. 그렇지 않아." 빗물로 번들거리는 머피의 얼굴은 하얗게 질린 채 축 늘어져 있었다. "정말이야. 초록색 손을 봤어. 그런데 하틀리는 왜 돌아왔지?"

하틀리의 이름을 듣는 순간 록웰은 별안간 모든 게 이해되었다. 마음속에서 공포가 솟구쳤다. 무언가 미친 듯이 경고음을 발했고 도움을 요청하는 침묵의 비명이 뛰쳐나오려고 했다.

"하틀리!"

록웰은 머피를 옆으로 밀치고 고함을 지르며 연구소를 향해 뛰었다. 건물에 들어서서 복도를 내달렸다.

스미스가 있던 연구실 문이 부서진 채로 열려 있었다.

방 한가운데 하틀리가 권총을 들고 서 있었다. 그는 록웰이 달려오는 소리를 듣고 몸을 돌렸다. 두 사람이 동시에 움직였다. 하틀리는 권총을 발사했고 록웰은 전등 스위치를 내렸다.

암흑이었다. 방 안 가득 불꽃이 터지며 카메라 플래시처럼 스미스의 굳은 몸을 잠시 드러냈다. 록웰은 불꽃을 향해 몸을 날렸다. 그러는 동안에도 하틀리가 왜 돌아왔는지를 깨닫고 깊은 충격에 휩싸였다. 전등이 깜박거리며 꺼지는 순간 록웰은 하틀리의 손을 언뜻 보았다.

그의 손은 버석거리는 초록색 껍질로 덮여 있었다.

주먹질이 오갔다. 전등이 다시 켜졌을 때 하틀리는 바닥으로 쓰러져 있었고, 흠뻑 젖은 머피는 문간에 서서 떨리는 목소리로 물었다. "스미스는… 죽었어?"

스미스는 다치지 않았다. 총알은 그의 몸 바로 위로 스쳐 지나갔다.

"이런 어처구니없는 바보 같으니." 록웰이 쓰러진 하틀리를 향해 말했다. "넌 역사상 가장 위대한 연구를 망칠 뻔했어!"

하틀리가 천천히 몸을 돌렸다. "미리 알았어야 했어. 스미스가 너한테 텔레파시로 경고를 보냈지?"

"말도 안 되는 소리. 스미스는…." 그러나 록웰은 화들짝 놀라 말을 멈추었다. 그렇다. 좀 전에 갑자기 떠오른 예감은!

하틀리의 말이 옳았다. 그는 하틀리를 노려보며 말했다. "넌 위층에 가 있어야겠어. 밤새 가둬둘 거야. 머피, 너도. 네가 하틀리를 감시해."

머피가 꽉 잠긴 목소리로 말했다. "하틀리의 손을 좀 봐. 초록색이야. 아까 복도에 서 있던 사람은 스미스가 아니라 하틀리였어!"

하틀리는 자신의 손을 내려다보았다. "예쁘지 않아?" 하틀리는 쓸쓸하게 말했다. "스미스가 병에 걸렸던 초기에 나 역시 한동안 같은 방사능에 노출되었어. 나도 곧 스미스처럼 될 거야. 며칠 동안 이런 식으로 변해가더라고. 내가 숨겼을 뿐이지. 아무 말도 하지 않으려고 했는데 오늘 밤은 도무지 참을 수가 없었어. 스미스가 내게 한 짓을 생각하면… 그래서 놈을 없애려고 다시 온 거야."

퍼석. 메마른 소리가 공기를 가르며 들려왔다. 세 사람은 그 자리에 얼어붙고 말았다.

스미스의 번데기 껍질 세 조각이 위로 튀어 오르더니 회오리치면서 바닥에 떨어졌다.

록웰은 곧바로 진료대로 다가갔다가 놀란 입을 다물 수가 없었다.

"번데기가 갈라지기 시작해. 빗장뼈부터 배꼽까지 미세한 틈이 생겼어! 곧 번데기 밖으로 나올 거야!"

머피의 두툼한 턱이 덜덜 떨렸다. "이제 우린 어떡하지?"

하틀리의 말투는 쓸쓸하고도 날카로웠다. "우리에겐 초인이 생기겠지. 질문 하나 할까? 초인은 과연 어떻게 생겼을까? 대답해봐? 거야 아무도 모르지."

번데기 껍질이 또 한 번 쩍하고 갈라졌다.

머피가 흠칫 몸을 떨었다. "스미스하고 이야기라도 나눌 생각이야?"

"물론이지."

"언제부터 나비가 말을 했지?"

"아, 머피! 이 친구야!"

＊

두 사람을 안전하게 위층에 가둬두고 록웰은 스미스가 있는 연구실로 돌아왔다. 연구실 문을 잠그고 침대에 누워 귀를 쫑긋 세우고 비에 젖은 기나긴 밤이 어서 지나가길 기원했다.

바깥은 조용했고 안에서는 바삭거리는 번데기 껍질이 연달아 작은 박편을 떨어뜨렸다.

서너 시간을 더 기다렸다. 건물 위로 비가 후두두 소리를 내며 떨어졌다. 스미스는 어떻게 생겼을까? 청력을 보강하기 위해 귓바퀴가 달라졌을지도 모르지. 눈이 추가로 생겨났을 수도 있고. 골격이나 얼굴 구성, 뼈, 장기 위치, 피부 질감 따위도 달라졌을지 모른다. 오만가지 변화가 있을 수 있었다.

록웰은 피곤했지만 두려움 때문에 잠을 이룰 수가 없었다. 눈꺼풀이 점점 무거워졌다. 만약 자기 생각이 틀렸다면? 자신의 가설이 완전히 어긋난 거라면? 스미스의 몸 안에는 그저 젤리만 가득 차 출렁이고 있다면? 아니면 스미스가 완전한 미치광이로 깨어나 세계를 위협할 존재가 된다면 어쩌지? 아니다. 그럴 리가 없다. 록웰은 고개를 무겁게 저었다. 스미스는 완벽하다. 그 안에 사악한 생각이 깃들 공간 따위는 없다. 완벽하니까.

연구소는 쥐죽은 듯 고요했다. 유일한 소음이라곤 번데기 껍질이 단단한 바닥에 떨어질 때 나는 희미하게 버석거리는 소리였다.

어느새 록웰은 잠들었다. 방 안의 어둠 속으로 까무룩 가라앉으며 꿈속으로 미끄러져 들어갔다. 꿈속에서 스미스가 일어나 뻣뻣한 몸짓으로 걸어 다녔고 하틀리는 비명을 지르며 스미스의 초록색 갑옷을 향해 번쩍거리는 도끼를 휘둘렀다. 끔찍한 용액이 난무했다. 머피가 마구 중얼거리며 핏빛 빗속을 뛰어다녔다. 꿈속이었다.

햇볕이 뜨거웠다. 방 안 가득 뜨거운 햇볕이 쏟아졌다. 어느새 아침이었다. 록웰은 눈을 비비며 일어났다. 누가 블라인드를 걷었을까, 잠결에도 어렴풋이 짜증을 냈다. 누가 그랬을까…. 그는 벌떡 일어났다! 햇빛이라니! 블라인드를 걷을 사람은 없었다. 블라인드는 몇 주 동안 내려져 있었다. 그는 비명을 질렀다.

문이 활짝 열려 있었다. 연구소는 고요했다. 록웰은 겁이 나 고개를 돌리지도 못하고 진료대 쪽을 곁눈질로 보았다. 스미스는 거기 누워 있어야 마땅했다.

그러나 그는 없었다.

진료대 위에는 햇빛 말고는 아무것도 없었다. 산산이 부서진 번데기의 잔해가 몇 조각 떨어져 있었다. 잔해가.

딱딱한 껍질, 두 조각난 옆구리 껍질, 허벅지와 팔의 윤곽이 남아 있는 껍질, 가슴을 덮고 있던 널조각 등이 흩어져 있었다. 전부 스미스가 버리고 간 잔해였다!

스미스는 사라졌다. 록웰은 비틀거리며 진료대로 다가가 부딪쳤다. 바스락거리는 피부 껍질을 아이처럼 마구 헤집었다. 그는 곧 술에 취한 사람처럼 휘청거리며 연구실 밖으로 나와 고함을 지르며 계단을 올라갔다.

"하틀리! 스미스를 어떻게 한 거야! 하틀리! 스미스를 죽이고 껍질만 몇 조각 남겨놓고 나를 따돌릴 수 있다고 생각했어?"

머피와 하틀리가 자고 있던 방문은 그대로 잠겨 있었다. 록웰은 더듬거리며 자물쇠를 열었다. 머피와 하틀리 모두 방 안에 있었다.

"여기 그대로 있었군!" 록웰은 어리둥절하게 말했다. "그렇다면 아래층에는 내려오지 않았다는 말이군. 혹시 문을 열고 아래로 내려와 몰래 연구실로 들어와 스미스를 죽여놓고… 아니야, 그럴 리가 없어."

"무슨 일이야?"

"스미스가 사라졌어! 머피, 혹시 하틀리가 이 방을 나간 적이 있어?"

"아니, 밤새 나랑 같이 있었어."

"그렇다면, 가능한 설명은 단 하나뿐이군. 밤새 스미스가 번데기 밖으로 탈출했어! 아, 이제 다시는 스미스를 볼 수 없게 되었어. 망할! 고새 잠이 들다니, 이런 바보 같으니!"

"그것참 잘됐군!" 하틀리가 외쳤다. "그자는 위험해. 그렇지 않다면 여기 있다가 우리에게 본모습을 보여주었겠지! 이제 그의 정체는 아무도 모르게 되었어."

"그럴수록 우리가 반드시 스미스를 찾아내야 해. 아직 멀리 가지 못했을 거야. 얼른 가서 스미스를 찾아오자고. 얼른, 하틀리! 머피!"

머피는 무거운 몸으로 주저앉았다. "나는 꼼짝도 하지 않을 거야. 스미스고 뭐고 정체를 드러내고 싶으면 알아서 하라고 그래. 나는 더는 못해."

록웰은 더 이상 기다리지 않았다. 그는 하틀리를 데리고 아래층으로 내려갔다. 머피도 몇 분 후 헉헉대며 뒤를 따라갔다.

록웰은 복도를 마구 내달려 아침 빛이 반짝이는 사막과 산이 내다보이는 넓은 창 앞에 멈춰 섰다. 그는 창밖을 내다보며 스미스의 모습을 찾아보았다. 최초의 초인적인 존재를. 어쩌면 다른 인간들이 줄줄이 뒤를 이을지도 모르는 최초의 선구자를. 스미스는 떠났을 리가 없다. 하지만, 정말로 떠나버렸다면?

주방 문이 천천히 열렸다.

문을 지나 발 하나가 보였고 뒤이어 또 다른 발이 보였다. 벽을 배경으로 손이 하나 나타났다. 이어서 오므라든 입술 사이로 담배 연기가 흘러나왔다.

"나를 찾고 있습니까?"

록웰은 깜짝 놀라 몸을 돌렸다. 하틀리의 얼굴에 떠오른 표정이 보였고 머피가 헉 하고 놀라 숨을 들이켜는 소리도 들렸다. 세 사람은 신호라도 받은 것처럼 일제히 한 단어를 내뱉었다.

"스미스!"

＊

스미스는 천천히 담배 연기를 내뿜었다. 얼굴은 햇볕에 그을려 붉은빛이 도는 분홍색이었고 눈은 파란색으로 번들거렸다. 맨발이었고 벗은 몸에 록웰의 낡은 가운을 걸치고 있었다.

"여기가 어딘가요? 지난 서너 달 동안 전 뭘 하며 지냈지요? 여긴, 병원인가요? 아니면?"

록웰의 마음에 당혹감이 스쳤다. 그는 마른 침을 꿀꺽 삼켰다.

"안녕하십니까. 그렇다면, 당신은 정말 아무것도 기억이 나지 않는단 말입니까?"

스미스가 자신의 손끝을 보여주었다. "아, 예전 기억을 말하는 거라면, 손이 초록색으로 변해갔던 건 생각납니다. 그것

308

말고는 아무것도 모르겠어요." 그는 분홍색 손으로 아몬드 빛깔 머리칼을 쓸어넘겼다. 새로 태어나 다시 숨을 쉬게 된 사실이 무척 기쁜 듯 활기찬 몸짓이었다.

록웰은 뒤로 물러나 벽에 기대섰다. 충격으로 이마에 손을 얹고 고개를 절레절레 흔들었다. 눈앞에서 본 것을 믿을 수가 없었다. "몇 시에 번데기 밖으로 나왔습니까?"

"무엇 밖으로 나왔다고요?"

록웰은 스미스를 데리고 복도를 지나 연구실로 들어가 진료대를 가리켰다.

"저기, 선생님이 무슨 말씀을 하는지 모르겠어요. 정신을 차려보니 30분 전쯤 제가 완전히 벗은 몸으로 이 방에 서 있더군요." 스미스의 말투는 솔직하고 진실했다.

"그게 전부인가요?" 머피가 희망에 차서 물었다. 그는 왠지 마음이 놓인 것 같았다.

록웰은 진료대 위에 흩어진 번데기 조각의 기원을 설명해 주었다.

스미스는 얼굴을 찌푸렸다. "정말 어이가 없군요. 선생님은 누구입니까?"

록웰은 동료들을 소개했다.

스미스가 매서운 눈으로 하틀리를 쏘아보았다. "제가 처음 아프기 시작했을 때 선생님이 와주셨죠? 기억이 납니다. 방사능 공장에서요. 그런데 정말 이상하군요. 저는 무슨 병에 걸린 겁니까?"

하틀리의 뺨 근육이 팽팽하게 굳었다. "이건 병이 아닙니다. 정말 아무것도 모르겠어요?"

"어쩌다 보니 낯선 연구소에 낯선 사람들과 함께 있게 되었네요. 침대에서 자다가 알몸으로 깨어났고요. 배가 고파서 연구소 안을 좀 돌아다녔습니다. 주방에 가서 음식을 찾아 먹고 있는데 흥분한 목소리가 들리더군요. 그리고 지금은 번데기에서 나왔다는 비난을 듣고 있고요. 제가 여기서 뭘 더 어떻게 생각해야 할까요? 우선 옷과 음식과 담배를 빌려주셔서 고맙군요. 처음엔 선생님을 깨우고 싶지 않았어요, 록웰 박사님. 당신이 누군지도 몰랐고 무엇보다 죽을 듯이 피곤해 보였거든요."

"아, 그건 괜찮아요." 그러나 록웰은 괜찮지 않았다. 모든 게 무너지고 있었다. 스미스가 말할 때마다 희망이 부서진 번데기 껍질처럼 산산 조각나고 있었다. "몸은 좀 어떤가요?"

"좋습니다. 왠지 힘이 더 세진 것 같아요. 오래 앓았던 걸 생각하면 지금은 대단히 튼튼합니다."

"몰라볼 정도요." 하틀리가 말했다.

"달력을 보았을 때 제 기분이 어땠는지 아십니까? 맙소사! 벌써 몇 달이나 지나있더군요. 그동안 제가 뭘 하며 지냈는지 알고 싶어요."

"그건 우리도 마찬가지요." 하틀리가 말했다.

머피가 웃었다. "하틀리, 스미스를 이제 그만 내버려둬. 넌 스미스를 미워했잖아."

"미워했다고요?" 스미스가 눈썹을 추켜 올렸다. "나를요? 왜죠?"

"이게 바로 이유요!" 하틀리가 자기 손을 앞으로 내밀었다. "빌어먹을 당신의 방사능! 당신 연구소에서 며칠 밤을 함께 보냈다가 나도 이 꼴이 되고 말았어! 이제 나는 어쩌면 좋단 말이요?"

"하틀리." 록웰이 경고했다. "조용히 하고 자리에 앉아."

"아니! 난 조용히 하지도 않을 거고 자리에 앉지도 않을 거야! 너희 두 사람도 역사상 가장 위대한 사기극을 자행한 이 분홍색 친구에게 속아 넘어간 거야? 생각이 제대로 박혔다면 이자가 번데기에서 탈출하기 전에 없앴어야지!"

✳

록웰이 하틀리 대신 사과했다.

스미스는 고개를 저었다. "아닙니다. 계속 말하게 놔두세요. 저 선생님 말씀이 전부 무슨 뜻인가요?"

"다 알고 있잖아!" 하틀리가 버럭 화를 냈다. "몇 달 동안 거기 누워 귀를 쫑긋 세우고 계획을 세우고 있었잖아! 나까지 속일 수는 없을걸? 당신은 록웰을 속이고 실망시켰어. 록웰은 당신이 초인일 거라고 기대했지. 어쩌면 초인일지도 몰라. 하지만 당신의 정체가 뭐든 더 이상 스미스는 아니야. 더는 아니라고. 당신은 엉뚱한 방향으로 변했어. 우린 당신에 대해 모든 걸 알아서는 안 되겠지. 세상도 당신의 정체를 알아서는 안 될 테고. 당신은 우릴 죽일 수도 있었어. 그런데 여기 남아 당신이 정상이라고 믿게끔 하기로 했지. 그게 최선이었을 거야. 몇 분 전에 여기서 도망칠 수도 있었지만 그랬다간 의심의 여지만 남겼을 테니까. 그래서 기다리고 있다가 우리를 만나 당신이 정상이라고 믿게 하는 쪽을 선택했지."

"누가 봐도 정상이잖아." 머피가 투덜거렸다.

"아니, 그렇지 않아. 저자의 마음은 달라. 몹시 영리한 자라고."

"그럼 단어 연상 퀴즈를 내보던가." 머피가 말했다.

"고작 그런 걸 하기엔 지나치게 영리하단 말이야."

"그렇다면, 간단히 혈액검사를 하고 심장 박동도 들어보고 혈청주사를 놓으면 되겠군."

스미스는 어딘가 미심쩍은 얼굴이었다. "정 원한다면 얼마든지 실험해 보십시오. 정말 우습기 짝이 없군요."

그 말에 하틀리는 깜짝 놀랐다. 그는 록웰을 보고 말했다. "주사기를 가져와."

록웰은 주사기를 가져오며 곰곰이 생각했다. 정말로 스미스는 초인일지도 모른다. 그의 혈액. 그 초인적인 혈액. 세균을 모조리 죽여버린 피의 능력. 게다가 그의 심장 박동. 그의 호흡. 어쩌면 스미스는 정말로 초인이지만 스스로 그 사실을 모를 수도 있다. 그래, 그거다. 어쩌면….

록웰은 스미스의 혈액을 채취해 현미경 밑에 놓았다. 그의 어깨가 축 늘어졌다. 정상적인 피였다. 세균을 떨어뜨렸더니 죽는 데 정상적인 시간이 걸렸다. 스미스의 피는 이제 엄청난 살균력을 보이지 않았다. 의문의 용액도 사라졌다. 록웰은 절망적으로 한숨을 내쉬었다. 스미스의 체온은 정상이었다. 맥박도 마찬가지였다. 감각체계도 신경체계도 규칙대로 반응했다.

"이제 다 끝났군." 록웰이 나지막하게 말했다.

하틀리는 의자 깊숙이 몸을 묻고 뼈가 툭 불거진 앙상한 손으로 머리를 움켜잡았다. 그는 두 눈을 부릅뜨고 긴 숨을 토해냈다. "미안해. 그저 내가 추측한 대로 말해본 거야. 그냥 내 상상이었어. 몇 달이라는 시간은 무척 길었잖아. 나는 괴롭고 또 두려웠어. 바보 같은 짓을 했어. 미안하군." 그는 자신의 초록색 손을 노려보았다. "하지만 나는 이제 어쩌면 좋지?"

스미스가 말했다. "저는 회복되었잖아요. 선생님도 아마 회복될 겁니다. 선생님 마음, 이해합니다. 하지만 앓는 동안 그렇게 나쁘지는 않았어요. 솔직히 아무것도 기억나지 않아요."

하틀리도 긴장을 풀고 말했다. "그래, 당신 말이 맞는 것 같군요. 내 몸이 딱딱해진다고 생각하면 싫지만, 어쩔 수 없죠. 나도 괜찮아질 겁니다."

✳

록웰은 괴로웠다. 엄청난 실망감이 그를 짓눌렀다. 강렬했던 열망과 추진력, 호기심, 굶주림, 불기운이 순식간에 가라앉아 버렸다. 번데기에서 나온 사람이 고작 이자란 말인가? 들어갔을 때와 똑같은 사람이 나왔단 말인가? 그동안의 기다림과 궁금증이 헛된 짓이 되어버렸다.

그는 꿀꺽하고 숨을 들이마시며 가장 깊숙한 곳에서 날뛰는 생각을 억눌렀다. 혼란스러웠다. 지금 눈앞에 앉아 차분하게 담배를 피우는 분홍색 남자는 방사능 때문에 피부 석화증을 앓고 모든 분비샘이 거칠어진 사람에 불과했다. 지금 그는 아무것도 아니었다. 상상력을 부풀려 거창한 환상을 품었던 록웰의 마음은 스미스가 앓았던 병의 모든 면모를 포착해 희망적인 생각들로 완벽한 유기체를 건설했다. 지금 록웰은 깊이 충격을 받았고 크게 마음을 다쳤다.

스미스가 음식물 없이도 오래 생존했던 것, 순수했던 혈액, 낮은 체온, 기타 우월한 성질을 보여주었던 여러 증거는 이제 기이한 질병의 파편에 불과해졌다. 그저 하나의 특이한 병 이상도 이하도 아니었다. 뭔가가 끝나고 사라졌고 햇빛이 비치는 진료대 위에 흩어진 버석거리는 껍질 조각 말고는 아무것도 남지 않았다. 앞으로 하틀리의 병이 진행된다면 그를 지켜보고 의학계에 새로운 병을 보고할 기회는 있을 것이다.

그러나 록웰은 병에 관해서는 관심이 없었다. 그가 관심을 둔 것은 병이 보여준 완벽성이었다. 그 완벽성이 갈라지고 쪼개지고 찢어져 사라져버렸다. 그의 꿈도 함께 사라졌다. 초월적인 존재도 사라졌다. 이제 온 세상이 딱딱한 초록색으로 변해 버석거린대도 상관없었다.

스미스가 세 사람을 향해 손을 흔들었다. "저는 이만 로스 앤젤레스로 돌아가는 게 좋겠습니다. 공장에서 중요하게 할 일이 있거든요. 예전에 했던 일이 저를 기다리고 있답니다. 죄송하지만, 더는 이곳에 머무를 수 없겠어요. 이해하시죠?"

"적어도 며칠은 여기서 쉬어야 해요." 록웰이 말했다. 그는 마지막 남은 꿈의 한 가닥마저 사라지는 게 싫었다.

"고맙지만 사양하겠습니다. 일주일 정도 후에 제가 박사님 진료실에 들러 검진을 받겠습니다. 앞으로 일 년 동안 몇 주에 한 번씩 박사님을 찾아뵐게요."

"아, 그래요. 스미스 씨. 그래 주면 고맙겠군요. 당신 병에 대해 더 이야기를 나누고 싶습니다. 당신은 지금 살아 있는 게 기적이니까요."

머피가 기분 좋게 말했다. "내가 LA까지 태워다 드리지."

"아니요, 안 그러셔도 됩니다. 주택가까지 걸어가 택시를 잡겠습니다. 조금 걷고 싶거든요. 너무 오랜만이라 걷는 게 어떤 기분이었는지 다시 느껴보고 싶어요."

록웰이 낡은 신발과 양복 한 벌을 빌려주었다.

"고맙습니다, 박사님. 가능하면 빨리 신세를 갚겠습니다."

"당신은 내게 한 푼도 신세 지지 않았어요. 그동안 나도 재미있었으니까."

"그럼, 안녕히 계세요, 박사님. 머피 선생님, 하틀리 선생님도요."

"잘 가시오, 스미스 씨."

"안녕히."

스미스는 오솔길을 걸어 마른 강바닥까지 갔다. 늦은 오후의 햇살을 받아 강바닥은 이미 바싹 말라 있었다. 스미스는 행복하게 휘파람을 불며 느긋하게 걸었다. 나도 휘파람을 불 수 있다면 좋겠군. 록웰은 피로를 느끼며 생각했다.

스미스가 뒤로 돌아서더니 록웰 일행에게 손을 흔들고 다시 언덕을 씩씩하게 걸어올라 머나먼 도시를 향해 계속 갔다.

록웰은 모래성이 파도에 허물어지며 완전히 사라지는 모습을 지켜보는 어린아이처럼 스미스의 뒷모습을 지켜보았다. "믿을 수가 없군." 그는 몇 번이고 되풀이해서 말했다. "모든 게 이토록 빨리, 이토록 갑작스럽게 끝나버리다니, 정말 믿을 수가 없어. 마음이 텅 비어 버린 기분이야."

"난 모든 게 장밋빛으로 보이는걸!" 머피가 흡족하게 껄껄 웃었다.

하틀리는 햇볕 아래 섰다. 그는 양옆으로 초록색 손을 편안하게 늘어뜨렸다. 그의 하얀 얼굴이 몇 달 사이 처음으로 느긋해 보인다고 록웰은 생각했다. 하틀리가 조용히 말했다.

"나도 괜찮아지겠지? 괜찮아질 거야. 아아, 신이여, 감사합니다. 나는 괴물이 되지 않을 거야. 나는 언제까지나 나 자신일 뿐 다른 게 되지 않아." 그는 록웰을 향해 돌아섰다. "꼭 기억해줘. 사람들이 실수로 날 땅에 묻어버리지 않게 해줘. 내가 죽은 줄 알고 실수로 나를 땅에 묻지 않게 해줘. 꼭."

스미스는 오솔길을 지나 마른 강바닥을 건너 언덕으로 올라갔다. 오후가 깊어 어느새 해가 푸른 언덕 너머로 기울기 시작했다. 별이 몇 개 떴다. 따뜻한 공기에 물과 먼지와 머나먼 오렌지꽃 냄새가 섞여 떠돌았다.

바람이 불었다. 스미스는 바람을 깊이 들이마셨다. 그는 계속 걸었다.

연구소가 보이지 않게 되자 그는 걸음을 멈추고 우뚝 섰다. 그는 하늘을 올려다보았다.

피우던 담배를 땅에 던지고 뒤꿈치로 지그시 눌러 껐다. 매끈한 몸을 쭉 펴고 갈색 머리를 뒤로 넘기더니 눈을 감고 마른침을 한번 꿀꺽 삼킨 다음 양옆으로 두 손을 편안하게 늘어뜨렸다.

전혀 힘들이지 않고 그저 작게 한 번 중얼거렸을 뿐인데 스미스의 몸이 부드럽게 땅에서 떨어져 따뜻한 공기 속으로 떠올랐다.

그는 빠르면서도 조용히 날아올라 금세 별들 사이로 사라지더니 머나먼 바깥 우주를 향해 날아갔다.

침공 놀이

Zero Hour

와, 너무 재밌어! 정말 신나는 놀이야! 이렇게 들뜨기는 몇 년 만에 처음이었다. 아이들은 초록색 잔디밭을 신나게 누비고 다니며 고함을 지르고 손을 맞잡고 빙글빙글 돌고 까르르 웃다가 나무 위로 올라갔다. 머리 위로 로켓이 날아다녔고 거리에는 딱정벌레 모양 자동차가 조용히 지나갔지만, 아이들은 계속 놀았다. 정말이지 재미있고 까무러칠 만큼 즐거웠으며 마음껏 구르고 실컷 소리를 질러댔다.

밍크는 흙과 땀투성이가 된 몸으로 집 안으로 뛰어들어왔다. 아이는 일곱 살까지 자라는 동안 늘 요란하고 튼튼했으며 자기 뜻이 분명했다. 엄마인 모리스 부인이 뒤늦게 보았을 때 밍크는 부엌 서랍을 열고 커다란 가방에 프라이팬과 온갖 주방 도구를 쓸어담고 있었다.

"맙소사, 밍크. 도대체 뭘 하는 거니?"

"최고로 신나는 놀이를 하고 있어요!" 밍크는 벌겋게 달아오른 얼굴로 씩씩거리며 말했다.

"잠깐 멈추고 숨 좀 돌리지 그러니."

"아뇨, 괜찮아요." 밍크는 계속 숨을 헐떡였다. "이것들 좀 가져가도 되죠, 엄마?"

"그래. 찌그러뜨리지만 마라."

"고맙습니다! 고마워요!" 밍크는 외치며 로켓처럼 쌩하고 달려나갔다.

모리스 부인은 달아나는 어린 딸을 향해 물었다. "놀이 이름이 뭐니?"

"침공이요!" 밍크가 대답했다. 문이 쾅하고 닫혔다.

집집마다 아이들이 칼과 포크와 부지깽이와 낡은 난로 연통과 깡통따개를 꺼내왔다.

흥미롭게도 이렇게 들떠서 부산스럽게 노는 아이들은 모두 나이가 어렸다. 열 살이 넘은 아이들은 이런 놀이를 무시하고 코웃음을 치면서 자기들끼리 하이킹을 가거나 자기들 딴에는 조금 더 점잖은 놀이라고 여기는 숨바꼭질을 했다.

그 사이 부모들은 크롬으로 만든 딱정벌레 차를 타고 오갔다. 수리공은 진공 엘리베이터를 고치러, 깜박이는 TV를 고치러, 혹은 말을 듣지 않는 음식 수송관을 두드리러 이 집 저 집을 드나들었다. 문명인이 되어버린 어른들은 노느라 바쁜 아이들 곁을 지나가고 또 지나가며 아이들의 맹렬한 에너지를 질투하거나 무럭무럭 자라는 모습을 흐뭇하게 바라보았고 자신들도 그럴 수 있기를 바랐다.

"이거랑 이거랑 이거!" 밍크가 이런저런 숟가락과 스패너를 든 다른 아이들에게 지시를 내렸다. "그렇게 해. 그건 이리로 가져오고. 아니야, 이쪽이라니까, 바보야! 그래. 이제 내가 이걸 고치는 동안 제 자리로 가 있어." 밍크는 이 사이로 혀를 내밀고 얼굴을 찡그리며 몰두했다. "이렇게 하는 거야. 알겠지?"

"와아!" 아이들이 소리쳤다.

열두 살인 조지프가 뛰어왔다.

"저리 가." 밍크가 대놓고 말했다.

"나도 놀고 싶어." 조지프가 말했다.

"안 돼!" 밍크가 말했다.

"왜 안 돼?"

"우릴 놀리려고 그러는 거잖아."

"아니야. 진짜로 안 그럴게."

"아니, 우리가 모를 줄 알아? 어서 가. 안 그러면 발로 차 버릴 거야."

또 다른 열두 살 소년이 작은 모터 스케이트를 타고 왔다. "야, 조지프! 얼른 와! 계집애들끼리 놀라고 해!"

그러나 조지프는 함께 놀고 싶은 마음을 분명히 드러내며 머뭇거렸다. "나도 같이 놀고 싶어."

"넌 나이가 많잖아." 밍크가 확고하게 말했다.

"그렇게 많지 않아." 조지프가 영리하게 대답했다.

"너는 '침공'을 비웃으며 놀이를 망쳐놓을 거야."

모터 스케이트를 탄 소년이 입술로 '뿌우' 소리를 내며 비웃었다. "빨리 와, 조지프! 쟤들끼리 놀라고 해. 바보들!"

조지프는 꾸물거리며 멀어졌다. 길모퉁이까지 가는 동안에도 아쉬운 듯 계속 뒤를 돌아보았다.

밍크는 벌써 놀이에 몰두했다. 아이는 모아온 도구를 가지고 일종의 기구를 만드는 중이었다. 밍크는 연필과 수첩을 들고 있는 또 다른 어린 여자애한테 자신의 말을 받아적게 했다. 여자애는 땀을 뻘뻘 흘리며 느릿느릿 밍크의 말을 받아적었다. 아이들의 목소리가 따뜻한 햇볕 속으로 울려 퍼졌다 내려앉았다.

아이들 주변에서 온 도시가 분주하게 움직였다. 거리에는 초록색 잔디밭과 가로수가 가지런히 늘어서 있었다. 오직 바람만이 도시를 가로지르고 나라를 가로지르고 대륙을 가로지르며 서로 충돌했다. 수천 곳의 다른 도시에도 나무와 아이들과 거리가 있었고 조용한 사무실에서 자기 목소리를 녹음하거나 전송스크린을 들여다보는 직장인들이 있었다. 로켓은 바늘처럼 푸른 하늘을 누비고 다녔다. 다시는 세상이 고통스러워지는 날은 없을 거라고 확신하며 평화에 익숙해진 사람들의 은밀한 자부심과 느긋함이 곳곳에 깃들어 있었다. 지구의 모든 인간이 손에 손을 잡고 하나가 되었다. 모든 국가가 평등하게 서로를 신뢰하는 상태에서 완벽한 무기를 보유했다. 믿을 수 없을 정도로 아름다운 균형 상태가 찾아왔다. 반역자도 없고 불행한 사람도 없고 불만을 품은 자도 없어서 세상은 기본적으로 안정적인 기반을 닦았다. 햇빛이 지구의 절반을 밝혔고 나무는 따뜻한 바람결에 꾸벅꾸벅 졸았다.

위층 창가에서 밍크의 엄마가 아래를 내려다보았다.

그녀는 아이들을 내려다보며 고개를 절레절레 흔들었다. 정말이지 애들이란. 그래, 잘 먹고 잘 자고 월요일이면 학교에 가겠지. 저렇게 요란하게 놀다가 다치지만 말아다오. 그녀는 아래를 향해 귀를 기울었다.

밍크가 장미 덤불 옆의 누군가에게 열심히 말하고 있었는데, 아무리 봐도 거기엔 아무도 없었다.

애들은 정말 이상하기도 하지. 그런데 저 여자애. 이름이 뭐였더라? 애나였던가? 애나가 수첩에 밍크의 말을 받아적고 있었다. 밍크가 장미 덤불을 향해 질문하고 나서 애나에게 대답을 불러주었다.

"삼각형." 밍크가 말했다.

"삼각…형? 그게 뭐야?" 애나는 그 단어를 어려워했다.

"몰라도 돼." 밍크가 말했다.

"어떻게 쓰는 거야?" 애나가 물었다.

"삼… 가…." 밍크가 천천히 불러주다 딱 잘라 말했다. "에이, 그냥 네가 알아서 써!" 그리고 계속해서 다음 말을 불러줬다. "광선."

"아, 삼각… 형도 아직 다 못 썼단 말이야!"

"아이참, 빨리 좀 써!" 밍크가 소리쳤다.

밍크의 엄마가 창밖으로 몸을 내밀고 애나에게 천천히 철자를 불러줬다. "삼… 각… 형… 이야."

"아, 고맙습니다, 아줌마."

"천만에." 밍크 엄마는 웃으며 집 안으로 물러났고 전자석 먼지떨이로 복도 청소를 시작했다.

집 밖에서 아이들의 목소리가 아지랑이를 타고 올라갔다. "광선이라고 했지." 애나가 말했다. 목소리가 점점 희미해졌다.

"4, 9, 7. 에이(A). 그리고 비(B)하고 엑스(X)." 멀리서 밍크의 진지한 목소리가 들려왔다. "그리고 포크 하나, 줄 하나, 유… 육… 육각형 하나!"

점심시간에 밍크는 우유를 단숨에 벌컥벌컥 들이마시고 다시 현관문으로 뛰어갔다. 밍크 엄마가 식탁을 찰싹 내리치며 단호하게 말했다.

"어서 와서 자리에 앉아. 곧 뜨거운 수프를 먹을 차례야." 엄마가 음식 운송 장치의 빨간색 버튼을 누르자 10초 후 뭔가가 '쿵' 소리를 내며 고무 받침대 위로 떨어졌다. 모리스 부인은 운송 장치의 문을 열고 알루미늄 손잡이 한 쌍이 달린 깡통을 꺼내 뚜껑을 열고 그릇에 뜨거운 수프를 부었다.

그동안 밍크는 빨리 나가고 싶어 발을 동동 굴렀다. "빨리요, 엄마! 이건 사느냐 죽느냐의 문제라고요! 아이, 참."

"나도 너만 할 땐 그랬어. 뭐든 사느냐 죽느냐의 문제였지. 엄마도 알아."

밍크는 부지런히 수프를 먹었다.

"천천히 먹으렴." 엄마가 말했다.

"안 돼요. 드릴이 기다린단 말이에요." 밍크가 말했다.

"드릴은 누구니? 이름이 참 특이하구나."

"엄마는 모르는 애예요."

"동네에 새로 이사 온 남자애니?"

"새로 온 애예요." 밍크는 두 그릇째 먹기 시작했다.

"저 중에 누가 드릴이야?"

"이 근처 어딘가에 있어요." 밍크는 대충 둘러댔다. "엄마가 보면 놀릴 거잖아요. 다들 그 애를 보면 놀려요. 정말 짜증 나."

"드릴이 수줍음을 많이 타니?"

"예. 아니요. 어떻게 보면요. 아이, 참, 엄마. 침공 놀이를 하려면 빨리 뛰어가야 해요."

"누가 어딜 침공한다는 거니?"

"화성인들이 지구를 침공하죠. 아, 정확히 화성인은 아니에요. 걔들은… 모르겠어요. 저기 위에서 왔어요." 밍크는 숟가락으로 위를 가리켰다.

"그리고 이 안에서도 왔겠지." 엄마는 밍크의 들뜬 이마를 어루만지며 말했다.

밍크는 반항했다. "엄마, 지금 나 놀리는 거죠? 그러면 드릴과 친구들을 죽이고 말 거예요."

"그런 뜻은 아니었어. 드릴은 화성인이니?"

"아니요. 드릴은… 어쩌면 목성이나 토성이나 금성에서 왔을지도 몰라요. 어쨌든 그동안 많이 힘들었어요."

"그랬겠구나." 모리스 부인은 슬그머니 손으로 입을 가렸다.

"걔들은 그동안 지구를 어떻게 공격해야 할지 알 수가 없었대요."

"우리 지구는 난공불락이니까." 엄마는 진지한 척 말했다.

"드릴도 그렇게 말했어요! 난공… 어쩌고 했어요."

"어머, 드릴은 정말 똑똑한 아이로구나. 그렇게 어려운 말도 쓸 줄 알고."

"걔들은 지구를 공격할 방법을 찾을 수가 없었대요. 드릴이 그러는데요, 싸움에서 이기려면 사람들이 생각지도 못했던 새로운 방법을 찾아내 깜짝 놀라게 해야 한대요. 그래야 이길 수 있다고 했어요. 또 드릴은 적에게서 도움을 받아야 한다고도 했어요."

"제5열 말이구나." 엄마가 말했다.

"맞아요. 드릴이 그 말도 했어요. 그런데 어떻게 해야 지구인을 깜짝 놀라게 할지, 또 적으로부터 어떻게 도움을 받아야 할지 알 수가 없었대요."

"당연하지. 우린 어마어마하게 강하니까." 엄마는 식탁을 치우며 웃었다. 밍크는 자기 이야기에 골몰하느라 그대로 식탁을 노려보고 있었다.

"그러던 어느 날이었어요." 밍크가 연극배우 같은 말투로 속삭였다. "걔들은 지구의 아이들을 떠올렸대요!"

"어머나!" 모리스 부인도 신나게 맞장구를 쳤다.

"지구 어른들은 너무 바빠서 장미 덤불 밑이나 잔디밭을 절대로 살펴보지 않는다는 것도 알게 되었대요!"

"달팽이를 잡을 때나 버섯을 딸 때나 살펴보지."

"그런데 뭐라더라, 차… 차… 온이라는 게 있대요."

"차… 차온?"

"차운이었나?"

"차원 말이니?"

"맞아요, 차원! 차원이 네 개 있다고 했어요! 또 아홉 살이 안 된 애들에게는 상상력이라는 게 있다고도 했어요. 드릴의 이야기를 듣고 있으면 정말 재미있어요."

모리스 부인은 피곤해졌다. "그래, 정말 재미있겠구나. 드릴이 기다리겠네. 시간이 늦어졌으니까 저녁 목욕시간 전에 침공 놀이를 끝내려면 얼른 뛰어가야겠다."

"목욕을 꼭 해야 해요?" 밍크가 투덜거렸다.

"물론이지. 애들은 왜 이렇게 물을 싫어할까? 어느 시대나 아이들은 제 귀 뒤에 물이 닿는 걸 끔찍이도 싫어하지!"

"드릴이 그러는데, 저 목욕 안 해도 된대요."

"어머, 그래?"

"드릴이 애들한테 그랬어요. 다들 앞으로 목욕을 안 해도 된다고요. 또 10시 넘어서까지 안 자고 놀아도 되고요, 토요일에도 텔레비전 프로그램을 두 개나 볼 수 있다고 했어요!"

"흐음, 드릴 군이 제 앞가림이나 똑바로 했으면 좋겠구나. 걔네 엄마한테 전화를 걸어야겠…."

밍크는 벌써 문 쪽으로 뛰어가고 있었다. "피트 브리츠랑 데일 제럭 같은 애들이 자꾸 귀찮게 해요. 우리보다 나이도 많으면서 자꾸 우릴 놀려요. 걔들은 엄마 아빠들보다 더 나빠요. 드릴 말도 믿지 않아요. 나이가 좀 많다고 얼마나 건방지게 구는지. 엄마도 보면 한심하다고 생각할 걸요. 몇 년 전에는 자기들도 꼬맹이였으면서. 난 걔들이 정말로 싫어요. 우린 걔들을 가장 먼저 해치울 거예요."

"아빠랑 엄마는 살려둘 거니?"

"드릴이 엄마는 위험하댔어요. 왜 그런지 알아요? 엄마는 화성인을 믿지 않아서요! 걔들은 우리가 지구를 지배하게 해준댔어요. 아, 우리가 전부 차지하는 건 아니고요, 옆 동네 애들이랑 같이 할 거예요. 저는 여왕이 될지도 몰라요." 밍크가 현관문을 열었다.

"엄마?"

"응?"

"놀리가 뭐예요?"

"논리? 음, 논리는 말이야, 어떤 게 사실이고 어떤 게 사실이 아닌지 알아내는 거란다."

"드릴이 그 말도 했어요. 또 '감수… 성이 예… 민하다'는 말은 무슨 뜻이에요?" 밍크는 한참 만에 그 말을 했다.

"그건 말이야." 엄마는 바닥을 내려다보며 몰래 웃었다. "아이답다는 뜻이란다."

"점심 잘 먹었습니다!" 밍크는 밖으로 달려나갔다가 다시 돌아와 문틈으로 고개를 내밀었다. "엄마! 엄마는 너무 많이 아프게 하지는 않을게요. 약속해요!"

"그래, 고맙다."

문이 쾅 하고 닫혔다.

4시에 화상전화기가 울렸다. 모리스 부인이 손끝으로 화면을 열었다. "안녕, 헬렌!" 그녀는 친구에게 반갑게 인사했다.

"안녕, 메리. 뉴욕은 좀 어때?"

"좋아. 스크랜턴은 어때? 그런데 좀 피곤해 보인다."

"자기도 피곤해 보이는걸? 전부 애들한테 시달려서 그러는 거지, 뭐."

모리스 부인은 한숨을 내쉬었다. "우리 밍크도 그래. 대대적인 침공이라나."

헬렌이 웃었다. "거기 애들도 그 놀이 해?"

"어휴, 말도 말아. 그러다가 내일이면 기하 공기놀이에 모터 타고 사방치기 한다고 난리겠지. 우리도 그 나이 때 그렇게 요란하게 놀았나? 1948년에 말이야."

"우린 더 했지. 일본놈 놀이에 나치 놀이까지 했으니까. 우리 부모님이 나 같은 애를 어떻게 참고 키웠는지 몰라."

"부모가 되면 귀를 닫는 법을 배우니까."

잠시 침묵.

"왜 그래, 메리?" 헬렌이 물었다.

모리스 부인이 눈을 갸름하게 뜨고 뭔가를 생각하며 혀로 아랫입술을 천천히 핥았다. "어?" 그녀는 움찔했다. "아, 아무것도 아니야. 그냥 귀를 닫는 법이 뭘까 생각했어. 신경 쓰지 마. 우리 무슨 이야기 하고 있었지?"

"우리 팀이 요즘 어떤 애한테 푹 빠져 있는데, 이름이 뭐라 더라? 드릴이라고 했던가?"

"새로 유행하는 암호 같은 건가? 우리 밍크도 드릴을 무척 좋아해."

"뉴욕처럼 먼 곳까지 유행이 퍼진지는 몰랐네. 입소문 같 은 건가? 무슨 고물상처럼 전국을 누비고 다니는군. 아까 조 세핀하고 통화했는데, 그 집 애들도 이 새로운 놀이에 미쳐 있 다지 뭐야. 거긴 보스턴인데 말이야. 그야말로 전국을 휩쓸고 있다고 봐야지."

그때 밍크가 부엌으로 깡충깡충 뛰어들어와 물 한 잔을 벌 컥벌컥 마셨다. 모리스 부인은 딸을 돌아보았다. "놀이는 잘 되어 가니?"

"거의 끝났어요." 밍크가 말했다.

"잘됐구나. 그건 뭐니?"

"요요 시계요."

밍크는 줄을 풀어 요요를 아래로 던졌다. 요요가 줄 끝에 다다르자 갑자기 사라졌다.

"봤어요? 얍!" 밍크가 손가락으로 허공을 찌르자 요요가 다 시 나타나 줄을 감으며 위로 올라왔다.

"다시 해봐." 엄마가 말했다.

"안 돼요. 공격개시 시간이 5시예요! 안녕, 엄마." 밍크는 요요를 감으며 밖으로 나갔다.

화상전화기에서 헬렌이 웃음을 터뜨렸다. "우리 팀도 오늘 아침에 저렇게 생긴 요요를 가져왔더라고. 내가 궁금해하는데도 안 보여주기에 사정사정해서 한 번 해봤는데 내가 하면 안 되더라."

"자긴 감수성이 예민하지 않아서 그래." 모리스 부인이 말했다.

"뭐라고?"

"아무것도 아니야. 나 혼자 생각이야. 아, 내가 뭐 도와줄 거라도 있어, 헬렌?"

"그 초콜릿 케이크 만드는 법 좀 알려줘."

✳

시간이 느릿느릿 흘러갔다. 날이 기울었다. 평온했던 파란 하늘 밑으로 해가 기울며 초록색 잔디밭 위로 드리운 그림자가 길어졌다. 웃음소리와 환호는 계속되었다. 조그만 여자아이가 울면서 뛰어갔다. 모리스 부인이 현관문을 열고 밖으로 나왔다.

"밍크, 방금 울면서 뛰어간 애가 페기 앤이니?"

밍크는 장미 덤불 옆에서 몸을 숙이고 있었다. "예. 걔는 겁쟁이에 아기라서 그래요. 이제 걔는 안 끼워줄 거예요. 같이 놀기엔 나이가 너무 많아요. 갑자기 불쑥 나이를 먹은 것 같아요."

"그래서 울렸다고? 말도 안 돼. 이봐요, 꼬마 아가씨. 대답은 그럴듯하게 하시죠. 아니면 당장 집으로 들어오든지!"

밍크가 소스라치게 당황하며 짜증 섞인 얼굴로 돌아보았다. "지금은 놀이를 멈출 수가 없어요. 시간이 거의 다 됐단 말이에요. 착하게 굴게요. 잘못했어요."

"페기 앤을 때렸니?"

"아니에요! 정말이에요. 엄마가 직접 물어보세요. 그냥, 그 애가 순 겁쟁이에 바보라서 그런 거예요."

아이들은 밍크 주위에 둥그렇게 모여 있었고 한가운데서 밍크는 숟가락과 망치와 수도관을 마름모꼴로 늘어놓고 오만 상을 찌푸린 매서운 얼굴로 제 일에 몰두하고 있었다. "저기 랑 저기에 둬." 밍크가 중얼거렸다.

"뭘 하는 거니?" 모리스 부인이 물었다.

"드릴이 도중에 곤경에 빠졌어요. 우리가 길을 터주면 한결 편해질 거예요. 그러면 다른 애들도 드릴을 따라서 전부 같이 올 거예요."

"엄마가 도와줄까?"

"아뇨, 괜찮아요. 제가 해결할게요."

"그래. 30분 후에 부르면 목욕하러 오는 거야. 널 지켜보기만 해도 피곤하구나."

엄마는 집 안으로 들어가 전동안마의자에 앉아 반쯤 마신 맥주잔을 들었다. 의자가 등을 주물러주었다. 아, 아이들, 아이들. 아이들은 부모를 사랑하기도 하고 미워하기도 한다. 한순간 나를 사랑했다가 손바닥 뒤집듯 금세 나를 미워한다. 아이들은 참 이상하기도 하지. 매를 들고 때렸던 것, 모질고 혹독하게 말했던 것도 다 잊고 용서해줄까? 자기들보다 키만 컸지 어리석기 짝이 없는 어른 독재자들을 정말로 싹 잊고 용서해줄 수 있을까?

시간이 흘러갔다. 거리에 내려앉은 기이한 침묵도 때를 기다리며 점점 깊어졌다.

5시였다. 집 안 어딘가에서 시계가 나지막이 노래했다.

"정각 5시, 5시예요. 시간을 낭비하지 마세요. 5시예요." 시계 소리가 점점 가라앉더니 고요해졌다.

공격개시 시간이었다.

모리스 부인은 혼자서 조용히 웃었다. 공격개시 시간이라니.

딱정벌레 차 한 대가 진입로로 들어섰다. 모리스 씨였다. 모리스 부인은 빙그레 웃었다. 모리스 씨는 딱정벌레 차에서 내려 차 문을 잠그고 놀이에 몰두하고 있는 밍크에게 인사를 건넸다. 밍크는 아빠를 본 척도 하지 않았다. 모리스 씨는 그저 웃으며 잠시 그 자리에 선 채 아이들을 바라보았다. 그리고 다시 현관 계단을 올라갔다.

"나 왔어."

"어서 와, 헨리."

모리스 부인은 의자 끝에 걸터앉아 몸만 앞으로 숙이고 귀를 기울였다. 아이들이 조용했다. 너무나 조용했다.

모리스 씨는 파이프를 비우고 새 담배를 채웠다. "대단한 하루였어. 살아 있는 게 기쁠 정도로 말이야."

우우웅.

"무슨 소리지?" 모리스 씨가 물었다.

"모르겠어." 모리스 부인이 휘둥그레진 눈으로 벌떡 일어났다. 그녀는 무슨 말인가를 하려다가 입을 다물었다. 스스로 생각해도 우스꽝스러웠다. 그렇지만 왠지 불안하고 초조했다. "설마 애들이 밖에서 위험한 일을 하고 있는 건 아니겠지? 그렇지?"

"수도관이랑 망치 말고는 아무것도 없었어. 왜 그래?"

"전기용품은 없었지?"

"없었어. 내가 봤어."

그녀는 부엌으로 갔다. 우우웅 소리가 계속되었다. "소리가 계속 들리네. 당신이 나가서 이제 그만 놀라고 말하는 게 좋겠어. 벌써 5시가 넘었잖아. 애들한테 가서…." 그녀는 한순간 눈을 크게 떴다가 다시 갸름하게 떴다. "침공은 내일로 미루라고 해줘." 그러고는 신경질적으로 웃음을 터뜨렸다.

웅웅 소리가 점점 더 커졌다.

"대체 뭘 하는 거지? 괜찮은지 내가 보고 와야겠어."

펑!

둔중한 소리와 함께 집이 흔들렸다. 다른 동네 다른 마당에서도 폭발이 이어졌다.

모리스 부인은 자기도 모르게 비명을 질렀다. "이쪽으로

와!" 그녀는 아무 생각도 없이 어떤 이유도 없이 마구 외쳤다. 어쩌면 곁눈질로 뭔가를 살짝 본 것도 같았다. 어쩌면 낯선 냄새를 맡거나 낯선 소리를 들었을지도 모른다. 하지만 남편을 설득할 시간은 없었다. 남편이 자기를 보고 미쳤다고 생각해도 할 수 없었다. "그래, 나 미쳤어!" 그녀는 날카로운 비명을 지르며 위층으로 뛰어 올라갔다. 남편도 아내가 왜 그러는지 몰라 뒤를 쫓아갔다. "다락방이야!" 그녀가 외쳤다. "거기 있을 거야!" 제시간에 남편을 다락방까지 데려가기에는 어딘가 모자라는 변명이었다. "오, 제발. 제시간에 가야 해!"

밖에서 또다시 폭발이 일어났다. 아이들이 일제히 기쁨의 환호성을 질렀다. 무슨 대규모 불꽃놀이라도 구경하는 것 같았다.

"다락방이 아니야! 폭발은 밖에서 일어났어!" 모리스 씨가 외쳤다.

"아니야, 아니라고!" 그녀는 헉헉거리며 다락방 문을 더듬었다. "내가 보여줄게. 빨리 와! 내가 보여줄 거야!"

두 사람은 다락방 안으로 뛰어들어갔다. 모리스 부인은 문을 힘차게 닫고 자물쇠를 잠근 다음 열쇠를 잡동사니가 가득한 방구석으로 던져버렸다.

그녀는 아무 말이나 마구 쏟아내고 있었다. 그냥 말들이 입 밖으로 나왔다. 그날 오후 내내 무의식 속에 은밀히 쌓여 포도주처럼 부글부글 발효된 온갖 의심과 공포가 밖으로 쏟아져 나왔다. 온종일 그녀를 괴롭혔던 온갖 소소한 깨달음과 지식과 느낌들을 그녀는 논리적으로 조심스럽게 이성적으로 무시하고 검열해왔다. 이제 그것들이 안에서 폭발해 그녀를 산산조각내고 있었다.

"괜찮아, 우린 괜찮아." 그녀는 문에 기대어 흐느껴 울었다. "오늘 밤까진 안전할 거야. 어쩌면 몰래 빠져나갈 수 있을지도 몰라. 잘하면 탈출할 수 있을 거야!"

헨리도 벌컥 화를 냈지만 이유는 달랐다. "당신 미쳤어? 어쩌자고 열쇠를 집어 던졌어? 빌어먹을!"

"그래, 그래, 나 미쳤어. 그래도 좋으니까 여기 있어. 나랑 같이 있어!"

"어떻게 해야 밖으로 나갈 수 있지?"

"쉿, 조용히 해. 쟤들이 듣겠어. 오오, 맙소사. 쟤들이 금방 우리를 찾아낼 거야."

아래쪽에서 밍크의 목소리가 들렸다. 남편이 동작을 멈추었다. 계속해서 웅웅거리는 소리, 지글거리는 소리, 비명 소리와 킥킥대는 웃음소리가 들려왔다. 아래층 화상전화기가 경고라도 하듯이 계속해서 시끄럽게 울렸다. 헬렌일까? 모리스 부인은 생각했다. 혹시 내가 생각하는 바로 그 이유로 전화한 걸까?

집 안으로 들어오는 발소리가 들렸다. 묵직한 소리였다.

"누가 집에 들어온 거지? 누가 맘대로 우리 집을 밟고 돌아다니는 거야?" 모리스 씨가 씩씩거리며 말했다.

묵직한 발소리. 스물, 서른, 마흔, 쉰 명 정도의 사람들이

떼를 지어 집 안으로 들어오고 있었다. 웅웅거리는 소리. 킥킥대는 아이들 웃음소리. "이쪽이야!" 아래에서 밍크의 소리가 들렸다.

"아래층에 누가 있지? 거기 누구야!" 모리스 씨가 외쳤다.

"쉿! 오오, 제발!" 아내가 남편을 붙잡고 힘없이 말했다. "제발 조용히 해. 그러면 그냥 돌아갈지도 몰라."

"엄마?" 밍크가 불렀다. "아빠?" 침묵. "어디 있어요?"

묵직한 발소리. 무겁고도 무거운, 몹시도 묵직한 발소리가 계단을 올라왔다. 밍크가 그 소리들을 끌고 왔다.

"엄마?" 망설임. "아빠?" 기다렸다가 다시 침묵.

웅웅거리는 소리. 발소리가 다락방을 향했다. 밍크가 앞장섰다.

모리스 부부는 다락방 안에서 함께 부둥켜안고 숨죽여 떨었다. 웬일인지 전기 장치 같은 웅웅 소리와 문틈으로 새어 들어오는 기묘하게 차가운 불빛, 낯선 냄새와 처음 들어보는 밍크의 달뜬 목소리가 마침내 모리스 씨의 뇌리를 때리고 지나갔다. 그는 어두운 침묵 속에서 흠칫 몸을 떨며 아내 옆에서 몸을 일으켰다.

"엄마! 아빠!"

발소리. 나직이 웅웅거리는 소리. 다락방 자물쇠가 녹아내렸다. 문이 열렸다. 밍크가 고개를 내밀고 안을 들여다보았다. 밍크 뒤로 길쭉한 푸른 그림자들이 어른거렸다.

"까꿍." 밍크가 말했다.

나는 손을 들어 화성을 가리키니
너는 쓸쓸히 지구를 노래하라

"상상의 세계에서 그는 불멸이다"

2012년 6월, 레이 브래드버리가 91세의 나이로 타계했을 때 당시 버락 오바마 미국 대통령은 이례적으로 백악관 명의의 추모성명을 발표했다. "레이 브래드버리는 상상력이 세계를 더욱 깊이 이해하고 변화하기 위한 수단이 되며 소중한 가치를 표현하는 도구가 될 수 있음을 알고 있었다. 브래드버리의 작품은 앞으로도 계속 더 많은 세대를 격려할 것이다."

"브래드버리가 없었다면 스티븐 킹도 없었다."는 말로 브래드버리의 적자를 자처했던 스티븐 킹은 "나는 오늘 천둥 같은 거인의 발소리가 희미해지는 소리를 들었다. 그러나 그의 소설과 이야기들은 큰 울림과 기이한 아름다움으로 영원히 남을 것이다."라는 추도사를 남겼다.

드라마 작가 데이먼 린델로프는 "화씨 451도, 내 심장이 재가 되어버린 온도. 당신이 그리울 겁니다, 레이."라며 애도했다. 스티븐 스필버그는 "나의 SF 작품 활동 대부분에서 브래드버리는 내 뮤즈였다. SF, 판타지, 상상의 세계에서 그는 불멸이다."라는 최고의 헌사를 남기기도 했다. 같은 해 8월 NASA는 화성 탐사로봇 큐리오시티가 처음 화성에 내려앉은 자리를 '브래드버리 착륙지'로 명명하며 뭉클한 방식으로 그를 기리기도 했다.

명실상부한 단편의 제왕, 환상문학계의 음유시인, SF 문학의 위상을 주류 문학의 반열에 올린 거장, 서정적 과학소설의 개척자 등 레이 브래드버리를 향한 수사는 그의 이력만큼이나 화려하다. 장르소설 작가로는 최초로 2000년 전미도서재단 평생공로상을 받았고, 미국예술훈장, 프랑스문화훈장, 퓰리처 특별 표창상을 받는 등 수상 이력 또한 가히 전설적이다.

이토록 전설의 반열에 올라 있는 그지만, 더욱 '인간적'인 이면의 에피소드도 사랑스럽기 그지없다. 늘 우주여행을 꿈꾸었지만, 어린 시절 우연히 목격한 끔찍한 자동차 사고에 대한 트라우마로 평생 운전을 하지 않았다. '로켓맨'이라는 용어의 창시자이면서도 비행기를 타지 않고 기차여행으로 대륙을 횡단했다. 〈레이 브래드버리 극장〉이라는 TV 프로그램 제작으로 대중적 인기와 함께 각종 미디어 관련 상도 거머쥐었으면서 기회만 닿으면 텔레비전을 비판했다. 많은 작품 안에서 블루투스, 평면 TV, 무인자동차, 현금자동인출기, 인공지능, 전자책, 전자감시카메라 등을 예언했으면서도, 정작 본인은 컴퓨터를 싫어해 늘 타자기로 글을 썼다. 고양이를 사랑해 아내 매기와 함께 LA 자택에서 많을 때는 22마리까지 고양이를 길렀으며, 특별히 사랑한 고양이는 그가 글을 쓸 때면 책상 위로 올라와 문진 노릇을 자처했다. 단 이틀 만에 소설집 두 권을 뚝딱 엮어내고 평생 600편에 가까운 단편을 쓰는 등 번득이는 천재성을 자랑하는 이면에는 신문을 팔아 생계를 꾸리면서도 꼬박 10년 동안 일주일에 사흘을 공공도서관에 가 빌린 타자기로 글을 쓰며 보낸 지난한 습작기가 존재한다.

이렇듯 레이 브래드버리는 전설적인 거장의 면모와 어딘가 허술한 '인간적인' 면모를 동시에 갖추고, SF와 판타지, 공포물, 서정문학 등 장르를 가리지 않고 특유의 시적인 문장으로 벼락 치듯 쏟아지는 영감과 상상력에 충실하게 글을 누벼냈던 '하이브리드' 작가다. 그러므로 그를 장르 문학 계보의 어디쯤 위치시킬 것인가 골몰하는 일 자체가 무의미해진다. 그는 레이 브래드버리요, 레이 브래드버리는 하나의 브랜드가 되어버렸으므로. 1959년 이 고유한 레이 브래드버리 상표를 깔끔하게 붙인 기묘하고 아름다운 선물 상자 하나가 독자들 앞에 선을 보였으니, 바로《멜랑콜리의 묘약》이다.

화성의 쓸쓸한 여행자들

〈백만 년 동안의 소풍〉과 〈검은 얼굴, 금빛 눈동자〉에 등장
하는 가족은 전쟁으로 황폐해진 지구를 떠나 화성으로 이주한
다. 이들은 지구에서 찾지 못한 '논리와 상식, 훌륭한 정부, 평
화, 책임감을 찾고자' 화성까지 왔지만, 이곳엔 보랏빛 운하
와 분홍색 바위, 하얀 사막, 푸른 사막, 폐허가 되어버린 도시
의 흔적뿐 화성인은 보이지 않는다. 얼마 후 지구에서 가져와
심은 장미꽃은 초록색으로 변해버리고 잔디는 제비꽃 색깔로
변한다. 가족의 아이들은 들어본 적도 없는 화성의 말을 하고
피부색도 눈빛도 서서히 원래 모습과 달라진다.

　　거기 운하의 물에 화성인들이 비쳤다. 티모시와 마이클과 로버트
　　와 엄마와 아빠가.
　　화성인들이 가족을 빤히 올려다보았다. 출렁이는 물결 속에서 아
　　주 오랫동안 고요하게….

거울 같은 강물에서 자신과 똑같은 화성인을 발견한 지구
인은 결국 화성에서 그토록 갈망하던 평화와 고요를 찾았을
까? 두 작품 모두 40년대 후반에 발표된 것으로 미루어 우리
는 2차 세계대전의 광풍을 목격한 브래드버리가 평화 회복
을 위해 지구인에게 하고 싶었던 말이 무엇이었는지 짐작해
볼 수 있다.

젊음, 봄날 얼음처럼 덧없어라

브래드버리의 소설을 읽다 보면 한없이 쓸쓸해진다. 그 근원에는 하릴없이 시간의 흐름을 견뎌야 하는 인간 됨의 쓸쓸함이 존재한다. 〈길 떠날 시간〉의 남편은 죽을 때가 다가왔다는 대자연의 속삭임을 듣고 단출한 짐을 꾸려 집을 떠나려 한다. 미개인들처럼 재산을 모두 친구들에게 나눠주고 카누를 타고 석양을 향해 노를 저어 갔다가 영영 돌아오지 않는 게 그의 목표다. 〈영원히 비가 내린 날〉의 세 노인은 바싹 마른 사막의 호텔에서 30년을 장기투숙하며 일 년에 단 하루 봇물 터지듯 비가 내리는 날만을 기다린다. 〈사르사 뿌리 음료수 냄새〉의 남편은 온종일 다락방에 처박혀 아름다웠던 젊은 날을 추억한다. '수천 날의 어제가 안치된 작은 관'이기도 한 다락방은 겨울을 나는 노인에게 젊은 날의 여름으로 시간여행을 허락한다. 〈석양의 바닷가〉의 두 중년 남자는 아름다운 인어를 목격하는 찰나의 기적을 경험하지만, 내일도 모레도 그 다음 날도 늘 바닷가에 머무르며 늙어갈 운명을 예감한다. 〈마지막 전차 여행〉의 차장 트리든 씨는 내일이면 운행이 중단될 전차에 아이들을 태우고 과거의 흥겨운 기억을 간직한 유원지로 마지막 전차 여행을 떠난다. 〈보이지 않는 소년〉의 노파는 외로움을 달래려고 찰리를 아들로 삼고자 고군분투하지만, 소년은 노파의 마음에 못을 박고 떠난다.

"나는 봄날 얼음처럼 덧없고 아무 힘도 없단다."

노파의 한마디는 늙음에 대해 브래드버리가 하고 싶었던 말의 전부일 것이다. 〈어서 와, 잘 가〉의 윌리는 40년이 넘도록 열두 살 소년의 모습으로 살아가며 사람들의 의심과 수군거림을 피해 3년에 한 번씩 거처를 옮겨야 하는 가엾은 운명에 처했다. 윌리를 떠나보내야 하는 양어머니의 입을 빌려 브래드버리는 젊음을 향해 이렇게 묻는다.

"나는 매일 학교가 파하는 모습을 지켜보는 게 좋더라. 누가 학교 정문 밖으로 꽃다발을 던지는 것 같아. 어떤 느낌이니, 윌리? 영원히 젊다는 건 어떤 느낌이야? 화폐 주조소에서 갓 찍어낸 반짝거리는 은화처럼 보이는 건 어떤 기분이니? 행복하니? 겉으로 보이는 것만큼 괜찮은 거니?"

브래드버리의 젊음은 늙음의 대척점이 아니라 늙음의 전신이고, 젊음은 늙음의 운명을 내포한다. 그러므로 봄날 얼음처럼 덧없는 것은 어쩌면 늙음이 아니라 젊음일지도.

사랑과 미소라는 묘약

표제작 〈멜랑콜리의 묘약〉의 소녀는 이름 모를 병을 앓는다. 가족은 거리의 뭇사람들에게 소녀의 병을 치유할 묘약을 묻는다. 온갖 제안이 쏟아지고 맨 마지막에 거리의 청소부가 찾아온다. 얼굴이며 옷에 검댕이 잔뜩 묻었지만 미소만은 '햇살처럼 따사롭게' 또 '어둠 속에서 작은 언월도처럼' 반짝인다. 자정이 지나 런던이 잠들고 달이 뜬 시간에 류트를 연주하며 찾아온 음유시인도 청소부와 똑같이 '미소를 지으면 상아같이 하얀 이가' 드러난다.

〈멋진 바닐라 아이스크림색 양복〉의 가난한 멕시코계 미국인 청년 여섯 명은 돈을 모아 멋진 여름 양복을 한 벌 사서 번갈아 입기로 한다. 초라했던 청년들은 그 양복만 입으면 사람들의 시선을 한몸에 받는 기적을 경험한다. 주인공 마르티네즈는 그 양복을 입고 평소 마음에 두었던 아름다운 아가씨와 눈이 마주친다. 조심스럽게 데이트 신청을 하면서 다음 양복을 입을 차례까지 기다려 달라고 말하는 마르티네즈에게 아가씨는 이렇게 대답한다.

"처음에는 양복이 눈에 띄었어요. 그래요. 저 아래 어두운 밤을 새하얀 색이 가득 채웠죠. 그렇지만 당신 치아가 훨씬 더 하얗게 보여서 양복은 까맣게 잊고 말았답니다. (…) 다시 말하지만, 당신은 그 양복을 입을 때까지 기다리지 않아도 돼요."

아예 〈미소〉라는 제목의 이야기도 있다. 전쟁으로 모든 게 무너진 세상에서 문명 자체를 혐오하는 사람들이 문명시대의 예술작품을 향해 돌을 던지고 침을 뱉는다. 주인공 소년은 난장판 속에서 겨우 그림 한 조각을 구해낸다. 소년이 손에 꼭 쥔 캔버스 조각에는 사랑스럽고 다정하고 따뜻한 미소가 그려져 있다. 디스토피아의 세계에서 가난한 소년에게 한 줌의 위안을 안겨준 그 미소의 주인이 누구인지 확인해 보시길.

이렇듯 브래드버리는 미소의 힘을 믿는다. 이름 모를 병을 앓는 소녀에게도, 초라한 청춘에게도, 전쟁으로 무너진 폐허의 세계에도, 미소와 사랑이 묘약이다.

감각은 비처럼 쏟아지고

〈온 여름을 이 하루에〉는 하염없이 비가 내리는 금성이 배경이다. 오늘은 7년 만에 태양이 딱 한 시간 고개를 내미는 날. 금성에서 태어나 태양을 본 적이 없는 아이들은 꿈속에서 황금색이나 노란색 크레파스 혹은 커다란 금화를 떠올리고 온몸을 벌겋게 달아오르게 하는 태양의 온도까지 기억한다고 믿지만 단조로운 빗소리에 잠에서 깨어나면 간밤의 꿈은 간데없이 사라지고 만다. 이 아름다운 단편에서 브래드버리는 비 내리는 금성과 딱 한 시간 고개를 내민 붉은 태양과 7년 만에 햇빛을 받아 술렁이는 금성의 숲을 묘사하기 위해 온갖 감각적 이미지를 끌어온다.

오늘 아침 그녀는 싸늘하게 식은 우유 같았다.
— 〈결혼생활을 고쳐 드립니다〉

오전 6시, 지구 로켓이 가져다주는 아침신문은 갓 구운 토스트처럼 따뜻했다.
— 〈검은 얼굴, 금빛 눈동자〉

서랍장 거울에 6월의 민들레와 7월의 사과와 따뜻한 여름 아침의 우유로 빚어진 얼굴이 보였다.

— 〈어서 와, 잘 가〉

이렇듯 브래드버리의 문장은 눈만이 아닌 오감으로 읽는다. 문장과 문장 사이에 감각이 비처럼 쏟아진다. 감각적 묘사의 압권은 행간을 화폭 삼아 피카소의 그림을 화려하게 펼쳐 보인 〈어느 잔잔한 날에〉와 바닷가에 떠내려온 인어의 모습을 기묘하고도 아름다운 세밀화로 그려낸 〈석양의 바닷가〉일 것이다. 언어의 붓으로 그려낸 환상적인 그림들을 다시 한 번 훑어보시길.

레이 브래드버리 표 선물 상자를 풀고 31편의 단편을 꺼내 손끝으로 줄거리를 더듬고 혀끝으로 문장을 맛보고 귀 기울여 행간을 엿듣다 보면 어느새 브래드버리가 뿌리는 소나기에 흠뻑 젖어 자꾸만 밤하늘의 화성을 바라보게 된다. 그가 그토록 가고 싶어 했던 붉은 행성을. (한때 그는 자신의 유해가 토마토 수프 깡통에 담겨 화성에 묻히기를 소망했다.) 그러나 눈을 감고 모든 이야기를 천천히 되감아 보면 불현듯 깨달아진다. 손을 들어 저 멀리 화성을 가리켰던 브래드버리는 사실 이 쓸쓸한 지구와 못난 지구인을 퍽 깊이 사랑했음을.

— 이주혜, 번역가

옮긴이 **이주혜**

저자와 독자 사이에서, 치우침 없는 공정한 번역을 하고자 노력하고 있다. 서울대학교 영어교육학
과를 졸업했으며, 옮긴 책으로 《나의 진짜 아이들》, 《레이븐 블랙》, 《보이 A》, 《초콜릿 레볼루션》,
《사랑에 관한 모든 것》, 《프랑스 아이처럼》, 《양육쇼크》 등이 있다.

레이 브래드버리 소설집

멜랑콜리의 묘약

초판 1쇄 인쇄   2017년 9월 15일
초판 1쇄 발행   2017년 9월 20일

지은이	레이 브래드버리
옮긴이	이주혜
펴낸이	박은주
기획	김창규, 최세진
디자인	김선예, 장혜지
마케팅	박동준, 정준호

발행처	아작
등록	2015년 9월 9일(제2017-000034호)
주소	04702 서울시 성동구 청계천로 474
	왕십리모노퍼스 903호
대표전화	02.324.3945 **팩스** 02.324.3947
이메일	decomma@gmail.com
홈페이지	www.arzak.co.kr

ISBN	979-11-87206-71-2 04840
	979-11-87206-70-5 04840 (세트)

책 값은 표지 뒤쪽에 있습니다.

아작은 디자인콤마의 문학 브랜드입니다.

이 도서의 국립중앙도서관 출판예정도서목록(CIP)은 서지정보유통지원시스템
홈페이지(http://seoji.nl.go.kr)와 국가자료공동목록시스템(http://www.nl.go.kr/
kolisnet)에서 이용하실 수 있습니다. (CIP제어번호: CIP2017022358)